松山

常小琥 著

·长篇小说·

北京时代华文书局

图书在版编目（CIP）数据

收山 / 常小琥著. — 北京：北京时代华文书局，2021.12（2024.5 重印）
ISBN 978-7-5699-3603-2

Ⅰ．①收… Ⅱ．①常… Ⅲ．①长篇小说－中国－当代 Ⅳ．① I247.5

中国版本图书馆 CIP 数据核字 (2021) 第 225109 号

拼音书名｜SHOUSHAN

出 版 人｜陈　涛
监　　制｜胡　家
策　　划｜徐小凤
责任编辑｜周海燕
责任校对｜凤宝莲
封面设计｜吉冈雄太郎
内文设计｜贾静洁
责任印制｜訾　敬

出版发行｜北京时代华文书局 http://www.bjsdsj.com.cn
　　　　　北京市东城区安定门外大街 138 号皇城国际大厦 A 座 8 层
　　　　　邮编：100011　电话：010-64263661　64261528
印　　刷｜河北京平诚乾印刷有限公司　010-60247905
　　　　　（如发现印装质量问题，请与印刷厂联系调换）
开　　本｜880 mm×1230 mm　1/32　　印　张｜10　字　数｜266 千字
版　　次｜2022 年 2 月第 1 版　　　　　印　次｜2024 年 5 月第 5 次印刷
成品尺寸｜145 mm×210 mm
定　　价｜49.80 元

版权所有，侵权必究

自 序

我挺怕别人问我，你为什么要写厨师的故事。没有为什么，对我来说，一开始这事儿就这么定了。

写这部小说的中途，其实挺怕被人打扰，整天就跟刚打完狂犬疫苗似的，精神上特别脆弱。尤其是那种看谁都不顺眼的状态，一逗就毛，是挺招人烦的。所以身边的几位，知道连喘气儿都离我远着点。遇到过不懂事的，拉我去参加同学聚会，我觉得那种场面挺傻的，平日恨不得就住一个小区，十年未见，非要借这个由头，互相套套近乎，摸摸底细。

因为感觉他们的话都不是用嘴说的，所以全程我一言未发，这点儿事我还是懂的。

后来班长举杯祝酒，却不知道该讲什么。我开口说，菜不错，人呢，凑合活着吧。

也许很多人都和我那些同学一样，觉着活在这个世上，总有数不清的事情做，有数不清的东西抓在手里，这辈子他才赚了。其实未必，真正刻在你心里，在你记忆婆娑的那一刻，映在眼前的，不过还是那一两个瞬间而逝的画面而已。它们曾经于某段时光，停留在你的生命里，就此扎根。我想，这样的画面，就是宿命，是任凭你穷尽一生，都不会改变的。因为有它，你才成为这样的你。

所以如果有人向我诉说他的宿命，他生命中挥之不去的那一点光亮与黯淡，我能做的唯有倾听，因为那是上天对于写作者的某种恩赐。人得惜福，是吧。

我至今还记得，厨行里一位承袭开宗立派之真传的老先生，在自己家中，对我讲起早年间他的师父，遭人菲薄，无有善终时，他那老泪纵横、喉咙发颤的样子。无论他这一世在行内的地位有多高，贡献有多大，徒弟有多爱他，一讲起师父，他还是会变成一个老小孩的样子，笑不断，泪也不断。在我看来，他与师父的宿命，合在了一起，并且延续到了今日。这是福，人得惜福，是吧。

说点儿松快的，为了写这本小说，我跟不少厨师下过馆子，多数都是我掏钱（但是我不打算告诉他们这本小说的事）。他们会告诉我每道菜的规矩，然后说，现在全乱套了，京城最好的鲁菜馆，里面的川菜特别绝，这话搁从前，比扇脸还疼。

我喜欢看他们喝到微醺的时候，关起门来说谁家的买卖缺了大德，谁家的头灶和经理有过节，谁家的东西越做越不行。其中大部分，都是很久以前的故事，听着听着，就有重复，但是以前美啊，现在不美了，现在没劲儿。

以前的每个人，基本上都过着听天由命的日子，自己能做主的，都是些针鼻儿大小的事。给孩子走个后门，从单位顺点儿东西，处了个对象说家住景山，见面后才知道介绍人大意，少说了个"石"字。都是这样的，现在想想，可气可叹，但那日子过起来，真的有种美感。这种感觉就好像是走路走累了，还能找个地方歇歇脚，再走。

可现在不成了，走这条路的人，太多了，慢一点儿，别人就会撵你。

很多人说，这是好事，比如我想吃饭，家门口整条街里，山南海北的地方菜，我都能吃到，这叫什么？这叫繁荣。但是行内的老师傅对我说，恰恰相反，这叫败象，为什么？自己体会。

所以在《收山》里，屠国柱同样也被这个问题难住了。

当他在灶上，一站就是几十年，想赴命，想还债，想替自己的两位师父找出答案时，他发现师父们未必不清楚答案是什么，但是此时已经没有谁在乎这个问题了。

因为人都不在了。

引　子

　　六月底的傍晚，天空中的碎层云被夕阳染成一段一段的明橘色，枝流叶布的样子，像是磕了一碗焕丽而灵透的蛋花，朝檐口铺洒开来。羊肉胡同里，满是连缀成片的烧火楼，青砖旧瓦，矮矮实实，中间一道牙缝般窄细的核桃巷，算是个纳凉避静的歇脚处。白日里，女人最怕燥热，睡好觉，擦一把身子，七拼八凑地围在鹅卵形的核桃叶下掰豆角，拿马尾罗筛棒子面。爱聊些烧菜小技，粗粮细作的，多是巧妇。蒜泥去火，姜丝增鲜，料材再紧张，给有心人听去，受惠的终是自家老小。日头西沉，霞色挂肩时，互相问过钟点，才分拨儿散去。有一高个男的，穿一件葱绿色的军背心，臂腕处打着石膏，绑竹夹板，却不吭不响，总蹲守在一户人家门口。

　　起风了，路面上的黄土渣，被一缕缕吹起来，高个皱起眉，朝地上啐了一口唾沫。

　　那扇漆红的枣木院门快要合上时，他站起身，用手扳了回去。面前的那间厨房，一看就是加盖的，砖和泥子比周围几家要新出许多。靛青色的杂木窗户敞着，灶台前站着个小孩，光秃秃的脑壳，像一块芙蓉色的朱砂冻石。

　　随着一股熏蒸的热气不停地向外翻滚，小孩似乎知道谁来了，只是两人都没有开口讲话。

走近时，高个发现他正脚踏矮凳，小心地把一面高粱秆盖帘儿端下来，又赶紧腾出一只小手，捂着汗津津的脑门儿。

飘出的白烟仿佛会说话，真香。

水一开，小孩大方地笑了。高个吸了吸鼻子，没有朝前再迈一步。蒸锅就摆在眼皮子底下，他看得清楚。饺子通常是先煮皮，后煮馅儿，老人们习惯敞着锅盖，让饺子在沸水里滚，受热均匀，不至于破皮。等差不多了，再盖严，这时水的热量刚好能透进馅儿里。汤色清，皮不粘，吃起来才合适。不懂的，只会一味用旺火，最后全成了片儿汤。

"本来想和面的时候掺个鸡蛋，又舍不得，开锅前就往里点了一些盐和葱尖，哥，你尝尝。"单论年岁，高个比小孩大出一轮，可他只能眼巴巴地瞧人家在火上有张有弛，显得老成。

"嗯，闻着就不错。"他挠了挠臂膀的石膏，把脸一扭，故意去瞧晒在窗台上的那捆芹菜，"我吃完来的。"

小孩的脸上有些失落，但他很快又掀起锅盖，继续看着火。锅里被拨出一道浅纹，犹如疏风掠过河面。他捞出一只饺子，轻咬下去，试生熟。

韭菜馅的，应季，味儿正。高个开始咬自己的嘴皮。

小孩抬起秃脑瓢，又一次眼巴巴地望着高个。

"不咸不淡，盛出来一起吃？你要是手不方便，给你拿个勺来。"

"真吃过了。"这次，是他的脑门儿渗出了汗，不知是被熏的，还是饿的。强烈的西晒照在侧脸，汗珠像葵花籽那么大，从耳后滑到脖颈。别说受伤的胳膊，连腿脚也像是不过血了，一起跟着发麻。"做那么讲究干什么,自己吃的东西。"

"就是进自己的嘴,才费心思。"小孩两手取出笊篱,滑亮的汤汁被柳条从圆硕的饺子上沥出来。"你吃过什么来的,死知了,还是灌的水饱?"

小孩在刺儿他。

一排排白润晶亮的小元宝,在盘子里来回出溜。

"我爸说,荒年饿不死大师傅。哥,假如你当厨子,先给自己做什么好吃的?"

"厨子。"高个反复在嘴里念了两次,才看到小家伙一动不动地等他回话,"你的饺子,再不吃就坨了。"

一

高个男的，就是我，从大兴插队回来的我。

那时，我爸在雪池胡同抬冰，我妈是宣武副食品公司供销科的调度员。像我这种双职工子女，每天饭点一到，见邻居家孩子，捧上热饭热菜，满院儿蹦跶着吃，那是什么滋味，我都不愿意提。我妈想我踏实养伤，特意舀一碗高粱米，给隔壁曹阿姨送去，让她中午管管我。人家嘴上自然说好，添一双筷子的事，白天也真来敲我的门："屠国柱，家里贴饼子烙多了，过来帮我们吃一点儿吧。"我会隔着窗户说："和同学约好的，出去吃。"

为填肚子，我试过用凉水化淀粉，再拿开水冲红糖，兑好，仰脖一灌，又香又甜。后来觉得胃里还是空，就抓把盐，去街上逮蚂蚱，抓知了猴，烤着吃。好些孩子宁可不正经吃饭，也要挤在绿莹莹的桃树和杨树叶下，围着我。总之，只要不挨饿，我招儿多了，逼着自己想。

那年是早立秋，稍一见凉，即便盐都顺着裤线洒没了，也难见到几只活物，馋虫倒是勾出不少。后来忘了听谁说的，十七号大院里一小光头，精豆子似的，在家能炒土豆丝，会熬茄子，我就总跑过去看。他以为我是想蹭饭，每回就单盛出来一份。我摇头，给他搁回到砖台上说："你吃你的。"他又递了过来："哥，你吃，脆还是不脆，熟没熟透，我放了一点儿白胡椒粉，提味，替我把把关。"我捏起一片浅棕色的茄条说："那我就帮你把把关。"

我们会挨家挨户地串，看街坊怎么抻莜面，怎么蒸花卷儿，怎么把猫耳朵推撮出花纹。我从哪儿新学了几手，不方便动，就尽着他先在家里试。从白天到傍晚，他跟在我身后，像一块甩不掉的黏面团。

他的脑袋又宽又扁，手总在上面抠，我问过他："你的光头怎么回事？"

他说以前头发很多,还留过小辫,后来里面老是长虱子,就越剪越短,直到剃光,天天洗,还是会长。我盯着他的脑瓢又问:"现在怎么没了?"他说,后来他爸干脆拎起暖壶,朝他头上浇开水,说这样能把虱子、虮子全都烫死。我仰头直笑:"你爸真下得去手,虱子不是他亲生的,难道你也不是?真这样,该烫出你满头脓疮才对,我怎么瞅不见?"小光头眨着眼睛说:"是真的,真的。"空了一空,他又说,整天晃荡下去,也吃不出意思来。不如去专做风味菜的老馆子,尝尝手艺,我爸说,白广路的万唐居,有真东西。

我照着他的光头上一拍:"等你脑袋上的毛长齐了,再说。"

————

终于有一天,办事处的人打来电话,叫我过去参加分配。我就把绷带剪掉一小截,套了件长袖褂子,再去。那是一幢用朱红色火砖砌的苏式矮楼,外面挂着磨花了的旧黑板。多如喷漆总厂和电表三厂,哪家单位招工,就拿黄粉笔写在上面。办公室里,那个人拎着竹篾包的暖瓶,刚打完水回屋。他见我把四盒五毛八的红梅,从报纸里一亮,就故意板起脸,怪我瞎花钱。等我把烟卷好,又坐了回去。他说:"有个情况,你得先弄明白。像首钢、二机床厂那种地方,都是给退伍兵预备的,厂方直接跟武装部招人。人民食品厂这样的全民单位,少,也轮不到你们这帮知青。我这里,都是集体的。你去,就聊去的办法。不去,再说不去的。"我眼皮一闭,一睁,点了点头,说:"这些都懂。"

他说:"懂就好办,这片儿的集体单位,那是卢沟桥上的狮子,数都数不清。"他揪出软木塞,将水倒进生满茶垢的搪瓷缸里,来回吹。然后还说:"我这人实在,冲你妈跟我是发小这层关系,像东街第一塑料厂,做大脸盆的,都不跟你提。"

他从三角柜里抽出一张表,说:"单给你留的,灰大楼拔丝厂,出盘条,这东西，紧俏。菜市口的羽绒服制品厂也行，去就当天开手续。"我问："去那儿做什么？"他说："流水线呗，工帽往头上一套，扎袖子，缝领口，出蓝棉大衣。"我说："老坐着，干不了。"他一愣："老坐着不行？那东风市场的售货员，总行吧？"我说："老站着，也不行。"他把缸子一撂，横话就出来了："躺着行，你够资格吗？有这好地方，我还要去。也不过过脑子，年前你在四平园把一崇文的孩子吊起来打。开春，又给里仁街张家二儿子眼眶拍折了，人刚在同仁医院把假眼装上。这你妈才来求我，快把你搓出去。明告诉你，我还不管了，家待着去，仨月不分你。"

我又坐近，从两边裤兜里各掏出一盒"前门"，按在他跟前。再问："您手里的单子，给我看看。"他半张着嘴，一面朝我的手上瞄，一面把表递过来："再不济，你不是会游泳吗，北海当救生员怎么样？给你条船，有想不开，跳河的，你上。冬天活轻，船都靠岸，光刷刷漆。"

我对着尽下面两个单位的名字，看了再看。

他顺着我的眼神说："糕点二厂，远是远了点，在城外的湾子，可福利好。"

我问："这个万唐居，就是那个万唐居吗？"他说："废话，全北京，能有几个万唐居。"我把手从烟盒上松了回来说："就这儿吧。"他冷笑着，拿起蓝圆珠笔，在那三个字旁边，打了一个细小的对钩。

后来我妈怎么说的，牵着不走打着倒退的包，好端端的工人队伍不进，偏往五子行里钻。伺候人吃，伺候人喝，白糟践我为你打点前程的一片苦心。

―――――

万唐居里面的院子很深，西边辟出的几间耳房，建了水饺部，小吃门市和面点也是新设的。穿过去以后，要走一条由屏门和花墙围挡住的紧凑扁长的通廊，才是主楼。我贴着墙身，勉强望见制高点的观景阁，可向东，还是看不到头。我混在刷房师傅们中间,要进楼面试。踏上钉着钉子的木头楼梯时,会听到那里有叮叮咚咚的敲凿声。我松开领口,想晾一晾身上生出的燥汗。

这里新上任的党支部书记姓齐,总说自己是刚从外交部调过来的。他手里捧着青瓷茶杯,一件卡其布的灰色中山装,立陡陡地穿在身上。他用后脑勺对着我,弯身看完写字台上的笔试和体检结果后,转过来问:"你一米九?"我不好不笑,又不好多笑,只是把手上的疤缩在袖管里,想藏一藏。他举起一个荔色的铁皮暖壶,说:"店里是想按征兵的标准,尽着体力好、底子干净的招,以前我在礼宾司招人,门槛更高。你的档案我看过了,用不用你,我个人而言,是有保留的。但你以后的路还长,考虑再三,店里愿意给你这个机会。"我鞠躬谢他。齐书记单手一拦,说:"别谢错了人,不是有人点名要你,我也不好出面。先把职工登记表填了,我再领你见他。"

按现在的论法,杨越钧应该算万唐居的第三代总厨,当时叫掌灶,也就是大厨师长和热菜组组长。他很好认,那张肉蓬蓬的圆脸,一笑,总会眯缝起柔和的双眼来看你。宽厚的身板配了件簇新的白色号衣,下面是炭黑的制服呢工裤。头上一顶带松紧的豆包帽,也戴得正正方方。齐书记在我们旁边,也没有多讲,只给了我三个字——"叫师父"。

我至今都还记得,杨越钧教给我的第一句话。他说,做厨子,最要紧的是有一颗孝心。当时我根本没听明白,他到底是什么意思。

那天,老人还特意问了我家住哪儿。我答:"就在这片儿。"他擦了擦脖子上的汗,摇头说:"不是这个意思。"然后,从兜里摸出一个蓝皮小本,慢条斯理地抹平折角,铺在桌上。他迟缓的动作,像一颗黏滞中还未滴下的蜡油。

"我是问你家的住址,包括你父母的名字、年龄和单位,都帮我写上。"

其实，这些材料政审时早就填过的，可是见他那么郑重，我只好再拿起笔。

后来听说，老人真的会提着水果，找到徒弟家里，告诉对方父母，你儿子在我手下学徒，店里会照顾好他，请二位放心。

―――――――――

既然叫掌灶，火上的事可以全听你的，但你头上，还有东家。以前万唐居的东家和掌灶都是山东福山帮的，从不传给外人。后来把手艺和账本都留给这位保定人，论老礼儿，是破家法了。但杨越钧就是有这样的本事，八大居之首的位子，他托得住。

老年间的掌灶，活儿既要做全，还得看着徒弟。有不服管教，调处不当的，生出事，东家先把掌灶师傅请过来，甭管是不是你的错，你回家，全因你挣的那份钱。当时，万唐居的厨子平均工资二十块，我师父一人就拿一百五。不论谁家婚丧嫁娶，认不认识的，他一律随十块钱份子。人肯定不会去，但是钱一定要给到。想那年月，谁肯掏出八毛来，算俩人交情不错了。

不过有位爷，工资却比杨越钧还高出五块钱，他就是烤鸭部的葛清。凭着独创的技艺和配方，这人树起了宫廷烤鸭的招牌，连着救活好几家店。杨越钧是花了大钱，从大栅栏把他挖过来的。葛清是个活儿极细的人，他在后院的鸭房，别人不能踏进半步。他说过，老杨，这摊事儿交我，钱你绝不白给，但我挣的只就这份工资，旁的事，你也别找我。以前店里有个公方经理，存心让他黑白着干，连烤带片，填鸭扫圈，一肩挑不算，还要他切墩上灶，亲自走菜。气得老头抄起手勺，站后院柿子树下，当所有人面，骂对方是杂种操的。

杨越钧担心葛清因为这事被人上纲上线，便问齐书记，能否将那个经理请走。接着他叫来我,说分你头一项差事,就是把你匀到鸭房。我自然不乐意了,因为师父的烧鱼是一绝,谁不想跟着掌灶,长些本事。刚进店就被支开,那不成了晓市里扔满地的烂菜叶,有人丢,没人捡。可杨越钧不管,派我去的时候,他连一盘菜也没教过我,只扔给我八个字——"打不还手,骂不还口"。

现在是有人说:"你屠国柱命真好,一口气就拜在两位高人门下。"可当时不是这样,去劳资科领工服时,那里的人看我,就像在看一只翻了盖的乌龟。传达室的老谢来换新锁,想跟我逗会儿闷子。他说:"你也要去鸭房了?"我听了,便把衣裤一撂,梗着脖子问他:"怎么着?"他笑着摇摇头,说:"不怎么着。对了,见过你俩师哥了吗?"我眉头一张:"什么师哥?"科里的人像捡着钱一样,笑翻过去。我转过身,来回瞧了他们两遍,拿起东西就走。老谢在后面伸着头喊:"可别惹你葛师傅不高兴。"

那是一身藏蓝色的开襟布衫,抬肩宽松,里料干糙,穿起来像是披了件床单,走路兜风。

我系好裤腰后,弓身,贴着内厅的落地镜,对着自己的钟罩脸,照了又照。那两道剑眼上,眉骨外凸的凶相,加上峭立的驼峰鼻,怎么瞅,都不像个打不还手、骂不还口的人。我抠掉手臂上的那几粒血痂,把衣扣挨个别好,用手掌抹平褶子,冲镜子轻轻叫了一声:"屠师傅。"

一个清凉的、阴郁多风的下午,我站在烤鸭房门前,点上一根烟,想抽完再进去。这是个马蹄形的院子,两侧各栽着一棵老柿树,褐色树皮,沟纹严密,一片接着一片的,有许多殷红色的柿叶飘下来,在明暗交接的斜晖下,如同烧着的纸钱。

抽完烟后,我又在风里多站了会儿,散散烟味,然后呼一口气,把腿迈进了屋。

一股臭烘烘的苜蓿味，差点儿将我熏一跟头。我捂住鼻子，看见一团镂花般交互覆叠、朵朵丰满的白烟。用手扇了扇后，总算辨出眼前有一轮黑线。我对那道黑线说："葛师傅，我是屠国柱，杨师父派过来的。"他继续抽着手里的卷烟，没有答话。我又重复了一句后，他把烟灰直接弹在地上，张起眼瞪我。我很自觉地向后退，直到被他瞪出屋外。

我原想在院里找个下脚的地方，坐下来，等他喊我。结果是我像尿裤子一样，一直被晾在院墙下面。看着前院的人，和我初来时一样，伸着脖子往我这里瞧。

我希望他们同样瞧不到这里，更不会认清我的样子。

————

这一晾，就是半个月。

这半个月的时间里，每当天刚蒙蒙亮，我便来拍店门，把老谢从被窝里喊出来，让他放我进去。我说要签考勤，老谢鼓起眼睛说："记考勤的都还没来，签屁。"我径直走到后院，看见那个精瘦的老头正拿着镊子，拔鸭头上的细毛，就好声好语地向他打招呼。然后和其他新徒工一样，我开始扒炉灰、添火、砸煤、拾掇灶台。我会往老头的茶壶里倒一丁点儿热水，闷上半杯高沫儿，等他一找水，再续满，那时喝起来，不凉不烫，正合适。

结果无论我怎样表现，也换不回他的一句话。

于是我的下手活一干完，就像要饭的一样，自觉地找个背阴处，歇脚。我发现街面上，总有人透过铁栅门，往院里看。我就假装找东西，在院子里转圈儿。当时万唐居的人，一提店里新来了个"驴师傅"，就是说我呢。那些天，我总想，假如葛清真能打我、骂我，该有多好。

葛清照看鸭圈时，人手一件的蓝蚂蚁工装，被他随便地搭在肩上。

耳边，还总别着一根皱巴巴的卷烟，有时摘下来，嘬一口，叼在嘴上，也不耽误给鸭子填食。

风日渐凉了，院子里那些老树上的枝枝丫丫，被吹得慌促。他却面如平湖，握着破茶壶，放腿上，往把角那么一窝，瞧着那群呆头呆脑的东西。

其实远远看上去，他自己就像一只垂老的兀鹫。

那时的万唐居，是靠自造的土冰箱，来给菜肉保鲜。每天，会有专人从德胜门的冰窖采天然冰进来。我爸在那里干了半辈子，这套活儿，我熟，不用人教的。如何上冰，同样是门手艺。一整块冰足足一见方大，半米厚，合四百斤，要靠几个人，合力用冰夹子抬下来，砍成八块，再拿刀铲平撒盐，码到水泥池里。店里给葛清配的不是水泥池，而是半人高的木桶，要垫好冰后，放进小坛子，里面盛着新切的鸭肉。肉不能碰冰，那样会脏了原料。整个过程费神费力，谁都不愿意干。以前葛清身边没人，杨越钧会叫伙计帮他上冰。现在我来了，便没人再管。就这样，耗了半个多月后，我等到了自己的第一个活。而且，这份差事只能我做。

我拿出一把两尺长的冰镩子，去凿领到手的冰块，寒气和碎渣跃进皮肉里，又痒又麻。我小心地往坛子和桶的缝隙里塞碎冰，这让我想起儿时在羊肉胡同，刚入伏，我们只等批冰的驴车一到，就用小手拼命掲哧凉飕飕的冰。细细粒粒的冰碴和成瓣的冰疙瘩洒在地上，要抢着捡进手心，直冻到指尖像涂了红药水般一片晶亮，往嘴里一含，特别过瘾。因为心神走得远，便没在意，要对这把钢制冰镩留一些力。我紧握住上头的木柄，斜着一拉，这根前有尖刺、尾有倒钩的四方棱，直奔肘关节滑去。

昏昏默默中，浅浅的血渍渗到冰面，流向砖地。

我用手胡乱擦了擦伤处，紧闭住眼，把头仰靠在院墙上。

二

霜降之后，清风先至。白广路街两侧种满了槐树，前些日子还是枝叶扶疏，绿荫如盖，一场冻雨后，便改挂上了纤细的冰针与六角形霜花。道道细线中，反衬出几分枯草白须似的愁相。天上，一层青雾，徘徊在这条街上面。云影掠过时，参差比邻的钢院宿舍楼、小小戏院和六十三中学，被映得若明若暗。枣林前街北面的拐角处，有个老人立于阳光刚好能照到的路牙上。他闭着眼，双手平静地攥着线绳，轻轻揪扯，好像真能听懂，头顶上那几个气球瞭望远方时看到的景象。

"红的跟白的，一样一个。"我举着钱，打量起老人。

他穿着蓝灰色的粗布衫，络腮胡像杂草似的绕缠在脸上。

"小伙子，拿好。"他用比铅条还要黑亮的手指，在几根细绳上摸索很久，像是在抚琴。然后，真的挑出两个气球来，一个红色，另一个也是红色。

我客气地道过谢，告诉老人，不用找钱了。

"你谢我干什么？"他半张起眼皮，把零钱塞回给我，"我站当街卖的是气球，不是这张老脸，你看不到吗？是你眼瞎，还是我眼瞎？"

"这我跟您有什么可争的。"我说。

老人笑了。

他向后挪了挪，确保自己还能晒到太阳。

"留步，您特意来关照我，这个情我得领，怎么称呼？"

"屠国柱。"

"姓屠？"老人中气足，话音厚实，"这个'屠'好，我跟这个字打了半辈子交道。"

对面有家做白水羊头的李记,很多接孩子放学的人回来,特意进去要一碗宽汤,站门口喝起来。风乍起时,香味会被吹过街面,再散开,还是很浓。

"早年,先生教过我们。"他收好钱夹,别进后腰,那是一个粗纹的鞣制皮具,"一家人里,如果三代为屠,再不转业,早晚遭报。您看,现在这东西不是来了?"

"说起来,咱们也算半个同行。"

"哦,您跟哪儿高就?"

"万唐居。"

"好地方,我像你这么大,在宰场开牲,十头猪,连宰带收拾,两个钟头。只用一根粗圆木,一把刀。先敲脑袋,再放血,然后劈脊,去内货,保证干干净净。"他自顾自地说起来,好像想起很多事。

"所以说,做人,还是要多行善。"我把钱重新递进他手里,又在他的肩膀前,捋出一根线,拿走了我想要的白色气球,"看得出来,您是吃过大苦的人。"

"我不行,有比我还苦的。"老人又把钱收好,冲我笑了起来,"那时有个弟兄,来场上要跟我学,我就站在烫猪池旁边,跟他说:'这地方你不能来。'他说:'您肯收我,我客客气气待您,拴猪时也有个帮衬。不然,我就跟扎进脚底的钉子一样,您走到哪里,我跟到哪里。'"

老人宽大的腰膀,像一扇铁门。我一边听,一边尽力去想象他年轻时的样子。

"我问他以前摸过刀吗,他说没有,但是会拍鸽子,翅膀一攥,背朝地上稳稳一摔,准死,一滴血不流。我听了,就把刀衔在嘴上咬住,准备干活。他是个麻利人,不吭不响就来帮我捆牲口,手握住后腿,再朝外一提,上千斤的美国红毛猪,眨眼间四仰八叉。我跟上去朝心窝子就是一刀,手腕再横着一搅,就松劲了。开膛后我叫他过来看,内脏上只有一道被刀尖刺出的小口,像蚊子叮的包一样。"老人用那只手,在肩头数了数,又从布兜里捏出个瘪气球,他还是想说下去。

"六四年以后,搞四清,大串联,我也纳闷,每回闹运动,他都要被卷进去。我因为眼瞎,逃过去很多事。只有他,整日挂着牌子,被揪到会上斗。那些故意在凳子上放个搓板叫他跪的,都是他的徒弟。每人握一条那种拴在马达上、带钉子的角带,直抽到他血印子一声一声溅出来。从头到尾,我就站在一边,等着把他带回去。不管他是活着,还是死了。"

薄暮时分,大片愈来愈深的墨绿围拢在空中,像是什么奇怪的酒,淌在我们的头顶。风将我们的气球吹得乱撞,缠在一起,发出软绵绵的乒乒乓乓声。

"不过,还有句老话,先生没讲到,那就是福祸本相依,天命不可违。这双眼睛受了我多少拖累,不好讲,但它不肯瞎,后面那些大难,我实实在在躲不过去。后来,在那个比我的世界更黑暗的地方,我把我徒弟,从他徒弟的手里抬出来。谁又能想到,今天我还要靠他好心,分我一口饭吃。"

老人把手搭在我肩上,却没立刻放下,似乎是想找个东西扶一扶。

"我站在这儿,每个人经过,都和你一样可怜我。要不买两个气球,要不就打发孩子来,偷着把钱丢下。但是没人能告诉我,我现在这样到底是福,是祸。"

我和他又待了好一会儿,却不知道再讲什么才好。

————

自从来烤鸭部上班,我就没进过正餐部的大厨房。为了不给老谢添麻烦,平日我改从广安门电影院(白广路店)直奔后院进店。店里能上二层的楼梯共有两个,东为上,挨着店门,留给客人;通常内部职工会走西侧的那个,从后厨踩着直接就能去楼上财务科。按规定,早九点营业,晚八点关门,中间两点到四点,师傅们想干点什么都行,还能回趟家。正是这时人少,连老谢也在打盹儿,我才拴着红、白气球,来楼上领工资,只为快去快回。

说出来很多人都不会信,刚来万唐居的时候,我最怵领工资的日子。我总觉得,这份钱如果领了,那和要饭的可真没什么区别了。偶尔几回,在车棚里碰见杨越钧,他老是和和气气地问我,在鸭房适不适应,上手了没有,缺东西就说,后来我就躲着他走了。一个人的时候,我跟自己念叨过,这个工资我还是得领,否则会有人说,"驴师傅"终于撂挑子了。这对于店里的管理,也不是好事,到头来难堪的,还不是我师父吗?

———

那天留下值班的会计,年纪很轻。她上身套了一件大夫才穿的白大褂,两条细瘦的小臂上,戴着一对蓝套袖。她头也没抬,就递来一张表,让我签字。

在一排墨绿色的铁柜后面,她掏出钥匙,开明锁,从抽屉里数钱给我。我把气球线踩在脚下,腾出手写好名字,听她噼噼啪啪地又过了一遍算盘。我瞥见,她不像那些老会计,留一头齐肩油亮的波浪大卷,而是梳了两条乌黑的麻花辫。白润细滑的肤色,更是比苗家人做的鱼冻还透亮。

"你再这样看下去,我数错了钱,算咱们谁的身上?"她一句话问得我无言以对,"你下去后,帮我叫一下曲百汇好吧,他也该领钱了。"

"我不回后厨,我是鸭房的。"

她扬起脸,看了看那两个气球,又看了看我,冰澈的眸子,像初秋里盈满露水的荷塘。

"你就是跟着葛清的驴……屠师傅?都说你没半个月准跑,想不到能熬到领工资的日子。"

我瞄了瞄她胸前的名牌，清楚地印着"邢丽浙"三个字。

钱点好后，我往兜里一塞，没搭她这个茬，想走。

"回鸭房也要这样神气，让你带个话会死人？"她用橡皮筋在一捆钞票上利索地绕了三下，搁好，"等到你把葛清的本事学到手，当上前厅总经理，搞不好我们还要给你跪下的。"

我把工资又拿出来一甩，拍在她面前。

"这种话，你应该对着大喇叭去说，让葛师傅听见，我他妈吃不了兜着走，还领工资？"

"你把钱拿走，跟我抖威风算什么本事。"她摆出洋梨一般的冷脸，"空长个五大三粗的样子，脑袋也是块铁疙瘩，派你去烤鸭部，能比前面两个好到哪儿去？葛清的手艺传给谁，谁就当前厅经理，这是掌灶早定好的，又不是搞特殊化。你以为没人说，葛清就不知道吗？老家伙比猴子还要机灵。"

―――――

她们科里的玻璃窗，可真干净。那些柳枝，看上去像是长在屋子里一样。

见我还在愣着，她的两道弦月眉，轻轻一蹙。

"你没仔细看，楼梯口的黑板写着什么？区里要评出六个涉外饭庄，万唐居和对面的道林酒家，只能上一个。"

我点了点头，想了半天，问她："那又怎么了？"

"你先给我一句话，还要不要跟着葛清学了？要，就把耳朵伸过来，我教你一招，不管用，连我的工资一起，倒贴给你。"

她的话叫我很难为情，但我还是弯下腰，凑到她跟前。她身上有股淡淡的雪花膏味，指关节处嫩红的肌肤纹路，令我看得入神。至于她说了什么，反倒没听太清楚。

"怎么谢我？"

"你喜欢什么颜色的?"我抬起脚,把那两个气球牵了过来,"挑一个吧。"

"都给我。"她将气球线一把拽了去,真的全留下来了。"劳资科上次发口罩,没给到你们那边,我手头留了几个,你要不要,点炉子的时候正好用上。"

我刚要转身出去,回头见她把一摞四方棉纱塞了过来。"下次再来我这里领工资。"

"你喜欢吃鸭肉吗?我求葛师傅给你片一盘儿,这点儿小事他还是肯的。"

"干什么,他烤的鸭子,我又不是吃不起。"

———

不论哪一路厨子,师父再尽心尽力地教你,也要埋下一道偷手,以防东家和徒弟抄自己后路。为此,有的甚至不怕手艺断在自己身上,也要一起带进棺材。所以有人说,勤行这点活儿,免不了一代不如一代。

有时候我想,是不是在葛清的心里,就有这个顾虑。

那天我干脆走进鸭房,想找他问清楚。当时,他嘴里正叼着一根天津产的"战斗"牌香烟,皮围裙系在身上,毛线手套套好,准备入炉前最后一步,开膛取脏。他攥着刚打过气的鸭坯翅膀,扬起下巴,示意我帮忙划根火柴,我忙举到他嘴边。看着星星散散的烟叶,卷缩,燃起,他慢慢地合上眼睛。

———

老头随后握紧鸭脖,将鸭背靠在木案上,提起一把五寸长的尖刀。为了坯形不破,他习惯刀走腋下,先开一月牙形小口,凭食指即可将内脏一下钩出。

"杨师父让我到鸭房学徒,您总要派点儿活给我吧?"

"别拿杨越钧来压我。"葛清掏完鸭肺后,拧开龙头,他的烟酒嗓,伴着水声,从咬着烟的牙缝里钻出,像一张砂纸,碾擦着屋内暗哑的水泥墙。

"没那个意思,就是觉得,这样在店里白拿工资,烫手。"

他回身看我,一双被信封拉过似的倒三角眼,在我身上扫了个遍:"你来之前,杨越钧的大徒弟和二徒弟都被鸭房赶出去过,知道吗?"

"听说过。"

"那你还来?"

"师父说,干厨子最要紧是有一颗孝心。"我也不知怎么蹦出这样一句。

葛清把烟拿在手里,乐了,棱角分明的脸,如茶褐色的鸡皮般,密密层层地裂开。

他没再理我,倒是取出一根高粱秆,一头被削成三角形,一头是叉形,放入鸭腹内后,向上撑住鸭脯的三叉骨。我将目光挪向远处,这间十平方米的鸭房,尽里面有个小单间。我面前是个半张床大小的工作台,用白铁板包好的木头案子,底下安了俩板凳腿,牢牢架住。

葛清很快从单间里提出一只刚烤熟的鸭子,站到案前,躬身片肉。杏仁片是最传统的技法,他抄起一把精巧的直刃片鸭刀,先在鸭胸拉出一道小缝,肉里迅速渗出星星点点的汁液。他又在这道缝的上方,再划第二刀、第三刀,接着绷直拇指,按住切下的鸭肉,左手跟紧接肉。随着皮肉吱吱脆脆地应声错开,一枚一枚,轮廓艳亮的扁平薄片,温顺地躺下来,微微散着热气。很快,鸭皮上流出的油挂到托盘,慢慢又汇成云朵般的油花,莹彻平滑。

老头叼住烟嘴,将光亮香脆的鸭肉拈起,码出四周环绕、中间收口的葵花形入盘。

"走菜。"他把烟一弹,擦刀,耳边变戏法似的又取出一根,再塞嘴里。

"这样就想把我糊弄走?"

"爷们儿,你什么意思?"他取出一块豆包布,在手上来回揉擦。

"我就是想学开鸭之后,片肉之前这点儿东西。单间里到底什么样,您得让我开开眼。"

"想开眼是吧,刀就搁在那儿,有多大能耐,使出来。"

他朝案头上剩的那半只鸭子一瞥,我也不再废话。部位不同,片法自然不同,内行不用多看,头一下便猜出你几分内力。我侧身下刀,切出五厘米长、两毫米厚的柳叶条,连皮带肉,一段段细匀工整,薄而不碎。我没学过摆盘,只将切好的鸭肉朝刀背上一搓,腾到一个七寸碟上。

"可以,至少鸭皮不皱不缩。只是这么切,看的就是摆盘。"他把烟捏在手上,认起真来,"你跟谁学的?"

"雕虫小技。"

"杨越钧想干什么?"他仔细盯着我,好像师父正躲在我身后,"那俩草包滚蛋以后,我讲过,事不过三,他还敢把你打发过来。"

我这才想起邢丽浙交代过的话,回头看后院并无一人,便跟老头说了。他没听见一样,自顾自地转身又走回单间,却没有让我跟进去的意思。

"回去吧。"他耳朵上又多出来一根烟,"嫌钱烫手,就买一条儿红梅,下次再空着手来,学他妈屁。"

谢天谢地,邢丽浙看人比点钱还准。

———

"你请我来道林吃饭,不怕被人撞见?谁不知道,这两家店在抢指标。"

葛清用左手解开两颗梅花扣,右手在尖脑袋顶来回胡撸着短碎斑斑的一层灰发。他说:"打从'四人帮'倒台,就再没进过这家馆子。"我跟着点头说:"别看长这么大,能坐进道林里吃饭,自己也是大姑娘上轿头一回。当然了,还要看这顿饭和谁吃,怎么吃,比如要跟您面对着面,耳听心受,才算是福运不浅。"

老头并不搭话,只管纵目四望,见顶楼的飞檐斗拱下,是绘着五福献寿的横梁来做吊顶天花。堂内林立一片漆红大柱,墙面贴了米色的直纹壁纸，底部则用柚木的饰面板包好，配上苏绣竹帘、明式宫灯和嵌着冰花玻璃的落地屏风，极压得住阵脚。

"说什么福运不福运的，到这种金镶玉裹的地界儿，人模狗样往我面前一坐，话也跟着漂亮起来了。别忘了，店大欺客，奴大欺主，椅子再贵，你也是用嘴吃饭，不是屁股。"

"千好万好，不如万唐居的鸭房好，行了吧？咱们，点菜？"

我拿起一张三沓小册的菜谱，绿底白边，浮印着描金的梅竹与纱灯，青红相映。里页用蝇头小楷手写的菜名，如幽花美士般，个个出落得婉丽飘逸，骨秀神清。

"您看人家，落款不仅盖着刻章，侧栏还用宣纸贴上今日宴会的冷菜和小吃，分行布白的，拿在手里，贺年卡一样。"

"来道林点菜还用这玩意儿？"他掸了掸鞋面，不用正眼瞧我，"看着膀大腰圆，坐下来却像个娘们儿。既然来了，就别白跑一趟，带你粗长些见识还是应该的。"

我眨巴着眼，不作声响，只等看老头如何行事。

葛清抬手朝一个女领班打个招呼。对方闲悠悠地走过来，取笔拿纸夹，候在一边。

"丫头，我是宁啃仙桃一口，不吃烂杏一筐，今天专程带刚入行的小子来这儿，学习学习。"

我猜不出事态轻重，仍举着菜单，看了又看。勤行有个不成文的规矩，行合趋同是大忌，各家即便有同一道看家菜，做出的口儿也绝不一样。比如，同是鲁菜馆，又都做葱烧海参，但吃同和居的，跟去丰泽园的，不会是一拨人。换句话讲，客人来你店里是吃这儿的师傅，所以厨子之间没有互相串的。

女领班仍摆出一副六根清净的样子，我感觉即使刀架脖子，她都未必知道死字怎么写。

"我们是国营大店，坑您又不给涨工资，北京饭店里倒有的是仙桃，进得去吗你？"

我一听就知她是外行，饭店重规格，饭庄重风味，两者登记在执照上的功能不同，并无高低之分，在吃上真懂的人不会这样信口乱讲。

"那就好。"葛清不再多言，"先来盘儿凉菜，怪味鸡。"

这道菜，调味繁复，入嘴后百味交陈，容易试出功夫深浅。女领班听后却是一怔，没有下笔去记。

"精雕细刻的房子能建，直截了当的菜做不了？那换四川泡菜。"老头变来变去的，如同在打麻将。

"您真会逗闷子，专拣单子上没写的点。"她的笑像是腊月里的冻柿子，几乎结出霜来。

葛清应该清楚，这菜他是吃不到的。泡菜制法简单，却消耗巨大。当年道林只为这一道凉菜，必须单开一屋，宽如车间，全封闭消毒。别说人，一丁点儿油气不能进。可如今，却连菜名都找不见了。我将菜单立好，低头冲着银白的提花桌布愣神儿。

———

"热菜还用点吗？道林不就那几样，一个宫保鸡丁，一个干煸牛肉丝。"老头有些厌了。

"可看整个餐馆，里外里都算上，数你认字儿最多，是吗？"一听这是冲我来了，我赶紧放下手里的菜单。

"来只樟茶鸭子。"我紧跟着说。

女领班连连应声，一边倒好水，一边摆齐碗筷，极认真。

"店里新添的五柳鱼，您尝尝？"听音儿，她底气还有，总想把面子扳回来，"这家店刚装完，才开业，二位吃条鱼，也好讨个彩头。"

葛清手指转着杯口，像是在圆包子褶，不说什么。我接过话，答她："照你的意思办吧。"

趁着等菜，我想探探老头口风。

"照您看，这回区里评涉外单位，两家店，谁上谁下？"

"你问得到我头上吗，谁上谁下我都有钱拿。再说这事我拍板儿也不算数，问你师父去。"

"当然有您能拍板儿的地方，比如让不让我进鸭房，杨师父当然希望我能帮您分担分担。"

话讲一半，菜来了。金字招牌的宫保鸡丁，汁红肉亮，香气吐绽，一公分大的肉丁像量过似的。葱粒蒜片、腰果杏仁、去皮花生，料配也全，浸在棕色浆汁上，如同焦金流石一般。另一道干煸牛肉丝，也是酥嫩筋道，我闻了闻，豆酱所散发出的咸辣之气，虽略重，但很正宗。女领班让人先摆在葛清面前。

"你这菜不对。"老头没动筷子，把正在布菜的女领班喊来，"按规矩应该是锅红、油温、爆上汁，你得让我只见红油不见汁。你这个，也叫宫保？沙司滋汁熬得又黏又溶，根本就是糖熘，糊弄谁呢，拿走！"

女领班赶紧看我。

"先搁着吧，挺好的东西。"我说。

她用公筷，夹了一小碟干煸牛肉丝给葛清，谁想老头根本不吃，用手指一掐，压在桌上，竟挤出水来。

"道林没人了？这菜本是无渣无汁，要吃出干香滋润入进去的味。你们倒好，干煸和炸都分不出，把主厨请出来。"

"现在都是这么做的,您就凑合吃吧。"她开始有些抵赖。

"都这么做,也是错的。"他把盘子都堆到一起。

我夹了两条刚上桌的樟茶鸭。

"好赖您也动一动筷子。"

他直接取了中段的一截鸭胸,闻了闻,放进嘴。

"凉的。"这回他直接把肉啐了出来。"这菜从冰箱里提出来,热一热就端来了,看着皮脆肉嫩,实际没炸透,外边酥,里面硬。姑娘,你自己吃吃看。"

我不再劝和,告诉她,想请主厨露个面,都是干这个的,谁也不会为难谁,她自然没话好说。

———————

"葛师傅来怎么早不打招呼,哪有让您在一楼吃散座的道理?我这就给您安排一下,三楼雅间是刚装好的,您给瞅瞅,有四出头的官帽椅、博古架。"

那人笑眯眯地倒先开了口,我见他满是好意,互相点了头,心中替他不忍。

老头端起一杯茶清口,当众人的面,吃下一勺鸡丁。

"我牙口不好,官帽椅、博古架,怕嚼不动。"

"那您感觉,这菜吃着,哪儿不对?剞花刀的丁儿,仔公鸡的嫩腿肉,您是行家,全看得见。火候讲的是刚断生,正好熟,都是传了几十年的规矩。"

"这话搪塞外人,倒也不差,但你不用给我背书。说起宫保鸡丁,我只服两位。一个是四川饭店的陈宫如;一个是道林第一代厨师长伍先生,是他令你道林出的宫保汁,十拿九稳。刚才你提规矩二字,很好,可为什么我没吃就说不对?就是你的技法,不合他定的规矩。"

主厨一听老头翻起家谱,就知道没了还嘴的余地,只好安静等话。

"单说这菜的模样,首先它是爆荧菜,伍先生炒,不会一味过油,他是用煸的。这是川菜唯一的技法,有它才叫宫保,不是说搁鸡丁,搁辣椒搁花生米，就是宫保。这个你不能丢，丢了就是打自己脸，懂吗？"女领班见老头的话重了，赶忙朝他杯里续水，息怨气。

主厨像个被袭了营、下了枪的副官，纹丝不动。

"既然你认识我，话如果不中听，全当我摆资历。"老头捡起一根筷，伸到菜上面，戳标枪似的比画着，"世人皆知你家这菜，吃进嘴，应化成五味。先甜，后微酸，再略有椒香，跟着是咸鲜，还带点儿麻口儿。这五味，一个压一个，各层有各层的目的。好比逢辣必甜，麻在最后，吃热吃腻时，要用泡好的花椒粒来化解，再张嘴呼气，才能清爽。哪像你这个，全是满嘴生辣。"

窗外的斜阳像绢布抖下的落尘，越发稀散，疏少。穿堂风跑进屋内，菜开始稍稍发凉。

老头紧了紧衣襟，从内兜抽出一根烟，在桌上磕了磕，搁在嘴上点好火。

"是不是让你难堪了？爷们儿，报个名吧。"

"严诚顺。"主厨走近了些。

"你叔在街南美味斋管面点？"

"您真行，一下就知道。"

"有意思，遇见熟人了。容我多问一句，你这儿打着伍先生的旗子，去过他家里吗？"

"逢年过节的，都会去看看。"

"给伍先生磕过头没有？"

"没有。"

严诚顺说完后，脸上仿佛撒下了一把红椒籽，汗珠淌下来，都透着辣味。

半路，葛清像怕丢了户口本一样，手按着襟衫两侧的底边。

"当年，伍师傅手把手地教过我。店里一赶上义务献血，他就派我躲到堆房踩蒜。"

出了南运巷的巷口，天色已显出昏沉。晚暮前的青苍与冷寂，会令上了年纪的人，想起许多空悄的旧事。老头拖住步子，对我讲起他年轻时，是做清真菜起家，中途手紧，才入了汉民馆子，行话管这叫"换带手"，是丢大人的事。可他想的只是不挨饿有钱拿，上了岁数才知道，一辈子遭人白眼，是什么滋味。

"准我进鸭房吧，您不喜欢拜师那套，我也不求虚名。教会我东西，我帮您把宫廷烤鸭保全。"

行至椿树馆，葛清在街角的冷摊上，挑出一副酒红色的毛线手套。付了钱，上下拍打几下，揣好。

"我这点儿手艺，凭的全是一招鲜，吃遍天。搭鸭炉，制鸭坯，外带酱糖葱饼，全部家伙什儿，这层窗户纸，我不点，只怕会叫你想破了头。但早早晚晚，一家通，家家通，等到遍地开花之日，也是我走投无路的一天。那时，谁赏我饭吃？"

我僵立在街上，接不上话。

"再不走，路就黑了。"

街灯初上，原来两个人又兜回到万唐居斜对面的白广路商场。作别后，我远远注视着他，像是在看一颗绽裂的顽石，在街面被吹到哪儿，就是哪儿。

一根细高的茶色木头电线杆下，那个卖气球的瞎子居然还在。风起来了，掀起橘色的沙，气球线拧成结，又是乱窜一气。

另一边，又一个老头朝他直走过来，挨近后，替他挡住风，收好东西，然后递给他一副鲜艳的手套。

两个老头，搀搀相扶着，走进更深的夜。

三

　　万唐居后院临街的六间背阴铺面房，紧贴道林的仓库，筒瓦卷棚，道士帽门，清水脊，一溜街门自上而下刷成青黑色。原是住家搬走前留给政府的逆产，公私合营后被店里将门脸封死，两两打通，改成鸭圈，一直用到现在。因守在后门东北角，位不吉，除了葛清和我，也少有人来。尤其早中班的时候，更只有我一人经此出入，老谢干脆连门也懒得锁了。先后几次，我在半道碰见邢丽浙，那双颀长的手臂，骑一辆凤凰车，目不斜视。打个手势后，她会绕远拐到正门，再推到车棚。等支子放好，拽一拽身上的雪纺裙，将铃铛盖收进包，才进店。两个人想搭上句话，难过抽一支好签。

　　我虽是个粗人，但不笨，这点儿意思，容易懂。一来是鸭圈总有股膻秽气，可以讲，平日是有风臭十里，无风十里臭，让人回味无穷。二来呢，这无尽无休的鸭毛，也不禁念，专爱沾在人家衣服和脸上，跟进屋，还要上炕头，进饭碗的。像极了堵上门，吃白食的穷亲戚。这四邻八舍的街坊，有谁不嫌，更别说她一个爱干净的俏丽女子。这样劝过自己两三次，我才进了院子，关紧瓦青色的栅门，将一身刚洗好的工服，换下叠好。

　　吃烤鸭的旺季在夏天，开春前和立秋后，火的都是炒菜和涮锅子。葛清得了闲，包好一兜子鸭架就出去了，只留我杵在后院，看鸭圈。我要将水小心滴进食槽，鸭子喝不完两成，余下的连踩带蹬，啪啪乱喷。等我夹着两筐沙子回来填土时，眼前已是湿臭粘连，像化粪池一样。一个鸭圈养五十只鸭，三个鸭圈，光是把这帮祖宗轰出来，再赶回去，就足够累得我嘴角抽搦。

　　我洗把脸后，找了块砖垫在屁股下，将店里配的一把九寸切片刀，攥在手心。刀的刃口还挂着水锈，刀膛也黑，切不完一只羊腿，别说毛刺倒生，卷刃打弯也不稀奇。因为它蠢，要靠你去找沙岩石，磨它，养它，这是规矩。我从货架搜出小二十斤的牛纸袋，沿儿可沿儿对齐，铆足劲，一刀接一刀地剁下去。剁到纸出了层，碎如锯屑，剁到虎口勒出深痕，沾上汗，刺痒难当。心里像嚼下一根红头尖尾的七星椒，有股邪火，搜肠刮肚，翻江倒海。

邢丽浙，你的馊主意，老头连面都不露了，只把我和一群傻精傻精的鸭子关在一起。

———

"你这切法，解气，就是缺准星，走个盐爆里脊还行，要让你配个炒肉丝，切火柴棍儿，三五刀的显不出什么，二十刀以后还不剁出浆了。"

听有人搭话，我停了下来。抬起头的工夫，对方欠身去提裤脚，蹲下来，把一捆滑碌碌的葱白垫在两腿间。

"剥完赶紧走，有什么可看。这刀刃儿比脚后跟还厚，出肉丝？拍蒜还差不多，你瞧瞧。"前院新招的徒工，偶尔来这边放放风，过烟瘾。见这人瘦骨伶仃，薄薄脆脆的，体格如同刚炸出锅的油饼，我冷眉冷眼地指给他看。

"不看也知道，进店当天，每人都要领这么个生铁片子。"他脸上一股眉清目澈的书生气，令我感觉到有些眼熟。他又从上衣兜捏出一根"大婴孩"，敬给我。

"不认识了？曲百汇，我也是杨师父的徒弟。咱俩前后脚进店，笔试时我还漏过题给你。"

"可不是嘛，一直都没来得及谢你。我到现在都没想通，干厨子考他妈什么英语、算术。"我干巴巴地接过烟，强挤着脸，冲他笑。

"小事一桩，师兄弟间，还不是你帮我，我帮你的。何况师父也嘱咐过，有事尽管找你。"我自然不信，嘴却乐开了，寻思这人分明就是袁阔成评书里的白面儒冠，哪有个看炉护灶的样子。

"我看鸭房难得消停，才好心叫你。空耗在这儿，就是把整年的报纸都剁碎了，你也练不出来。跟我走，今天让你上案子。"

"小子，话在你嘴里，跟糖球似的，来回着说。明明是你在求我，倒还要我来谢你。"

我就像个山野村夫，被领进太和殿内堂一样，在那间两百多见方的大厨房里，来回张望。两排操作台横在前面，宽绰而明净。八米高的四平屋顶，相当于两层楼，边上嵌着一圈吸入式排风扇，在头顶轰轰作响。

"骨干都忙着备战评比的事，眼瞅客人又多起来，师父才特批我上灶。搁平时，在墩儿上干不满两年，提也别提。"

"那说明带你的那个人，使劲儿了。"

我心中泛起酸来，如果留在大厨房的是我，如今我也能有自己的灶了。

"我在田艳手下干活，她是配菜组老大，'飞刀田'的名号你没听过？"

见我不想搭话，他也就不再问了。

他的菜墩子上面，裂开一道拇指宽的大缝，像炭火熏黑的烧眼，我看着不解。

"早说过了，这里没人欺负你，规矩而已。五十公分大的柳木墩子，多漂亮，想要？长本事就给你。来这儿头一天，田艳都不正眼瞧我，只塞我手里一把刀，说，打号儿去。"他捧出个蚂蚁篓，把搭在调料盆上的布掀下来，将里面的料酒、虾油和醋，条分缕析般地过了一遍，"为了别跟师哥的刀用混了，我得一个个打听，您刀刃儿上，都是什么字。只能看，不能碰，否则跟你急。他要是烫个圆圈，你就得烫三角。"

我这才意识到,他为何不在我面前提葛清的名字。

两人一时都没了话好讲,谁也不愿再碰谁的难处。

———

热菜间里,进来一个和我同样壮实的人,四方脸,嘴两边的肉往下耷拉。曲百汇悄声说,能不能翻身,弟弟就指望这次机会了,你只管在尾墩儿替我一下。记住,全店你就我这么一个师弟,不疼我,疼谁?我说,你快过去吧,他又谢了两三遍,一溜烟地跑了过去。

我站在几十号人的身后,看着他们,像往返牵引的织布机机梭一样,忙而不乱。有人腋下夹着菜刀,刃儿朝上,把儿冲后,走到案板边,很在意地将刀背冲外,放稳。灶上的油锅上火时,也不见谁让别人看锅,擅自离开的。我呢,所谓上案,不过是把葱姜蒜等用作提香去腥的料头备好,再将洗涤池下边,三五筐择好的青菜,泡进水里洗,而已。

眼前有几个淡绿色的搪瓷托盘,放着新鲜的胡萝卜丝、青笋丝和土豆丝,都是曲百汇切好的。我随手抓了一把,摊在案上,用手一拨,根根粗细均匀。我又抄起个带果纹的陶制盉子,舀满水,土豆丝往里一泡,再浮上来,见不到一根连刀的。

"飞刀田",我明白了。

———

慢慢地,有些不干不净的话,传过来。什么自打道林的招牌立起来,葛清就在那儿干,仗着手艺硬,不留口德。什么连道林的党支部,都说他是认钱不认人的黑五类,败了这行的名声。有个上了年纪的,还说"文革"时,折磨葛清最凶最狠的,全是跟过他的徒弟。那年在崇效寺庙门口的土台子上,十几只手差点把老东西活活打死。后来是被一瞎子背回家,才留他一口气。这刚过去几年,杨越钧真逗,还敢让他收徒?听得出来,这是冲我来的。若搁几年前,八十的老头又怎样,我照打不误。

结果我像没事人一样,去瞧门楣上的挂钟。时间差不多了,我要去刷师弟的刀箱和菜墩,然后上蜡。

热菜间里,突然哐啷一声,接着有人在骂,口不择言的,很难听。我跟着他们,朝灶台围过去,见那个四方脸,正对着尾灶上的曲百汇,一通劈头盖脸。

这孩子炒的是西红柿鸡蛋,听一师傅讲,鸡蛋打好了本该往锅上一摊,翻勺后,再划个十字刀。等把西红柿倒进去,一舀水,哗啦一折,水汽控出后,搁糖。出锅后红是红,黄是黄,很漂亮的一道菜。四方脸全程守在一旁,一针一线,看得真切。结果,曲百汇炒到中途,见西红柿是青的,不出汤,心就毛了。他又加了水,仍不发红。四方脸偏不走开,就要看他怎么办。这孩子也真有办法,直接往菜里兑酱油,见着色了,勾淀粉,翻腾两下,就码盘了。

配菜间的人说:"这东西一来好几筐,越是红的,越尽着冷荤和头墩的师傅,配高档菜,挑剩下没人要的,才轮到尾灶。十个里保不齐出俩青的,让他赶上了。他倒言声呀,喊一嗓子,我这边马上重新切。话也不敢讲,愣要在火上瞎对付。被冯炳阁逮着,有好戏看了。"

眨眼间,四方脸取出一支拍勺,用力一撮,将西红柿撮到勺里,再一甩,一勺子菜啪地飞到墙上。我们眼见那盘颜色生硬的西红柿,顺着烟色的墙皮,柔柔腻腻地,滑到煤堆上。

"管你什么理由,我只跟你要菜。菜不对,你就搁酱油,这回是酱油,下回还放什么?这是手艺,不是戏法!"四方脸吼了起来。

曲百汇哆嗦着蹲在地上,把煤挪开,将他做的菜一点点捡出来,然后扫地,擦煤。

他背对着人，偷着抹一下脸，想是没忍住，眼泪下来了。

"以后别想上灶了，挎一辈子刀吧。"有人捡着乐。

我稍用些力气，两手拨出一条窄道，走到师弟身边说："哭他妈什么！"

他被我揪住脖领子，连人带衣服一起提了起来。他的身子像没拧干的毛裤，湿嗒嗒挂在衣架上，仍往下坠。

"鼓不敲不响，理不辩不明。不是师哥，谁这样教你，快谢师哥。"我堆出一张热脸，贴在四方脸面前，"师哥，他还小，出了错，您多担待，何必这样伤他？传出去，让外人笑。"

冯炳阁把脸贴到我跟前，嘴对着嘴地问我："哪儿来的？"

"屠国柱，烤鸭部的。"他的口气太重，我不得不错开脑袋。

"菜炒砸了，就要自己担着，否则炒锅赖墩儿上，墩儿上再赖炒锅，过家家呢？"他存心扯起嗓门，"不跟着葛清，来我这儿掺和什么，你想圆这个事儿？"

他的身板高大而壮实，说起话，像是一堵密不透风的墙上，架了个跑电的喇叭，嘶嘶哑哑的。

"就是看看。"

"看看？"他来劲了，唾液乱飞，耷拉的肉跟着抖了起来，"可以，师父点头，我没二话，否则，以后别让我在这里看见你。"

我一下记起自己的身份，还不如曲百汇，就忍住气，拍拍师弟肩膀，想打个招呼走人。

他身上冷得，像寒蝉僵鸟一样。

我还未及张口，对面蓦地闪出一个尖脸的女师傅，直接把曲百汇从众人眼前拉了出去。

回到后院的我，呆木地对着土红色的地砖，看了好一阵。

树上还剩下没掉的叶子，被冻得又亮又硬，像是乳黄色的花麦螺，风一吹，哗啦哗啦地响个不停。

一串脆亮的车铃声，在院外催我。我打开门走向当街，见是邢丽浙站在那里。

她嘴里叼着根红皮筋，正将辫子甩到肩后，引臂梳起，那双似喜非喜的水杏眼，望向这边，一副有话要说的样子。

"怎么谢我？"她扎起个麻花辫，又问起我。

"还敢再讲，险些把洋相出尽了。刚听人说，葛清不仅是道林元老，还在徒弟身上吃过大亏。你这招臭棋，偏去揭他旧日的疤。"我一肚子火气正没处撒，不免话中带刺，"难怪那天他装疯卖傻的，回来又躲着我。"

"屠国柱，你属豹子的，怎么逮谁咬谁。搞搞清楚，能站到你那位置，不知多少人会眼馋。处处讲论资排辈，论资排辈，可要说给葛清擦屁股，谁来排，死也没人肯的。"

"杨越钧要我有孝心，我还嘀咕，干厨子跟他妈孝心有什么关系，原来是给我打预防针。"

"再忍一忍，我猜你师父想培养自己人。他在市里打下包票，要把老手艺往下传。否则，宫廷烤鸭再赚钱，也是心病一块。"她轻轻翘起下巴，"那个葛清，我见了都一阵阵地发冷，打他的人，心里也是又恨又怕吧。他肯跟你回道林，就足够了，说到底是步险棋，哪里臭了？"

呆呆秋日，透过稀疏的槐柏，洒下斑斑树影，投在她白莲一般的颈项上，令我好一阵凝视，竟忘了回话。

"我也给你打一支预防针,假使他真肯留你,苦日子还在后头。"

"能比在鸭圈还苦?连我师弟,都上灶炒菜了。"

"曲百汇嘛,人家是接组织部曲主任的班,和齐书记一样,先给了全民编制。杨越钧见他能写会算的,就让人哄着派他活。争气呢,做个顺水人情;不争气,也是他命该如此。哪轮到你替他跟大师哥逞能。这个"驴师傅",真不是白叫的。"

"你那账上,是不是除了钱数,还记了每个人的生辰八字。田艳,你也认得?"

"你烦不烦!"她塞给我一张纸片,然后捏死了闸,坐上车,用力蹬起来,"为了找你,我午休的时间都搭进去,连个谢字也没听见。别说葛清,下次连我也要躲你!"

我紧跟了两步,送她。

她骑到一段上坡路,不疾不徐的风吹过来,令她裙摆飘拂,险些露出膝盖。她赶忙用手按住,嘴上还在不依不饶的。

―――――

一连数日,我也没回家,晚上干脆睡在店里,堵葛清。

早晨,我会沿着61路公共汽车的站牌,从白广路,慢跑到宣武门。回来前,要先穿进北面的天缘市场,那是一片坐东朝西的平房,门脸被一扇对开大板,隔出两个橱窗。内部切出像火柴盒一样粗糙局促的柜台,每个货架都会伸一根角铁,悬在两根细铁丝滑道上,用来收钱。滑道另一头则被集拢到更高的款台,等穿着浅灰色麻布衬衫的售货员收齐钱款,将找零和盖好章的小票放入头顶的夹子里,用力一悠。在滑道与夹子的摩擦声中,一桩桩买卖相继完成,拍武打片似的。

市场南墙的前半圈,是布匹柜台和缝纫部,理发店则被卖玩具的货架挤到犄角，只有一位身材浑圆的老师傅，套了件素色长衣，站在缠着蓝带子的金箍棒、铁皮公鸡和木块军棋后面，被我找见了。

老人让我坐上仅有的一个白漆铸铁的升降皮椅，然后使劲将座椅摇低。我面前那面镜子，钉在墙上，硕大无比。他也不多问，按住脑瓢，先拿推子横平竖直过一遍，再用美发剪细针密线地修整。我嘱咐老人剃短一点，他说青皮都出来了，再短就得上刮刀了，放心，保你一个月不用再来。我说，再来也不怕，很久没坐过这么舒服的椅子了。

交出邢丽浙给的那张洗理券后，我从市场里出来，额头还渗着豆渣般的汗液，淹过皮发，风一吹，痛快。回去时我边走边想，也不知道曲百汇怎么样了。还有，如果杨越钧真的在市里打下包票，要把宫廷烤鸭往下传，这不就等于逼我拼命吗？

―――――

那一晚，和平常一样，我拼了六把高背椅躺在一楼大堂，正对门口的位置。我仰起头，瞅着挂在檩条上的管灯，穿堂风一吹，马上就睡沉了。不知过去多久，感觉有人咣咣地踢我椅子腿，揉开眼后，见一道黑影向后院移去。跟过去细看，才认出葛清。他站在青色的拱形砖炉前，脚边放着一铁桶热水，盯着我看。那算不上是一张脸，更像是一把插紧的铜锁。

两个人，面对面站着，老头还不及我肩膀高，但他不发话，我不敢动。他踢了踢铁桶，嘴朝墙上的摆钟一努。

"这都四点半了，你每天跟这儿躺尸，挺美的，是吧？鸭房的规矩，杨越钧就这么教的你？"他摘下耳后的那根烟，送进嘴里，却并不点上。

"什么规矩？"我现在挺烦这两个字的。

"见我身后的鸭炉了吗？它就是规矩。"

那桶水正飘着醉醺醺的热气，我二话没有，就把炉里的劈柴捡出来，抄起扫地笤帚、劳动布手套和麻袋片，蘸了水往身上一绑，拎着水桶便钻进鸭炉。

趴在炉口时，我忽然又停下来，想起邢丽浙拿给我的口罩，于是又翻起里兜。

"手里拿着什么？"

"口罩，发的。"

"你他妈见过有厨子戴口罩的吗？给我扔了！"

葛清太坏了，这么窄的炉体，按说他进去才合适。我的个头太大，就算生往里挤，也很难施展开腿脚。烤完的炉子要趁热刷，可三百摄氏度的火气没散尽，如同钻进火焰山。黑灯瞎火里，我蜷着身子，进退不能。炉壁上敷的全是凝成块的灰和油，我举起高粱条刨成的笤帚棒，蘸一下桶里的碱水，用尽气力去搓，却看不见任何轮廓。污垢化成水汽后，稍一扫动，便裹着烟尘，喷得我浑身上下，跟鬼似的。那种炙热和憋闷，令皮肤仿佛开芽一般，由内而外松动出难耐的烧灼感。

等一出来，天已见亮，套在身上的麻袋，成了被浇散的蓑衣，工服沾满烟灰后像是生了锈。水房里有很多搓板，我脱下来撒一把碱面，投洗好几遍，又抠了半天嗓子眼。

回来后，正巧瞅见葛清的工服正闲搭在椅背上，也不看大小直接便往身上一套。

八点整，我像条狗一样，蹲坐在鸭房门口捯着气，很想眯一会儿，可胸口一阵阵地泛起干呕。厨子都吃过折箩[1]，第一道笋最干净，也最好吃，

---

[1] 折箩：北京方言，也作"合菜"，是指吃完酒宴后将没有动过的菜混在一起。

通常会被服务员先分掉。能进我们嘴里的，说白了就是泔水、渣菜。吃起来不能多想，使劲儿往嗓子眼倒就对了。说不清道不明的，我越要吐，折笋就越在眼前晃，越是晃，就越要吐。肚子里咕咕直叫，可嗓子眼却像涨潮一样不断往上涌酸水。

　　过了不久，循着一缕面香，我侧头去找，见储物柜上竟搁着四个热乎乎的缸炉烧饼。那味道和街上卖的全不是一回事，一闻，心里咚咚直蹦。我扶住门框，偷着起身去够。

　　"杨越钧是这么让你孝顺我的？"葛清的话，永远是一根挂炉上被烧通红的鸭钩，专刺别人喉颈。他当着我的面，从炉里取出早上烤的第一只鸭子，噌噌两下，片了一半。油酥酥的连皮带肉都被塞进烧饼里，再撒上点儿盐花，用一张黄褐色的薄牛皮纸包了两个，递过来。我这一口，险些连指甲盖一起咬掉。

　　剩下的，他自己并不吃，只是收好。我不明就里地看着他，两人都没有再做表示。

　　"吃完把你的工服给我换回来，在这儿的事，别到前院儿给我瞎散去。"

　　拿烤鸭垫肚子，这什么待遇？据说全店只有葛清一人的早点敢这么吃，我是第二号。打那天起，面案老大派人送来的烧饼，就有我一份。

四

邢丽浙儿时家住台州温岭,她最爱和女同学守在东海湾,玩绷绷绳。

大姐织毛衣剩下的一节褐色线绳,被她要走,结绳套,编花样。全班只有她,能翻二三十种出来,五角星和降落伞,只算大路货色。如果她愿意,编个蜻蜓、青蛙,甚至钻石出来,也不算奇。各种料子、颜色和长短不一的细绳,穿行在她纤柔的十指间,从哪里来,该到哪里去,不曾错过。

有一天,她在石塘镇,等父亲从钓浜港里收船回家。他上岸后,望着破旧的堤头,对女儿讲,丫头,要歇网了,家里有你姐妹三个,再想生,也养不起了,是南下广州,还是上北京,你说说看。是啊,姐妹三个,偏要小闺女拿主意,仿佛一家子的营运,像是盘根错节的层层细绳,全挂靠在她手上。咱家这样的,去了广州,我和姐姐倒能活了?北京吧。

有时候,我甚至觉得,我和邢丽浙之间,也有一根细线,不松,不紧,令她刚刚好能够到我。我告诉她,很多人一辈子也吃不到正宗的烤鸭,因为要走进后厨里,趁着鸭肉烫嘴的时候吃,才香。但是她不听。万唐居的服务员都是出了名的水灵,腰肢长,嘴甜,手也软。哪个师傅看上了,来,新出锅的拔丝土豆,趁热夹一口,小心烫。有这意思的,就势吃了,再贫两句,便是你情我愿。日子稍久,师傅能为你开小灶。给客人走完菜,单为你留出一盘,再朝出菜口一喊,谁谁进来。一来二去,就出双入对了,坐上师傅的车,下了班,被驮回家。

邢丽浙嫌这些人,吃相难看。她好歹是带着专业来的,在科里哪怕活再碎,也晓得干净俩字有多重。如此,她倒觉得我在鸭房,跟着葛清干,总好过在她眼皮底下,窃玉偷花,分人家荤腥吃。用她家乡话说,我将来是能在万唐居撑门头的。因此,她不许我和大厨房里欠教养的馋嘴猫一样,在她上下班的半路上,等她,拍她。更见不得我拿着两个鸭油烧饼,无端端地送给她。这个空子,她绝不留的。

所以这天既不是领工资,也没发奖金,我直不笼统地找到科里,自然惊住了她。听见我叫她名字时,她正在记账。因为组长也在,她便使了个眼色,让我站门外等。十分钟后,她洗了手,出来问我,什么事。我说,有话。她告诉我,下了班,还在后院门口说。我说,我下班晚。她说,没事,那我等你。

邢丽淅从没注意到,她家附近,这条白日里光板板的槐柏树街,在晚色的烘衬下,也有如此恬寂和美的一面。本来想,在店门口讲两句,还不散了。谁知两人边讲边走,一晃,竟到了她家胡同口。

黄澄澄的夜灯下,紧邻的槐树叶被照出璀璨的光线,秋风一起,清舒甘润,仿佛游弋于袖内领口。怎么对待女人,我心里真是连把尺子都不带,就知道贴在她跟前,寸步不离。

"好看吗?这可是新发的罗蒙西服,深蓝的,颜色多正。"她忽地挪出一步,在我眼前悠悠地转起身子,"你不在前院,不知道的,看道林装修下血本,杨越钧也坐不住了。别说会计室,你到后厨看看,以前抹的白灰墙,全贴了新瓷砖,从灶台一直贴到房顶。这种贴法,除了晋阳饭庄和鸿宾楼,市里没再准过别家。上月有客人投诉,说搪瓷盆磕掉的碎瓷进菜里,扎了嘴。这不,厨具也换成冲压的铝盘铝碗。"

"我可不看,看了保不齐又害了谁。我就不信,冲着瓷砖炒出的菜,能吃出花来。"

"葛清教你的?这话不许再对别人说。你师父的预防针过期了吧,就用这话孝顺他?"她瞪大眼睛,想是真急了,"哪里就熬出来了,你看我,科里有重要的事,什么时候轮到我说话?我也难受,我也和你一样,说话不长眼?"

我只好和她解释,这话当然不是冲着杨越钧。

"夹在这两人中间,你有多难,我明白。下午你叫我时,我正在算店里的收入分类表,鸭房一天烤三十只鸭子,当天卖光,全聚德也只卖五六十只。说句不偏心的话,最挣钱的买卖,是你和葛清真刀真枪干出来的,杨越钧的苦心,你懂了吗?"

"我懂不懂,有什么要紧,考评的成败全是看葛清。我就知道,鸭房里的罪,不能白遭,要我跟那俩师哥似的,被赶出去,办不到,我屠国柱不是那么没种的玩意儿。"

月光下,夜清风凉的,她白汤一样柔润的脸,露出了我从未见到过的笑容。

再一次见到我的小师弟,是在晨练时,我从玉蜓桥往回跑,听说他就住西晓市街,于是特意绕过天坛北面的金鱼池,还买了两袋炒栗子。敲门后,还未进院,就听街坊讲,这孩子天一亮就在东面的金台书院躲清净。我又再向东寻,一路经油盐店、绒线铺、粮油坊,快到祈年大街了,才意识到,老人讲的书院,就是胡同深处的东晓市小学。

这是座三进式的四合大院,过了垂花门,我站在古朴的回廊下面,前头是深檐飞椽、蓝砖青瓦的官厅和文场。曲百汇正巧从一间堂舍里出来,他仿佛又活过来了,笑着问我怎么找到这儿的,我把栗子递到他手中,说没想到你家住得这么深。他讲起儿时父母挨斗,被押进牛棚,自己不敢回家,整宿睡在这里,以为院子大,红卫兵从冲进门到抓人,有的是时间让他躲。

如今又想起回到这里，安静念书，只等明年开春考个电大。

我倒乐了，问他冯炳阁什么来头。他答，人家不仅是大师哥，还是师父的左右手。不过，这狗脾气的，专爱背后使刀，没人沾他。我说为这种人，你还不打算干了。他靠着一个四方柱，坐下来说，可能我天生就不是炒菜的材料。我爸总想让我接他的位子，在组织部耍笔杆。只是枉费了师父对我的一番苦心，还有田艳，她很愿意教我的。

我随手一抽，将他怀里的书翻了两下。哪家电大考试，要你背菜谱？

他又拿出个小日记本，青色塑皮上，画的纸扇和花团，很秀气，里面抄满了繁密的菜名，他一一指给我看。

"五丝王瓜、芙蓉干贝、西瓜酪、芝麻虾，还有师父的松鼠鱼，菜名跟诗一样。哥，听说你跟葛清在道林吃过饭，他们店新换的菜单，你没抄下来？我这里，东来顺、民族饭店的菜单，都抄了。没事就拿出来看，在脑子里碰，这道菜怎么炒的，那道又是怎么配的，主料搁什么，配料的比例又是什么，顺序对不对。"

我把本子拿在手上，想看清楚，里面很多菜名还写了注释，有的标个"冬"字，有的则是"厚"字。他又一下扯走，合上。

"你运气好，跟着葛清，能少走好些弯路。宫廷烤鸭的配方传给你的那天，想着点我，编成菜谱，也算一桩好事。"

我想起他刚才喊我的那一声"哥"，就说你快点回来吧，相互也好有个照应。他说你放心，是田艳放我假的，休一两天算什么。你去问，二师哥陈其，被鸭房赶出来后，就为赌气，半年没来店里。哥你也记着，以后遇见事，要先顾自己。师父中午常会组织大家读报、试新菜，你也去呗。我栽了跟头才明白，人熟是一宝，为出个好人缘，比给调两级工资还强。

半路上，我反复回想，那天从我身前将百汇拽走的人，是不是田艳，好清亮的一个女子。还有,那个一直不露面的二师哥,又是谁。不知不觉中,就进了后院,看见鸭场的胖经理,立在一排阴瓦之下,硬邦邦的,戳着不动。我过去拍他肩膀,发现这人面如霉墨。

"不卸车,自己罚站玩呢。"我见满满当当的三轮车,歪七扭八地撇在鸭圈前。"还是想程门立雪,让老爷子把你也收了,用我替你递个话吗?"

这人拼命点头。

"你没病吧?"

他哆哆嗦嗦地搓着手说:"你也别多管,只求进屋把老头请出来。这车,是我天没亮就从玉泉山的农业合作社蹬来的,不容易。"我说:"你站这儿,他肯定知道,愿意出来早出来了,不想出来,就是市里区里的领导来请,也不给这脸。"又随便找个由头,说圈里已经压了一礼拜的鸭子,就把他打发走了。

我换好衣服,刚迈过门槛,就见老头不知由哪里找了一张横格纸,在指尖不停地抖落,发出啪嚓啪嚓的声响。

"你还每天都要出去走一圈,瘾够大的。"

我脑袋一热,后悔过早放走了鸭场经理。

"觉得我这摊事儿扔个烧饼狗都能干是吧,那以后我喊你师父得了。反正我是头一回给学徒写月度评定,没轻没重。杨越钧看了这个,他脸上要还能挂得住,你就接茬儿跟这儿耗。"

见老头念起紧箍咒了,我赶紧撸起袖子,咬牙托起一口头号大铁锅,去烫鸭食。他将烟屁股往鞋底一蹭,弹到地上,便不再动身,只是一旁看着。

铁锅是活的,我要先在锅底垫两块砖,支在地上,同时用吹风灶单烧一桶开水。一面续水,一面用一根比铁锹棒还粗的木棍,在锅里搅。那要把全身力气都拧在一处,绷到两只臂膀上。速度一起,我真想把工服扔掉,露出下乡时练出的八块腹肌,也让他见识见识。

"我不说,你也不知道问。"一听老头这话,我感觉臂上的劲儿,正一层一层往下泄。"锅里搁多少高粱,多少飞罗面,你没仔细看过?鸭食关键就在软硬,三碗面配一碗高粱,这活你到底干得了干不了?"

我呼呼地喘着气,提醒自己今天绝不能招他。

"我们这一级填养鸭子,就是要催肥,比例搭不好,鸭子就不长肉,那你瞎折腾什么呢?"

我拼命点头,接着赶快把一盆盆烫好的鸭食搬出院子,只为能躲开他。

还好他始终待在鸭房里,没跟出来。

我又拎起一个浅底竹筐,蘸水去搓盆里那堆稠密的蜡色鸭食。等搓成六七公分长、两公分粗的鸭剂子,再工工整整码进筐里时,我多留了一个心眼,特意挪到太阳光下晒,以免鸭食过潮,老头明天填鸭时,不会一泡就碎。

"赶明儿,鸭场那孙子再来,让他先过你的手。"我听了一惊,回望过去。偏偏这时,他眼中那缕短暂的默然与空荒,被我触到了。

"只一样儿给我记住,但凡有半只不够格的被你挑进来。你受累,给我滚蛋。"葛清又低下了头,回到里间去。

———

最近一次的会计月结算,科里先给每人调了一次工位。分给邢丽浙的那张铁桌子,靠北窗,偶然轻风悄起,除了落叶,也会有一些细沙粒吹散到她的面前。但她说还是中意这个位子,于是特意买了一盆覆盆子,摆在窗台上,有红有绿。此外,她还为自己缝了软垫子,椅子后面多出来的挂钩,也可以用来放雨伞,一切都布置得停停妥妥。

她还说,坐在这里,最合心的一处,其实是刚好能望见后院鸭房的那一点点偏角,只有一点点。每月这时,一天下来,她忙得连口水也喝不上。但稍有风吹草动的,便止不住要去想,那个'驴师傅',在干什么呢。我跟她讲过,不是葛清不收徒弟,是根本没人拜他。因为他活着只有两件事,干活,睡觉,此外跟谁也不过交情。她说一想到我说这话时,那张买了假货似的苦相,心里就咯咯直乐。

后来她也说,这老头也真是,还像从前,把你晾在院子,让你继续转磨,多好。我现在的新桌子,伸伸脖子,勉强还能瞅见。如今你恨不能天天住鸭房里,就算把眼睛都瞪酸,连个人影也逮不到。她还说,那天闭上眼,含了一口家乡的云雾茶,想歇歇神。没多一会儿,就听有人用手背,咣咣咣地敲着我的桌子。

"姐们儿,该办的事儿办好了吗?就睡。过去俩星期了,还要我再跑几趟?"

睁眼一看,这身树杈似的骨头架子和那疾言厉色的横劲儿,就知是田艳又来催钱了。

"唉。"邢丽浙拿起桌布,走到洗手盆里投了投,又回来擦玻璃板,擦垫子,再把茶杯摆好,"不养好精神,哪有力气为你们服务。按道理,这次科里做调整,报销、福利这摊事,早就该交接出去了。可既然经了我的手,您又追着问,用你们北京话讲,倒不怕多费一回唾沫星子。"

田艳叉着腰,胯部靠在她桌前,瞪眼。

"田师傅,跟您一五一十地对一遍。半年前去济南的差旅费,有几笔支出是要杨师傅和组织部领导一起签字的,您自己瞅,这像杨师傅的字迹吗?而且指定的招待所里,可没有酒水这一项。还有,您报的医药费下来了,本该一起结的,可给您,您又不要,这才耽搁的。"

"既然你说一五一十,就不要欺负我们好说话。你给我报的药费是多少钱,我递给你的处方又是多少?你讲讲看。"田艳一急,就要用她那修长的手指，去拍桌面，准是当当作响。那是一只使惯了刀的手，上面盘着奇倔而漂亮的疤，像条蜿绕的蛇芯，总是一触即发的模样。

而邢丽浙，天生能掐会算，对方越是急，她越爱算，算这算那，然后看对方去急，去冒火。她在杯口上面吹了吹，又细细喝了一小口云雾茶，如果再用家乡的水来泡，就更好了。

"您家几口人，拿药当饭吃呢？这些方子里，上有早搏痛风，下有小儿糖浆，连安定医院给神经病开的镇定药都有。我报哪个，不报哪个？再说，您爱人是合作社户口，咱们店白纸黑字写的，只报一半。"她把茶杯重新捧在胸前，焐手，慢慢地咽下一口茶，"这些钱，想领也行，但是必须本人过来签字，我也等着做账呢。"

"都说有病乱投医，他吃药本就费事，又整日躺在床上，我总不能把他抬过来吧。难不成等他死了，你也要见人结账？"女人和女人急起来，谁先诉苦，便是露了败象，"我在店里干那么多年，多少老会计都一路放绿灯，怎么自从摊上你，就从没顺当过。"

"田师傅，这话不好跟我面前乱讲的，咱们不是要跟上市场制度吗？这叫接轨。"

"再接轨，也不能架在工人阶级的身上跑火车吧。省下这点钱，谁知道补哪个窟窿上。"

"这话您问我，要让我去问谁，我也只是根拴钱袋子的绳子罢了。这样，您若真揭不开锅了，我拿自己的工资，私下贴补给您？"

田艳一跺脚，扭身便走。

邢丽浙洗洗手，要下楼打饭，未想刚站起来，却见田艳又回来了，身后还多了一个小眼睛男的，鹰钩鼻，马脸，两眼如针如豆，在屋里张望一番，才滴溜溜地，盯上了她。

"同志，我就是陈其，田艳的爱人，您说这事怎么解决吧？"

邢丽浙完全没有反应过来，只是木木地看俩人走到她身前。田艳反而低下头，站到一边。

"真叫稀奇，我好像还没见过您呢。"她本还要说，人见不着，钱可一直没断过，但看出陈其绝非善类，想还是算了。她公事公办地，把田艳以前交的原始单据都找了出来。

陈其看东西时眼白外露，令她很不舒服。她想再认一认杨师傅的字迹，陈其却唰啦啦地把单子一一叠好。

"签字哪儿不对了？组织部的曲主任，他儿子在我爱人组里干活，他都说这是他老子的签名。"邢丽浙一听这话就虚，"让你报销，扯上别人儿子干什么。"

"这可就不好说了，谁不知道您是冷荤部的一把手，在盘子上抠个大公鸡，挖个爬虫出来，也不是难事。"她特意把脖子伸向墙那边的同事，"你们听说了吗？现在时兴拿扁萝卜刻图章用，借钱报销，百试百灵的。陈师傅您手艺这么好，我们不仔细些，眼睛会看花的。"

"该我的药钱，你们，该我的药钱。"陈其把单子一把抓进裤兜，"小丫挺的，你是含着刀片生出娘肚子的，我这就找杨越钧。我进店时落的病根，一累一急就流鼻血，谁管过我？"陈其用劲去掰她的胳膊，往屋外拽，"万唐居你们家开的买卖？钱怎么发要看你的脸色。没我在前线玩命，你们喝西北风去吧。我在店里说话不管用，闹到协会，区里还没人管吗……"

若不是科里的组长和几位老会计，把这两口子拦出去，邢丽浙险些像生鱼片一样，被他撕开。她干站在座位上，心里咚咚的，好半天都没缓过神。

好半天后，她才呆怔地整了整衣服，仍想不通，杨越钧收个神经病做徒弟，图什么。

葛清眼里，他的手艺，就是命。别人眼里，买卖嘛，四个字——"随行就市"。你好捏鼓，他便软硬兼取，你有斤两，他便可丁可卯。在不撕破脸的前提下，进退有据，尝尽甜头。所以换我挑鸭子时，一掐脖子，再摸背后，马上就知道了。我告诉鸭场经理，填鸭没下过蛋，肉嫩得跟小孩儿屁股蛋似的，可是柴鸭呢，一斤才几毛钱。你四十只填鸭，能往里掺五分之一的柴鸭，拿走。再欺负我，就是花果山蹬来的，也别想再进这个院子。这人却不像前日那般张皇，只是点头，只是笑。

很快，又是国庆节了。经过事的老师傅们，总借这个由头，讲起当年发生在这座城市里的大串联。他们说，那时南城很多刚分进厂的技工和学生，个个像虎目圆睁的小鸡子一样，闯进先农坛，里面堵得跟马蜂窝似的。干餐饮的，谁也别再想经营的事，几百万个学生串联，就是几百万张嘴在街上，你喊什么不要紧，要紧的是你吃什么。小馆子烙牛舌饼、火烧，大饭庄就捞米饭、蒸馒头。菜也炒不成了，大批量腌咸菜，然后像盖房时筛出的细沙子一样，密密丛丛地撂着。师傅们说，那几年，也就咸菜这东西不用放盐，别说吃进嘴里，光是看上几眼，都要齁嗓子的。

今年是大年，运动不搞了，摊子却收不得，各家店照旧要给演练庆祝仪式的学生备好吃食。老人们又说，记得一九六六年，他们送过去好几大铁桶的白菜肉片。刚抬进临时搭建的席棚，数不清的手，像钉耙似的朝他们拢过来。所以这次店里通知，凡是名册内的人，等老谢一早开门，就要蹬着木板车，打条字，然后把蒸好的硬气馒头，拉到街口的六十三中。该校师生共计两千五百人，每人一顿饭按两个馒头算。齐书记已提前和校长打过招呼，让他们布置操场，配合发放工作。

当店里派出去的人，紧锣密鼓地赶向学校，在操场上铺好炕席，把五千个馒头，分批码在上面晾的时候，也在名册之上的葛清和我，却刚结束鸭房的日常扫除。仅一站地的远近，老头却反从后院出来，挂好锁，然后走到街边一个窄束的小饭铺里，把鸭架子搁下，再去公交车站等19路车。三节车厢，像手风琴一样，牵牵扯扯着，穿过一条种满榆树和银杏的棕黄色斜街。我和他，顺着墙根，溜了进去，站在无数热火朝天的屁股后面，看人家忙。

我瞧见人群中央，有个身体单薄的小师傅，站在课桌上，维持秩序。

葛清不会碰这些馒头的，他自己带了个马扎，一坐，把烟卷上，背朝着人，歇脚。

再有口令，再有纪律的青春，也还是青春，鲜活而飒爽，英气勃发。葛清怕见这个，别人不明白，我明白。

校长是文化人，只会拣好听的说："你看这二两馒头就五分钱，一共得要多少粮票啊，国家真是不怕被咱们吃穷了。"一边的团支书接过话："永远都是国家想着你，靠个人谁支使得了谁，不给学生们甩脸子，就是你积德了。"

面点的老师傅偷着讲，葛爷这根烟一抽，咱们一上午白干。

我用身子将老头挡住，便越发挪走不开。

———

操场地形呈"井"字，像一口寿木，上面敷着灰土，还有新描的一道一道石膏线。

风乍起时，土渣会迎面扑来。

土渣飞进嘴里是一回事，落到馒头上，吃进嘴里，就是另一回事了。刚才还站在课桌上的小师傅，急忙忙钻进后方，翻找盖馒头用的屉布和铁夹子。

他从我面前错身时,被我一把揪住。

"你他妈的读电大,读电大,读到这里了。站那么老高,不怕摔死!"

"怎么会呢,底下有师傅帮我扶着脚。"百汇把笑脸堆出来,"哥,你别急,是田艳拽我回来的,那我还有什么话好讲?"

等我松开手,他说:"一起过去呗。"见我不应声,他又问:"上次叫你多去主楼开会,也不知你去没去?"我快速摆手,催他赶快走。

见馒头发得差不离了,几位师傅把家伙什儿敛齐,躲到排球网侧面的假山池边,扯闲篇。有一位说,近来发现百叶鲜不鲜,也看这牛是不是清晨五点宰的。还说鸿宾楼里的炒百叶,不用火碱,而是用水来发,颜色偏黄。短时间触火问题不大,但超过三分钟,立马牙碜,所以这火候准不准特重要。另一位点头说,这清真菜是有意思,早年回民的大师计安春,做过一道汤菜,羊肝先顶刀切薄片,去烫,快捞出来。再用清鸡汤下锅,调好味,烧开,重新放羊肝。最后黄瓜切好搁碗里,用这个汤浇,千万别煮,这么一浇,黄瓜的脆、羊肝的面,加上汤的清淡,才周全。可惜老先生不做了,现在压根没人知道,这菜的扣儿在哪儿。

等周围慢慢消停下来,我挪到他们身边,蹭话听。见大家有要走的意思,我忍不住打了个招呼,说计师傅那道菜,其实是用小乳瓜。这是一道快火菜,看似简单,却对选料和火候的掌控极严,否则,乳瓜和羊肝的香味,出不来。有师傅问我,你就是跟杨越钧大徒弟叫板的那位吧?我笑着说,没叫板,什么时候叫过板?他们伸眼瞅了瞅,见葛清还嘬着烟,只是把身子转过来了,就说,跟着你葛师父好好学,好好学。

傍晚,若是在后院仰头望,太阳正浸没在冉冉飘的碧云里,映射出淡

蒙蒙的一层梨黄。晚秋的凉意明显见浓，我便记挂着靠窗而坐的邢丽淅，别受了风。我拎着一个腈纶的手提兜，朝她楼上张望，只看到空空亮亮的绿玻璃，被霞光浸得如蜜蜡一般。

"卤瓜尕羊肝，那道菜的年头，可不短了。"掏炉灰的时候，听见葛清在身后说话，于是我放下了手里的火筷。

他绵弱的话音，渗出哀戚，像炉子里不断打晃的火苗。

"没事您就少抽几口，我长这么大，还没见过谁的烟瘾凶成这样。"

我继续朝炉子里捅着已断成贝壳状的煤球，跟他打岔，心里却明白，他一定会问到底的。

"你什么时候认识的计安春，早不和我说，杨越钧知道吗？"老头果然坐近过来。

"您心里有数，做师父都不碰半路出家的徒弟。再说，打着别人旗号，为自己讨方便的事，我也不干。"

"好一个半路出家。"老头边咳嗽边笑，"没人告诉过你，计安春是我师哥？"

―――――

葛清像是故意不看我那张讶异到扭了形的脸。

"人家是好好先生，听我要进汉民馆子赚钱，也没说跟我翻脸。以前他抽不开身，会托我给他闺女烤个烧饼鸭肉吃，后来连小丫头的面儿也见不着了，这点儿意思我会看不出来？"

老头又变出一根勤俭烟，递给了我。他不知从哪儿找来很多的碎黄烟叶，捋去烟筋，切出细丝，亲自晒，亲自用烟纸去卷。

"照这样看，计师傅对您也算不错了。看来师哥这两字，不能白叫，是不是？"我把脚边的腈纶手提兜抻开，取出一串绛红色的杨梅，拿给他，

"您尝尝。"

"分人，比如你那俩师哥，就不善。"他掰了两颗，含进嘴里，"做人如配刀，冯炳阁擅长吊汤，但是他就是鲁菜师傅用的'蚱蜢头'，头大背厚刀根圆。外看粗枝大叶，实际是小本经营。至于老二陈其，他的事，我不好多讲。只说他像极了南方厨子用的陈枝记桑刀，薄、窄，上黑下白，开缝还小，所到之处，必出岔子。遇见他俩，你留心。"

"他们当初来鸭房，能犯多大的错，让您非赶走不可？"

"不该你问的，甭打听。"老头眉头一纵，像开裂的地缝，"真他妈酸，拿回去。"

———

见他起身去看鸭炉，我知道再问也是没趣，就忙起自己的事来。

这时，老头攥着一把铜壶，攥住圆柄，朝一只被刷得油亮的乳色鸭坯里面淋花椒水。接着，他又拿出一根预实的檀木烤鸭杆，头部包着三尺长的铁筒，垫上抹布，往鸭钩上的小环一伸，紧紧扣住，把鸭子带下来入炉。

"这鸭炉里，为什么非烧果木，弄点儿别的木头块不是一样吗，火够旺不就结了？"我歪着头看他。

"果木紧实、耐燃，点着后且不过去呢，这种木头烟都少。你看松木、柏木跟杉木，烟特别多，一燎就过去了。"他的嗓子稀里呼噜的，像是一锅熬得很稠的米粥，"而且果木烧完后，木炭且不化粉呢，这样一来底火就冲，炉子的温度就能保住。另外，你注意不到，果木一烧，香气扑鼻。不信你到鸭炉前闻，这火能透出一股果木特有的香味，自然会带到鸭子身上。"

我听了立马跑到鸭炉前，把鼻子凑上去想感受一下。谁想正赶上火苗轰地蹿起，差点把眉毛都给燎着了。葛清说就等着看这一出呢，他用手撑住操作台，一边咳，一边嘎嘎地笑。

我半捂着脸,连说好悬。

"这就是个第一感觉,猛一闻才明显,你跟鸭房待久了,闻不出来很正常。下次再吃,你只蘸些盐粒,白嘴去嚼鸭皮,果木的原香全附在上面,到鸭肉就止住了。"

葛清说完,一双铁蚕豆似的小眼,仍不挪开。

"计安春跟你把那道菜都聊得那么透了,你还不拜他,你们俩到底什么交情?"

趁我不备,老头旧话重提,声音像刀片似的,割了我一下。

"看,火势起来了。"他说。

我站在他身边,一言未发。

五

那天邢丽淅和我的倒休难得对上,她把我领到崇文门瓮城月墙附近的菜市场。

在那栋像体育馆一样高大的拱圆形建筑里,我们像摇煤球一样,被挤到蔬菜部的柜台前。

她指着一筐冬瓜和土豆,光是问价,也不掏菜票。伙计拿着杆秤,不耐烦地说,都是凌晨刚从张家口运来的,保证新鲜。我见身后提着尼龙线网兜的人越排越多,就赶快拿了半斤蒜苗,拽她走了。

她兴奋地说:"让给我行吗?不让你白买,请你吃好吃的。"

我们从崇文门大街的石子路上,向西走出两站多地,过了新侨饭店,又过了巾帽胡同的锦芳小吃店,她都没有推门进去的意思。

她看上去,格外有兴致。

后来走到台基厂,她终于进了一家叫三元梅园的店。

"新开张的乳酪店,你吃得惯吗?"

我看这个店挺素气的,就问她:"单卖这个还能开店呢?"她没理我,直接找服务员去了。

"同志,要一盘松仁乳酪,再来个燕麦双皮奶。"她流利地说着那些拗口的名字,就像初次见面时,在她手里噼啪作响的算盘珠子。我喜欢听她清澈见底的声音。

她脖子一扬,告诉我,这次店里调岗,把核算菜品利润的工作,分到她头上了。我说难怪,你的脸上,仿佛贴了喜字。她收起笑脸,定了定神,又说自己从没下过厨,对炒出一盘菜的分量、比例和价钱,更是一窍不通。我说这种事,你该找百汇,他抓菜是行家。她用瓷勺划着色如白霜的乳酪,轻声说:"知道的,我就是让你一起高兴高兴。"我们背后有一扇木雕的镂窗,阳光刚好能晒进来,暖洋洋的。她问我:"你那碗什么味道,让我尝尝。"我说:"不行。"她低下头说:"我还不喝呢。"两人就这样,好容易才安静下来,坐了很久。

不知怎的,我又说起了葛清,说他嘱咐我躲着点冯炳阁和陈其,还真没想到。她明显在开小差,双皮奶顺着瓷勺边,滴到了她印着菊花瓣的尖领衬衫上。我说可惜我已经得罪过冯炳阁一次了,她说咱俩半斤八两,她也差点跟陈其打起来。然后,两个人一边愁,一边笑,引得对面服务员直盯着我们看。

她嚼着勺子,眼睛转过来说:"都在一家店里上班,低头不见抬头见的,躲,你能躲到哪儿去。"她嘴角边沾了一滴白点,酸甜的奶香,散在周围,好像不论她讲什么,听着都入耳,都对。

"今天还是我请客吧,那天在邮票厂后门给你买了杨梅,没送出去,倒进了葛清嘴里。"

"真想给我,还有送不出去的?我们台州的仙居杨梅你吃过吗?个头比核桃还大,汁甜,果肉也多。"

女人似乎都不愿在一个话题上,耗太多的神,她又说起一直在她家门口修车的一个男的。

"前天我换个闸盒,这人说找不开钱,我告诉他不要紧,下次碰上再给我,一样的。结果直到今天,我都没再见到他!"她一连啧啧好几声,"真是的,你们北京人,就为这点儿钱,值不值?我们台州,卖奶的男人,把奶分装成一袋袋,塑料盆底下放好零钱,只留个牌子,便去忙了,你猜怎么着?"

我没有理会她。她推了我一下，继续说："他晚上收摊时，奶全卖光了，钱是分文不差的，十几年，大伙全凭自觉。他自己盛奶，也要往里多加分量，这就是台州人。几万块，十几万块的生意，我们欠条都不打的。可见人和人之间，最看重的就是信任。"

我说："能不能别张嘴闭嘴的总是'我们台州'。"

她说："你还不是一样，三句话不离葛清。"

我说："我们这儿做生意，十几万块也不打欠条的。"

她说："为什么？"

我直接说："因为大家都穷，打了也没人借给你。"

她听了，脸都气成了紫茄子。

——————

我终于应了百汇，下午和他一起去三楼宴会厅读报。

《工人日报》被师傅们用茶缸子垫在案头，敲三家的敲三家，下象棋的下象棋。

这天有眼福，赶上面点的两个老大，趁着汤面，没事闲的，一人拿一根打荷叶饼的擀面杖，面对面坐好，敲鼓点儿。乒了乓唨的节奏，好听不说，还令人振奋，竟围了有两圈的人争着看。百汇问我，怎么样，不白来吧？我点点头，跟着看，跟着乐。

杨越钧铁青着脸，墩墩地走进来，所有人赶紧找位子坐。

这一趟果真不白来，这个会的议题是征求店里对鸭圈的处理意见。谁都清楚，葛清从不在这种场合露面，我就顺理成章地成了烤鸭部唯一的与会代表。

我把头往正中央的方向凑，想从师父的脸上，读出半丝半缕的暗示。可我却听到冯炳阁抢先开了口，他说："这事我带头表个态，新上任的副区长，姓车,以前和我家在一条胡同住过,两家人打一口井吃水。人家是干科教文卫出身的,现在全区上下谁不狠抓安全生产?出一点儿岔子,关张,永远不要再起来。眼下评涉外餐馆的事,他也是负责人之一。所以我说,鸭圈不是臭不臭的卫生问题,而是能不能紧跟政治形势的觉悟问题。"

他的指关节朝桌面一叩,口水四溅地说:"况且这鸭圈确实是臭了点。连老谢都反映,不要说巷子里,走到当街,车一过,风一卷的,茅房都显不出自己来。有这么一公害镇在万唐居后院,以后谁还敢来,你来吗?反正我不来。"

我死死盯着冯炳阁,他的脸刚好定格在这边,很快我们就对视起来。他应该庆幸,杨越钧如果不坐在身边,我上去直接扇他几个耳光,也不是件难事。

更多双眼睛也看向我,我感觉有一口气顶在前胸,血压好像也高了。

———

风势吹得这么好,按套路,该是各人发言的时间了。

我眼睁睁看着,鸭圈的卫生问题,是如何转移到作风问题上来的。有的说,葛清在店里,嘴上总叼着烟,一根接一根的,影响太恶劣了,被外人看见很不好。还有的说,他对组织上的任务态度轻慢,国庆前配合共建校的学生演练,就很说明问题,都在热火朝天发馒头,只有他和——那人瞥了我一眼,把话跳了过去。就他搞特殊化,谁还记得,当天对方校长怎么说的?

这种场面一旦撕开了口,收是收不住的。

讨论会要是这么个开法,我倒可以一个字都不用说了。我想到也是这些人,说起从前葛清的徒弟是怎样对付他的那些事情,如数家珍的样子。

甚至有人说,亲眼瞅见他私自往外捣腾鸭子,卖到别的铺子里。就连百汇也扭过头来看我,却被我瞪了回去。我小声问他:"你看他妈什么呢?"

"有完没完，没人叫你们开批斗会。"杨越钧终于发话了，在我勉强能看到他的位置，"你们私底下谁比谁干净，我看那几个小服务员的体形就知道了，后厨的菜有那么养人？"

我直着脖子，朝窗外看。老实说，这层楼的视野不错，从水利部大楼，一直能眺望到五四一印钞厂那个虎皮色的储水塔。

"问题是有的，但不要让人家觉得我们不讲道理，独断专行。"我师父将询问的目光，对准了他的大徒弟。"是不是也请区领导和街道的群众，过来看一看，鸭圈天天都有人在扫。凡事要有个论证的过程嘛，找到妥善的修缮方案，在评比前尽快实施，才是当务之急。"

———

邢丽浙告诉我，因为这件事，多少人都堵到区政府门口了，你别傻了吧唧地不知深浅。鸭圈到底怎么处置，就算会上拍了板，也要由店里正式下通知，让领导去跟葛清谈，轮不着你。你嘴要是真痒痒，就躲没人地方使劲儿嘶。你就当自己那天不在场，反正这件事从头到脚，跟你扯不上关系。

所以当老头见我不会噘火，让我下班后别着急走时，我知道，他是想教我怎么控制火势，好调教他的老灶台。但是我说："这两天难受，嘴里苦，还犯恶心。"他说："那你赶紧家去，自己都恶心，烤出来的鸭子，客人吃了能舒坦？"

———

后来我才懂，杨越钧说请外人检查鸭房，不过是一句台面上的套话。人们只在乎烤出炉的鸭子，吃着香不香，没有谁会钻到鸭圈里，找那股味儿闻。小邢说，你要会听，你师父后半句话，才是重点，尤其是"评比前"和"快实施"。

谁有心，自然清楚该怎么做。

有天下午,葛清逮着空,少有地叫我跟出去吃口饭。我问他,去不去煤市街的致美楼,从店里一直走到取灯胡同,刚好可以松松心。

他说犯不上跑那么远。

出门前,老头面对着三个鸭圈,站了好一阵子。这些祖宗,还是雏鸭时,便由他照看。如今个个挺拔丰满,胸骨长直,许多羽毛已呈出纯白的奶油光泽,喙和蹼等处,皆是滑亮的橘红色。他一回身,进屋换了件浅灰色的缺襟马褂,又配了一条人造棉灯笼裤,缠好玉田的垂柳牌绑腿带,脚上的筒式千层底棉鞋一蹬,叫我快走。

走到街对面的市第四幼儿园后门,那间蚌埠老夫妻开的饭铺门口,戳着个长方形的红漆木牌,上面刻着"应时小卖"四个字。老头在人家玻璃窗户下,搭了个矮桌。然后,他走进铺子里,把怀里揣着的一包鸭架子,掏了出来。

我不知当看不当看,便把头转向当街。

老头和掌柜说:"拿给家里尝尝吧,自己养的,不知以后还有没有了。"

对方接过去说:"哪里来的造化,总让葛师傅惦记。"

老头没有言声,出来和我坐下。掌柜端过来半斤烙饼,麻豆腐和炒豌豆也一样拨了一点儿,搁在五寸碟里。他把烟掐了,掰开饼,嚼起来。

他越嚼越用力,连脖子上的夹肌和筋节也突露出来。

风从胡同口刮起时,土渣子和落叶被吹进碗里,我用一张草纸盖在上面。

我说:"再喝口茶,就回去吧。"他也不理我。

直到我坐得两脚酸麻,他却掏了钱,说:"可以走了。"

他的步子很快,我一瘸一拐地跟在后面。当我一路扶着墙,进到后院,却看见原先那几间被打通的小房,在是在,却已不是鸭圈了。

它们在极短的时间里，被人清空、拆平、抹石灰、再填满。鸭圈被改成了库房。

我觉得我当时的反应是正常的，站在空空冷冷的院子里，我张着嘴，等谁来给一个说法。

葛清才不正常，他像是什么都没发生过一样，头也不抬地推门进屋。

―――――

说法当然是没有的，倒是贴在公告板上的一张通知，算是对这事做了交代：今后烤鸭部的鸭子，会从郊外的大红门屠宰场，连夜往店里运。相关岗位人员，要认真负责地做好检收工作，好钢使在刀刃上，提升效率，安全生产。

我总是讲，杨越钧是一位宅心仁厚的好人。

如果你看到他那张宽大厚实的圆脸，你也会认同我所说的。

我还要讲，我师父是店里唯一敢在这个时候走进鸭房，来看葛清的人。

他很懂得事体，只站进门内，方便说话就好。

"老哥哥，您现在松快多了吧。不用择毛，不用烫食，更不用宰牲，原先辛辛苦苦填养活鸭，现在人家直接把白条鸭子送到您屋里，这是福气。"

"掌灶的，你最拿手的干烧鱼，原料也用外面买的死鱼吗？听说万唐居好几位管事的，都被叫到区里谈话。杨师傅，为什么跟鸭房不相干的人，倒有了说话的份儿，唯独对我不闻不问。怎么，连我也脏，也臭？"

杨越钧一点不恼，反倒笑着说："以后这烟，能少抽还是少抽一些吧，这样也是为你好。"

葛清撂下手里的活，回过身，他瞅见我也站在师父身后，就没再开口讲话。

鸭圈虽改成库房，但位置变不了，照旧在鸭房斜对过，这也意味着，谁想取个白瓜西芹、葱姜鸡蛋的，免不了要跟葛清打个照面。出来进去，不招呼一声总没道理的。被支使过来的伙计，很快想了个辙，他们会先找到我，拿什么拿什么。久了，更有人干脆列好单子，我再拎着箩筐、推车和起货钩，急急忙忙地从库房里现拣好，给前院拉过去。有时候小邢在楼上瞧见了，也会说，这人到底还是个'驴师傅'。

若不是百汇说，师父叫我去后厨找他，那个门我肯定是不愿再进的。光是想起冯炳阁那张狗脸，我就够了。

那天，我看见老人找了个条凳，坐在正当间的位置。因为胖，那身吸湿抗皱的白色涤棉面料，被勒出一道一道的肉条。他拿手巾擦汗时，瞅见了我，立刻招呼我过去。

脚下新铺的青砖漫地，果然明光铮亮，跟溜冰场似的。

"这段日子，你辛苦一些，葛师傅年岁大了。"他嘴上说话，眼睛仍盯在每个灶上，"还记得我跟你说的，做厨子，最要紧的是有一颗孝心。"

我说这哪儿敢忘。

老人刚要再讲下去，却猛地站起来，绕开邻近的师傅，朝远处另一位高个疾步赶去，我硬着头皮，继续跟上。

他用右手掌拍向那人宽壮的后背，一声气吼，连我也惊出一层白汗。那人被拍散了神，瞅瞅老人，目光又对准拎在手上的铁勺把儿，面如土纸。

是冯炳阁。

"我怕煳了，想往外撇油。"

老人腾地把火给灭了，我伸脖一看，可惜了一锅葱爆羊肉。脱了水的旋刀大片，酱色黑沉，纹理绽裂，柴如树皮，怕是没救了。

"你这是毛厨子怕旺火，火功不到家，菜才会出汤。羊肉本身是个逢水就老的东西，你时间太长不说，勺还离火眼儿八丈远，你用气功炒菜？"

厨子有刀功、勺功和火功，尤为怕的，是别人说他最后一功不行。因为店里的灶台全用煤火，大小没法调节，烧起来都很旺。冯炳阁掌握不好，才在勺上想辙，宁肯欠着点，撒汤，也别煳了。却不知这菜出汤，一样不对。

"我一直瞅你在那儿嘎嘎翻勺，跟按了电钮似的。该翻的你翻，不该翻别瞎翻，没用，懂吗？"杨越钧后面还有一些话，我听了都下不来台。

―――――

周围站过来很多师傅，和那天看百汇一样。

在杨越钧面前，冯炳阁像一只被拴着嘴的骆驼。老人丢开他，声嘶力竭地问大伙："你们多的，跟着我干过几十年，少的也不下五六年。趁考核的领导还没来，现在谁能告诉我，油温最高是多少度？"

杨越钧来回巡视，满屋子人，没一个答得上来。他伸出手指，开始点人。从配菜伙计，到灶上资历和他同辈的老先生，如同竞拍一样逐个报数。他们由两百、两百六，一路喊到三百八、四百五的都有。

"你们别再蒙了，连油温最高是多少都不知道，还有脸炒菜？"老人是真急了，"三儿，你给个数儿我听听。"他喊我三儿。

"三百。"我喊回去。

"带脑子的就记脑子里，没带的给我拿笔去。水的沸点是一百，油的燃点是三百，这是科学。油热了，表面先开始冒烟，浮头上呼呼一层火，这要是超过三百，就等着消防队逮你吧。你们在灶上，张嘴一个三四成热，闭嘴一个五六成热，怎么来的，多少度啊，你连油温的标准都不知道，哭半天不知道谁死啊！"

老人随便站到一个灶上，瞄了眼单子，冯炳阁看懂意思，立即递来半斤沥干水的夹心肉，又打了三个鸡蛋，拌进干淀粉搅成糊。

众人把围出的弧圈拢小，将师徒二人括住，我也被他们停停挪挪地裹了过去。

肉是真好。精挑细拣的五花三层，瘦肉肥膘互夹，薄皮易烂，被提前用肉刀拍松，切成略厚的小核桃片，蘸进一碟古铜色的调料中腌渍。老人很快和进蛋糊里，柔中带劲地反复抓捏。由指尖到掌根，肉片像一枚枚轻解罗裳的懒妇，顺从地卧在他手心，软媚牵缠。

"别光看我，瞧锅里。"老人提醒我们。

他专用的灰口大锅，红搪瓷底，一体浇铸，不打铆钉，黑沉沉架在火上。看铸型，年头不短，但内壁养得致深致细，亮滑如镜，这样油爆和煮沸时，才不会喷汁过大。

我心说可惜没赶上老人做烧鱼，再下意识想拉百汇过来看，抬起头，却不见他人。

这时锅底的花生油，从里朝外略微泛起粒状的小鼓泡。

几丝青烟，飘旋升起时，安缓的锅面已能辨出螺纹。

肉片被他轻描淡写地滑进锅里，转眼间，桂花开，像是挥抖水袖的奇女子，戏出白色绸绢。水袖变成鹅黄的照晚残云时，老人眼到手到，即刻捞出，让油走干。

一阵窸窸窣窣的脆响，油面的鼓泡越发壮大、躁动。肉再入锅，要真见到桂花黄后才算数。这种肉片，分量足，质地细嫩，走油时必用武火。手潮的，极易过火脱浆，所以很多人和冯炳阁一样，宁肯不到家，也不硬来。

"你们是想让道林看笑话对不对，我再讲一遍，滑炒菜是三到四成热，你做滑熘里脊、滑熘鸡片，有个90到120度就行。炸制菜，五到六成热，往上推，就要150到180度。这道桂花肉，现在的油温正合适。

到了爆炸菜,比如香酥鸡、樟茶鸭子,都是八到九成热,不是炸所有东西都是一个油温。"冯炳阁迅速再将肉入净锅,撒葱花,淋麻油,松松脆地端出来,满盘酥香,趁师父没想起他,这位脚下抹油,赶紧溜了。

杨越钧毕竟上了岁数,再讲两句,话就失了脆劲儿。

"早年店里的山东大厨,既可一锅同出十几道菜,也可一菜一炒味道却分毫不差,那是硬功。所以火候二字,就看你对油温的掌控,看你拿不拿得住它。没本事,还总想抖个机灵,玩儿花活,被领导看破,丢的是万唐居的脸。"

他发现瞅不着冯炳阁了,便擦了擦虚汗,挥手叫大伙都散了。

"刚才说到哪儿了?"老人单留下我。

"孝顺的厨子。"

"对,灶上的火,我可以给你讲。可是鸭炉上的火,我等着有一天,你能给我讲讲。"

我双腿铅直,点头不语。

"我总讲厨子要有孝心,是因为我觉着,一个老师傅能不能体面地收山,不是看他这辈子做了什么,而是看徒弟对他做了什么。我这样讲,希望你能听懂。"老人笑着让我走了。

等我回到院子里,看见百汇迎面走来。我埋怨他:"你叫我过去,自己却不知躲到哪儿了。刚才冯炳阁都被师父骂成孙子,有多解气,叫你,你也不瞧。"

他像完全不知情一样,只说去还滑轮车了。

六

回到鸭房,葛清从木箱里拿出一瓶鲜牛奶,炖了一锅鸭架子汤。

看他的心情平白无故好了起来,我就将后厨里的事,讲给他解闷。

"想试油温还不简单,手掌离油锅半寸,有灼手感了,你知道往回缩。几成,心里自然就有数了。不放心,就掰块青菜叶子,往锅里一扔,啪啪冒泡翻个儿了,六成热没跑。以前我们哪懂温度,不照样出活儿,关键是仗着经验保你。"

他假模假式地递给我一碗鸭汤。我说,不喝。他说,得喝,里面有姜片,天越来越冷,祛祛寒。我忍不住问他,到底什么事。

他拿出一根自己卷的烟,知道我抽不惯,假意让让,然后反问我,知不知道,区政府哪个部门,专门能受理他写的信。

我一怔,便提醒他:"您不识字的,写什么?"他说:"我不识,你也不识?"我说:"你写呗。"

"哪有伙计背着店里,私自给区里寄信的事。"我立起来,把汤搁回台子上,"您写什么先不说,白纸黑字,写的人可是我。"

"没你,我就办不成这事了?我是想看你,到底算不算我鸭房的人。鸭圈一没,那我在万唐居算什么,烤羊肉串的?保不齐下次连鸭房也是公害,一起填了。"

他干瘪的脸,像一只被车轮轧断了筋的老狗。

"到底还是跟杨越钧一条心。"

我不理他。

"他是你师父,他教过你怎么烧鱼吗?你不是想学宫廷烤鸭吗?我就能教给你。"

老头的眼力,一个字——"辣"。

我重新端起那碗已经微凉的鸭汤,仰脖喝下去。

那天,他说了很多话,很多很多,从他入行时的规矩说起,一直到填鸭对这行有多重要。他还让我写,外人说我葛清一辈子只认钱,不认人,其实不让我养鸭,我反而松快。但照这样下去,这行以后有的是地方偷工减料。一只鸭子,本该120天出栏,有人能缩到60天,甚至更短,那吃起来,就是肉鸡味。过去鸭坯要先吹气,脂肪像泡沫一样,才好皮肉分离。入炉一烤,油从毛眼往外冒,相当于自炸,那样肉才酥脆,这是几代人的经验。如今这些工序都捡不回来了,听说有的国营老号,正研究用喷火取代鸭炉,更有人敢拿卤鸭真空包装来卖。如果这种头也可以开,你们不如先碾死我这把老骨头,倒也清净。

老头虽不识字,但他每说一句,会掐算好字数,看我一一写出来,才肯再往下讲。

他卷的烟,呛得我眼泪横流。

我从没写过这么多的字,那天我感觉自己像个为民陈情的状师。后来我告诉他,太晚了,我很累,骨头好像被挤扁了一样,还特别困。他又点了一根烟,想自己的那些话,也不理我。

我担心第二天他会赖账,一宿没睡踏实,好容易熬到早上,却一不小心眯着了。凉风伴着细诉的微声,由脚心直灌进小腿肚子时,吹得我一惊。醒了一看,倒是他先来找的我,他说:"你昨天写的还真没掺水分。"

我问他:"说过的话,还算不算数?"

他只是将那封齐齐整整的信，轻轻放我跟前。

等葛清靠在椅背上，把腿一搭，卷烟一点，脸可就变了。他说："怎么烤鸭子，就算告诉你，你也用不上。三年后，这杆儿一挑，你心里自然有数。"

我顿时感觉要坏菜，信反正写了，他随便糊弄我几句，能有什么话可说？

"杆儿一挑，稍稍发飘，就是熟了。特别飘，就过火了。还沉着，压着你，便是不熟。再一个，就是颜色，烤出来的鸭子是老红、浅红还是嫩红，你如果不瞎，能看出来。"他的拇指尖蹭着窄小脑门，咳嗽很久，又吐出一口痰，才把话连下去，"还有一关是把鸭子挑下来，放汤。它里面不是灌水了吗？塞子一拔，红的，就有六七成熟了，因为水里带血嘛。如果发白，九十成熟错不了。啪一拔，全是油，那就是过火了。"

我凭着这些话，像是踩着脚手架一样，使劲儿去够他所描绘的色彩与形状。

他用鼻子把烟气擤了出来，说："慢慢来，一下子讲太多了，你也消化不了。"

我心里一热，问他："现在我就亲自烤一只试试，您准不准？"

他赶紧摇起手说："你快放了我这点儿鸭坯吧，满打满算，也没有几只是我自己养的了。"

小邢叫我去食堂找她，她身边有个大姐碰巧吃完，特意让个凳子给我。

我坐下后，她也不说话，清润的一双眼睛，看得我心里甜丝丝的。我说："我有好事。"她说："我也有，你先忍一忍，听我讲。"她从手边的塑料袋里，掏出两个深红色的石榴，里面还堆着许多指甲盖一般大的青菱角，一起推给我说:"北京天气干,吃一些,败火的。"我说:"一大老爷们儿,掰石榴,啃菱角,出来进去的,不像样子。"她问:"你吃不吃?"我说:"心领了。"她又问:"你吃不吃?"我说:"吃,吃。"

她把一小部分划走了,说:"要送给谁谁谁,人家不会像你这样没良心。专门从老家捎来的特产,你还不稀罕,我和姐姐从小就吃这个,你也看不上?"她差一点儿把自己的气给勾上来,我忙按住塑料袋子,打结收好。

"我的好事,你听不听?"

"你说就听,不说,我听什么。"

"葛清终于松嘴了,愿意让我烤鸭子。"

"什么时候的事?"

"什么时候不重要,重要的是,他要我先代笔,给区领导写了一封信,信里有他的……"

"你别告诉我,我不想听。"她的口气像裁纸刀一样,削下来。

"你应他了?"她又问。

我想一想后,便点了头。

"你在鸭房烧柴火,脑袋烧成灰了吧。宫廷烤鸭值多少钱,你的前途又值多少钱。葛清把你拉下来垫背,他当然是光脚不怕穿靴子的。"

我告诉她,那上面不过是些技术上的建议。

"信还是这封信,关键看是谁送,什么时候送。你可是杨越钧的徒弟,还有,下月初就是评比的日子。要是店里所有人的努力,最后栽在你这封信上了,你就是宫廷烤鸭的传人又怎样,哪家店还敢用你。"

她打扫完饭菜,提起一个暖瓶,朝铝饭盒里倒热水,然后用铁勺在里面刮了起来。

"这都什么年月了,还没结没完的。难得他这么信我,除了我,他还能差使谁。"

她将饭盒里的热水一口口喝下去,还有那些饭粒、菜叶和油花,都混在一起,被冲进嗓子眼。"他信你?他信你能值几个钱。"

她拉下脸问我:"走不走?"我刚站起来,想一起出去,却听见几声"啾啾"的声音,时断时续地叫我:"哥,这边儿。"

我循着音,头朝橱窗探了过去,见是百汇,正一人站在里面。我再回过头,小邢却早已打道回府了。他打开侧门叫我进来,我站过去啪地朝他天灵盖给了一下。

"干游击的你,打一枪换一个地方,怎么在哪儿都能碰见你。"

"你净顾着和嫂子热乎,我一直在这边看你,你可好,没事儿人似的。"

"你哪来的嫂子?"

"哥,你以为我只会配菜吗?这地方,谁跟谁是仇人,谁跟谁是爱人,可比菜还好分。"

"看你春风得意的,工作的事,稳当了?"

"师父关照我,把我塞在这儿做员工餐,捅不出什么娄子。哥,我看你才真是红光满面的。"百汇的嘴要是甜起来,好过石榴、菱角,"去库房拿菜的师傅都传开了,拆鸭圈,给葛清拆怕了,半步不离鸭房。每天不干别的,只教你宫廷烤鸭。连我都要瞒,我还指望你编菜谱呢。"

他的眉毛像是两条鹊桥,眼看要搭在一起。

"有没有本事,火上见真章,你看谁张口闭口就是编菜谱。手艺,在手上,不在纸上。同样一张面,师父往锅里一扔,起来了,饼烙得又宣又匀。你的,咬不动,为什么?手上的功夫不到。相声演员能把菜名背成贯口,你让他炒盘菜我尝尝?"

百汇低下了头,我想我这话是有点儿重了。

"今天想把我往哪儿领,正好我这半天没事。"

"正好,宴会厅有大场面给你瞧,不来,兴许以后多少年都碰不到了。"

我说:"上次那个场面还不够大?"他一摆手,直接跑到前面领路。

———

迈台阶时,我蹑手蹑脚地,站宴会厅大门外,把着凉阴阴的清漆不锈钢扶手,不见里面一点儿动静。我让他把门朝外拉一下,偏他倒霉,吱扭一声,引得里面正专心听会的师傅,全看我们了,不进去都不行。

杨越钧照例坐在一排横桌的正当间,气色一般,许是怕凉,头上盖了顶灰色的抓绒毡帽,衣服也换成了深蓝的毛呢中山装,双手捏着讲稿,却不说话。他笑着示意我们坐到身边两个空座上。我把凳子抻出来,坐好后,听见他小声说:"这么重要的会,也不早来,你师哥说的话,就是耳旁风?"我朝冯炳阁望了望,师哥对着前方,没事人一样。我心说:算了,招他干吗。

老人目光飘忽地,盱衡环顾起来。

"在场诸位都是骨干,领导们来店里那天,谁盯哪一摊事,几点人到岗,钥匙该攥在哪位手里,再讲下去,我都嫌自己贫了,下面我说点儿没说过的。"

在老人身边多待一会儿,你会感觉到,他们身上都会伴有一股细微的浮土味。

"这片儿够格争取涉外餐厅指标的,只有我们和道林。道林年头有多久,多响亮,我就不说了。今天关起门来,只说自己。齐书记,我记着万唐居是新中国成立后,在总理规划的那一批里,后建设起来的吧。"齐书记点点头,回以浅笑。"有人说,道林店址搬了又搬,耽误生意。但你们别忘了,人家根在这里,讲糙一点,屎窝挪尿窝,耽误什么了?咱们呢,山南海北,什么口音和背景的师傅都有,每人头上还顶个'支援首都建设人才'的帽子,国家凭什么把你的档案调到北京,又转户口,又分你房子?所以我讲,有什么本事,都给我使出来,别让人家背后说我们是吃干饭,混日子来的。"

杨越钧讲话虽重,语速和音调却不急不躁,像是一道月蓝的燃火,在煨一锅食材繁碎的羹汤。

"齐书记介绍过了,这次考评的关键,在于如何安排好接待工作。接待两字怎么理解?依我看,就是为配合涉外工作,全力把本店的菜品特色、人员建制,以及看家手艺展示出来,告诉领导,我们比道林强在哪儿……"

屋里所有人正听得入神,不想,咚的一声,闷雷般的重击后,宴会厅的大门又被撞开了。惊扰中,杨越钧的话断了。一个似曾相识的清瘦女子,直角尺一般立在门口。

"紧赶慢赶,还是晚了。仓库刚到一批牛仔骨,还挂着冰碴子呢,稍微一化,就要腌好封存起来。就怕搁在那儿,化过了没人管,一变色,丢了牛肉的弹性,就不新鲜了。刚腾出手就直奔您这边,您看,真是顾得了那头,顾不了这头的。"

田艳一边解释,一边朝周围瞄,找空椅,半天的工夫,也不见个下脚的地方。

百汇忙站起来,把自己的椅子拿给她,然后再跑出去从外面抬了另外一把,重新坐好。

"今天这是怎么了,一个一个的,搅得我话都说不痛快。"

杨越钧把讲稿放平,彻底不说了。

坐大门边的田艳,看上去依然像一把直角尺。她睁大眼睛,头发让黑发卡一别,也还算整齐,翻起衣袖后,露出纤秀的臂腕,又从兜里掏出铅笔和本子,搁在腿上准备记。我想,她才是整个宴会厅里最诚恳的聆听者。那也是我第一次见到,女人认真起来是什么样子。

"眼下当务之急,还是先把菜单定一定吧。"冯炳阁拖着他那个倒了仓似的喉头，拣了一句要紧话讲，"这是我试着开的一个单子，算是草稿，合不合适的，领导们给拿拿主意。"

我瞥见了，哪是草稿，那是在很硬的装订纸上，用黑墨钢笔，横平竖直写出来的十几道菜名，次序井然。纸在齐书记手里待了待，便呈到杨越钧面前。

老人嘴紧闭，看得很细。

"宫廷烤鸭可是咱们的金字招牌，按你这个走，是不是太靠后了？"他皱起脸，又看了看纸背面。"头两道菜要介绍鹅脯扒牛脸和黄焖鱼翅，你这单子可够偏的。"

"您不是让我们亮绝活吗？"冯炳阁把健硕的身子扭过来，一张大嘴伸向师父，"这上面的菜，不比宫廷烤鸭差意思。"

"我知道烧菜和吊汤你拿手，牛脸还好说，可这黄焖鱼翅，不是两三个钟点就能完事的。领导上午就来，你拿什么给人家，让人家干坐在那里等着你吊汤？"

其实，师父这一句话，懂事的人就能听出什么意思，说到哪里，便了到哪里，挺好。

"毕竟是评涉外单位嘛，就想体现出咱们对外国人饮食习惯的了解。鹅脯和鱼翅汤，都借了西餐的感觉，这是个彩儿。至于时间，头天晚上，我叫人把汤吊好，火候足足地，第二天一早我来了，再热透，不耽误上桌。"

冯炳阁这句话，显然是没过脑子的，私下跟师父怎样说都可以，但他敢搬到会上，并且齐书记就坐在中间，你让书记怎么想，你杨越钧平时就是这么管后厨的？

见师父的脸越拉越长，他才知这话有多不像样。

"那你这汤，工夫肯定够足，都过夜了嘛。"

众人听了一笑,老人根本不再看他了。一笑就可以了,不大不小的事,当师父说个玩笑话,算是替徒弟掩过去。会上的人,渐渐松散,仿佛每人肚子里,都有文章,只是不和冯炳阁似的,爱显山,爱露水。

只有田艳一人,无话可说,她手里仍然紧攥着纸笔,凝望着我们这边。

"有各位压阵,就算我不上手,咱们店的鱼和海货,拿到全市,也没怕过。可宫廷烤鸭,还是主菜,这个不能乱。我现在愁的,是冷荤这块儿,陈其一直歇病假,没人盯着。到时候人来了,总不能什么都没有吧。"

老人的心都重,手下人出的活儿,再花再乱都没事,独怕一种,悬空,而且是不留后手的真空。陈其这个娄子,虽不吭不响,但比笨嘴拙舌的冯炳阁,更要人命。他逼得杨越钧,要红口白牙地把难处讲出来,求人解围。

有人说,这道坎,迈不过去就绕过去。也有人说,怎么绕,油乎乎的鸭子端上去后,连个亮眼、清口的冷荤都没有,会被笑话万唐居在这上面没人。又有人说,谁刀工可以,就切个星星、三角的顶一顶,再请面点的师傅,捏个糖人、蝴蝶卷来救场。甚至还有人说,不如杨师傅亲自做条松鼠鱼,全解决了。各类的话,说了个圈,就等杨越钧在里面挑个法子,可老人愣是干坐着,不答。

"冷荤缺人,是因我家那口子而起,理应算我身上。"田艳的身子忽然从座位中站出来,像一束灌丛中逆势攀长的山花,"谁还没个病没个灾,哪里出了窟窿,就堵哪里。"

"您上嘴皮碰下嘴皮,把漂亮话都说尽了,透着一股志气。冷荤组都姓陈?没他地球还甭转了,不是有周师傅吗?刀再快又如何,你给雕个孔雀开屏、竹林别墅,你给拼个莲花印章我们瞅瞅,你给镇出一杯翡冷翠来我们瞅瞅。"

有人叫板。姓周的师傅扯住那人袖口,忙说:"那个连我也不会。"

田艳不再理论,扬着溜尖的下巴,怨烦的双眼像铜铃一样圆,走向杨越钧。

"飞刀田。"许是被她一身的气魄给慑住了,我张嘴吐出这三字,却被师父听见。

"陈其什么情况,你最清楚。"见老人开了口,她便压住了步,"他们在逗你,你是店里历年的劳动模范,没人否认你的敬业精神。可我问你,你替陈其,我能指望谁去红案的头墩儿上打鱼丝、发海参?谁给我亮一把抓的本事,你给我挑出一个,我就放你去冷荤。"

这话撂得漂亮。

"曲百汇,站起来。"田艳冲我师弟喊,"您自己的四徒弟,总认得吧。跟我身边干这么久,若管我要人,我就挑他,您敢用吗?"

我还没见谁这样跟我师父讲过话,连葛清也算在内。

身边的小师弟早已全身僵直。

"他现在还做员工餐呢,上回在后厨炒的菜……"杨越钧手一摆,让冯炳阁把嘴闭上。

"田师傅,你这是在将我。"

田艳坏笑,等话。

"可惜我这人,吃葱吃蒜不吃姜。"老人也笑,偏着头,隔着我看向百汇。"百汇,万唐居里,这么出师的,你是头一个,回去跟你爸说。"

老人低头想了想。

"好,他可以上案,但你必须提前把料备齐,盯紧他,出半点差池,我记你大过。冷荤就按陈其以前的单子做,你拿回切配间,让周师傅打下手。"

田艳还未落座，就有人讲："掌灶的指到哪儿，底下的人就打到哪儿，本不该有二话。"

老人见话茬要偏，干脆抱紧胳膊听。又有人讲："没错，陈其大半年不进店，连根人毛也没见到过，平日都是周师傅盯着。现在有硬仗要打，市领导亲自到店里品尝，只因陈其老婆一句话，周师傅就被甩到一边，您好歹也问问旁人不是。"

老人当然不会问，只是说："想怎么着，痛快点。"

还有人讲："倒也简单，田艳你不是敢叫'飞刀田'吗？跟周师傅比画比画，不管谁高谁低，什么时候再提起这档子事来，我们服。"

田艳腿长，不等杨越钩发话，三两步便拽来一辆演示用的平板手推车，两排粗笨的脚轮转滚在羊毛地毯上，不声不响地。百汇即刻下楼，取来一整块牛里脊。田艳不动，请周师傅先做示范，算是敬他。周师傅本分，但任谁被架到这个场面，怎能躲一个小老娘们儿。

行话说横切牛羊竖切猪，周师傅选了把斩骨用的剁刀，里脊原本用布包好，只为内外一起化冻，否则肉会外面软，中间发梗。他搁手上掂了掂，先去掉表皮上的筋膜和结缔，接着肉的光面向下，平放在案板上，看准肉丝走向后，顺纹理四十五度，顶刀切口，拿看家本领，切麦穗花刀。花纹的间距、深度和斜角，刀刀如出一辙。他再将剁刀竖起，腕上用力，一口气，吭哧吭哧开剁。有老师傅点讲，周师傅的剁刀，劲道全在手腕和小臂上，不用肩膀肘子发力。难得之处，这肉没一处地方被剁过两次，而且全无连刀。也就一根烟工夫，扇面大的里脊肉便被开成豆豆丁丁的肉粒，大小均匀，仿若蒜瓣。

田艳不多理会，也没有随周师傅的样式，而是叫百汇将她的尼龙刀套取来，由里面抽出一把自己专配的切片刀。那把刀一亮出来，连我都不由得打起哆嗦，想必刚还吵吵的几位，也全矮了半截。田艳使的刀并非店里统一配用，而是夹钢锻打出的铲皮刀，刀身黑沉，背如弧弓，开刃处闪出寒光。她一手紧握圆木刀柄，一手按住周师傅没动的一块里脊，先用刀背拍松，令肉块变薄。让众人诧愕的，是她竟拎出一块方豆包布，铺在大腿上，再把肉一搁，逆肉丝纹理，如点箭轻敲鼓面般，速切细斩，硬是在腿面上片出一张一张薄如蝉翼的肉片。

满屋子人，谁能想到，田艳会演一出腿上切肉的戏。连冯炳阁都没忍住，也跟着站起来，伸脖子看。她气也不喘，松瘦的身子像在勾一笔漂亮的行书。除了肉质松开时发出轻微的嚓嚓声，整个改刀过程，静得如同一场默剧。豆包布上切肉，足可见她对力度均匀的把握，细入毫芒。哪怕换成一块饭布，都不叫技术，因为豆包布之薄，能透出她自己的腿。以极静制极动，她清清楚楚地点明了"飞"字，就是说她走刀的速度有多快。这块里脊，她一共切了多少刀，我想根本没有人能数出来。

"听好，'飞刀田'的名号，由外面叫响，不是我田艳散出去的。今天承蒙周师傅谦让，以后也犯不着讲谁高谁低，只求别借我们家的事，跟我一个女的过不去。"

田艳仔细收好刀具，扭身下楼。杨越钧见一大帮子人，木桩似的戳在原地，很没个样子。

"散了吧，宴会厅不是天桥卖艺的地界儿。"他故意板着脸，也起了身。"评比那天的流程，回头冯炳阁出个排期表，都给我背下来。三儿，来一趟。"

百汇要找田艳，招呼都没跟我打就追出去了。我一个人，安静地跟在杨越钧和齐书记身后，冯炳阁本是要一起的，抬头见我也在，走到楼梯口，

就下去了。杨越钧乐着说:"让您看笑话了。"齐书记说:"不碍事,只是老杨,涉外单位的牌子,不挂在万唐居的门脸上,我还好意思跟部里的同志走动吗?"齐书记讲到这时,回过头,把目光定在我身上,随后又和师父客气两句,就走开了。

"都听见了?"杨越钧说话很慢,令我可以看到,他的牙齿齐整洁净,像白瓷一样,这是他长年不沾烟酒的缘故。"我听说,你跟着葛师傅干得不错。有机会,我倒真想尝一尝你烤出的鸭子。回去跟他好好说一说,展示宫廷烤鸭的环节上,匀一些活儿给你,他会明白是什么意思的。"

我忙点头说是。

"还有,如果出现什么事情,你不会瞒师父吧?"

我赶紧摇头说不会。

他等了等,忽然很正经地打量着我,好半天。

"那就好,回吧,你现在还住店里?我办公室有一床化纤面料的软褥子,你拿去吧。"

我应了后,也没谢他一声,就跑了。

七

回到葛清身边,我先看到了一地烟头。

风起来时,花白色的余烬扑面而至,分不清是炉灰还是烟灰。

"店里正狠抓工作纪律,您不怕被人撞见,我还怕,也不瞅瞅这都什么节骨眼了。"我找了笤帚,赶紧把烟头撮进簸箕里。"连师父也让您少抽些烟,怎么他的劝也不听了。"

"鸭房是我的地盘儿,谁敢管?是,你师父会说话,会做人,要不人家当领导。"

"店里把鸭房写给您了?还您的地盘儿。就冲今天田艳这件事,什么时候该做人,什么时候该做事,我师父就比您明白。"

"腿上切肉嘛。"老头一脸坏笑,"这才是田艳能干出来的事,这些年,她可一丁点儿都没变。"

"听说每年的先进都要评给她,人家使刀那个飒劲儿,漂亮。"

"你懂什么,她就算把豆腐切得薄成能看报纸,又有什么用。顶多算特技表演,你师父看不上的。老周懂事,牛肉粒,看似中规中矩,其实是歇兵的意思。等拿回去,直接就炒了做菜,不算糟践东西。"

"那您看他们俩,谁最合我师父的心意?"

"你觉着呢?"老头反问我。

"我哪知道,您这不是成心吗?"我故意生气,又偷着瞄他。

"那得看他要用着谁了。"

晚上,夜幕中挂出微霜,昏黑的大堂里,凳子像垫了冰袋一样拔人。

我把师父给的那块褥子铺了上去,还没躺下,葛清又来了。

"这东西不是杨越钧自己的吗?"他伸手揉了揉褥子面,"他腰不好,冷热天都能用得上。"

我如实告诉他,是师父叫人送给我的。

"果然师徒如父子。"老头直起了身,往门外走,"他对你,终归是比旁人更上心。"

我装作睡着了。

他又转过身来问我。

"如果出了什么事儿,你不会故意瞒着我吧?"

我一下直起来,今天这都怎么了。

"万唐居里谁能精得过您,要瞒您一件事,我得死多少脑细胞,划得来吗?"

"我那封信,怎么还搁点心匣子里呢,求你个事就这么难?"我就知道,这才是葛清最想问的。

"您见我哪得着工夫了,这么重要的信,不得仔细打听好,到底哪个部门收,负责人是谁,才敢往那边送。否则,查无此人倒还好,真落到不搭界的人手里,您心里踏实?"

他不好再说什么,嘱咐我盖严实些,就真的走了。

我本想叫住他,说上几句话,却又担心老头不爱听。

后半夜,屋外刮起风来,呼呼地。

————

小邢常对我抱怨,万唐居哪里都好,唯独缺个澡堂子。所以她总去姨夫工作的五四一印钞厂,才可以痛痛快快地洗上一次热水澡。我进不去,便坐在厂区北门兵营外的一串矮石栏等她。偶尔,我会看见厂区上方的天,那清渺的游云，变成一种很透亮的落霞，又高又远。

"有心事？"她出来了，发梢仍在滴水，但是显得黑亮，密实，非常漂亮，"厂子里在放《邮缘》，陈燕华和郭凯敏演的，可惜你进不去。"

她的声音颤巍巍的，嘴唇轻抖。

"你带我去广安门电影院看吧。"

"还要走两三站地呢，你不用着急忙慌地出来，头发都没干，感冒怎么办。"

"你的小师弟好不容易不黏你了，我还不抓紧点儿时间？"她半拉着我，拽着往前走。

"他缠着我是要一起编菜谱，还让我给他烤鸭的配方。说过多少遍了，那是老头自己研制的秘方，不是医院划价处开药的处方，连杨越钧自己都从不过问的。"

走到枣林前街的路口，我们停下来，等红灯。

她系了一块紫色方巾，将身形衬得秀丽而轻匀。

"杨越钧如果直接去问，可不要太傻了。老人肯收个上不了灶的书呆子，又把全民的编制分给他，难道就因为他爸是组织部的元老吗？你的脑子，对付鸭子行，对付人，嫩得很。"

"上不了灶？"变灯了，小邢快步走过街，我紧紧跟在她的身后。

她站在电影院门口，望着上面彩绘的宣传牌，犹豫看哪部片子。

"这儿没《邮缘》，有《大桥下面》，你看不看？"

我说看什么都行，站着没动。

"排队去。"她又推我走。

队伍很长，生生将我们又甩回到枣林前街路口。

"为了那封破信，葛清又难为你了吧。"

"难为我的,又何止是一封信。"

"看不出,你还有心慈手软的一面。换我,扭脸就把信给撕了,不,压根儿我就不会写。"

"你真的这么想?"

邢丽浙正要取出一张晚报看,听我问她,点了点头。

"你是怕不把信寄出去,他不教你真东西?"

我没有答她。

"你愣什么神,我在问你话。"她又轻轻推了我一下,"你只需告诉我,是不是担心这个?如果是,好办,包在我身上。"

我傻里傻气地注视着她的脸。

"看什么看,掏钱买票。"

———

初冬的北京,空气里总有一种冷冽的薄荷味。

葛清这几天有些喘,我想去半步桥的鹤年堂,抓几服生地黄、麦冬和苦杏仁这种润肺的回来,熬汤剂。路上我想,那封信实在不行,寄就寄了吧,里面无非是在专业上较较真,摆摆资历,也不碍着谁,反正鸭圈填都填了。

出门前,我去叫百汇,他正拿着笊篱在水池子上过水,说有两箱虾仁等着剥。

"田艳喜欢干干净净的,我跟着你尽孝去,一大坨子扔在厨台上,谁管我?"

我便独自沿盆儿胡同往南走,半路碰见一个半熟脸。他站住问我:"认不出来了?道林的严诚顺呀。"我停下步子,不知该说什么。

他说没事,两家店的师傅都是老交情,别因为争个指标,把彼此弄生分了，值不当。

正聊着，百汇从身后赶来，嘱咐我，书里写苦杏仁不可多食，最好换甜的，性平，入肺。严诚顺听了咯咯直乐，然后掏出一根烟，说他们店赶上了区里的房改计划，他又是第一批被落实的，刚去里仁街北边的工地看热闹回来。

"听说要建成花园小区，哥儿俩来一根儿吧。"

百汇一见是白盒硬云烟，赶紧接了。他不无醋意地说："好事就跟长了脚似的，专往你们道林那边跑。"见我把烟捏在手里，严诚顺划了根火柴，帮我点上。

"道林搬来搬去多少回，就没远过，为什么？区里咱有人。"他向胡同深处望了望，低声又讲，"但要说在市里，还是你们的声望大，这次涉外餐厅的指标，就是市里拍板。我们除了分套房，把孩子生了，还能指望什么。"

"好赖你能占一样，两室一厅的单元房，不用烧煤。就算涉外的指标到手里，我们个人能落什么实惠，你看我哥，昨天还在前厅拼凳子睡呢。"

这话我就不爱听了。

"师父争取下来的全民编制，先匀给你，我们都是大集体，还不知足？要不要我跟他说，让他再封你个经理干？"

百汇不言声了。

"你们以为，这涉外两个字，就是个摆设呢？如果没有，上级根本不给你批原材料。谁戴了涉外的帽子，鳜鱼、茅台酒就进哪家的店里。输了的，想经营点啤酒还要跟二服局打批条，连鲜货都短。搞不好一家店就此增收，另一家要关门的。跟个人有没有关系，你自己想。"

我看了看百汇，他也看了看我，俩人被说得一愣一愣。

"你们领导说了吗，怎么安排的？"百汇直接问他。

"安排什么，道林的菜，你们尝过啊，我手下那几块料，给他们一斤上脑肉，都不知怎么改刀。"严诚顺把烟往地沟一弹。"所以道林才在设施、装潢上面砸钱，你们店的就餐环境也太次了点儿，算是给我们留了个空子。可惜市里一向看好你们，什么时候市里不管万唐居了，那我敢说，道林的胜面比你们大。"

他有要走的意思，却问我们，是不是再来一根。百汇看我，我说我们也有事，他说等明年拿到钥匙，请你们暖新房去。百汇忙说，一定一定。

那一整天，我的身体里都跟咽了个弹球一样，叮叮咣咣地。

早上还认定的事，到晚上就给了自己一个回信，这信千万不能送。

有一天，小邢告诉我，她趁我倒休回家，自己带两袋密封饼干、两瓶桂花陈，偷着去鸭房见过葛清。起初我还不信，后来却听她描眉画目，讲得真细，才知不假。

那天老头怕着了风，在门外加挂了一条棉毡门帘。她刚掀开要进，就被叫住。葛清说他正在盗汗，怕交叉传染。她便识趣地端了把藤编的小坐凳，看葛清抽烟。

"常听小屠念，说您烤的鸭子香，一坐进来，果真是。炉子里飘出来的鸭油味，怎么闻，都嫌不够。"她讲话历来都目不转睛地直视对方，以证言之凿凿，"从前他想片些鸭肉让我尝，我还说公家的财产，动不得。现在看，原来是我不知道珍惜。"

葛清吐了口烟，重复着那三个字——"公家的"，然后一乐。

"听说您祖籍张北？跟掌灶是老乡。"见葛清仍不搭话，她继续说，"我家原也不是北京的，我很小就跟大人住进了槐柏树街。北京干，春天暴土扬尘，夏天满街都是吊死鬼，秋天气燥，一入冬，能冻死个人。我和姐姐年龄隔着远，若不是小屠在，这店里店外的，还真是连个说话的人都没有。"

"厨子都贱，爱找前厅女服务员闻腥。你是喝墨汁儿的，屠国柱能和你处，是他有福气。"老头冷不丁一句话，令她听了暗喜，脸上却越发犯愁，倒不吭声了。

"他在鸭房跟我，除了一身的馊臭，什么也没摊上。你们江浙姑娘都是仔细人儿，能忍他到今天，我这个做长辈的，应该谢你能多担待才是。"

听到这里，她心里反而有些发沉，实没指望过，这种话会从他嘴里讲出来。

"您这样讲，就见外了。店里都说，杨师傅对小屠，恩如再造，情同父子。若要我论，什么是父子，朝夕相处，才担得起，是不是？"

葛清掐了烟，不知是不是真被感冒闹的，总之眼角好似磕了一样，渗出淤红。

"我们台州老家，子女多的家庭，孩子成家后还能合着过日子的，会有人夸撑门头的人调教有方。说做父亲的，是明眼人。早年一家子在生产队挣的工分，还有小钱，都交给撑门头的主持每月开销，打点娶嫁、人情，集市日提篮子去买菜。"小邢一松下来，口里会流露出半生不熟的吴越语，像在唱小曲，"阿娘对我讲，从前村里有户人家，由父亲撑门头。老人节省得很，上街只会买小鱼来当菜，结果家里粮食反倒不够吃。小儿子看不过去，主动要当撑门头。他头一天上街就买来猪肉，次日又是猪肉，父亲慌了，后面的日子还怎么过。哪知第三天起，家里人都吃不下饭了，干活也有力气。原来小儿子知道鱼咸开胃，猪肉会把胃口吃腻，反而省粮。依您看，这个撑门头的，谁来当合适？"

当时小邢也没想到，老头会一直听下去。

"小屠看上去明白，实际是个实心眼。我们台州人管里外都会做人的，叫刀切豆腐两面光，我知道，小屠不是这块材料。我这样说，您能理解吗？"

"姑娘，你嘴里噼里啪啦地，跟含了个金算盘一样。"

"是不是？小屠也这么说我。"她扶了扶桌角，提起身，"我给您倒碗温水吧。"

"不劳你驾，快坐回去。"老头喉里有痰，讲话也不敢放声说，"姑娘，你这人说话，我爱听。别看屠国柱天天跟着我，我们爷儿俩一天下来，也不一定有句整话。有时候我宁肯跟鸭子嘀咕，也不爱告诉他。"

后来她要走，葛清说什么也要片一盘鸭胸肉，码进一个蝴蝶牌的铝合金饭盒里，叫她带走。我还是不信，说："鸭肉呢？"她说："吃了。"我说："我追着屁股后面喂你，你正眼都不瞧，现在却上赶着到鸭房去偷嘴。"她伸手要撕我的嘴，咬牙切齿地说："若不是为了你，我会坏了规矩？哪天我被人欺负了，看你拿什么来还。"

八

考评的当天早上，下起了入冬后的第一场雪。冰碴泻到街面，很快融成了黑绿色的卤汁。万唐居这侧的砖路陡斜起翘，院里又是坑坑坎坎的土道，枯叶落在泥淖里，像是打了一半的枣糕。眼瞅门脸变成堰塞湖了，杨越钧急忙调店员在胡同口清积水，垫砖块。百汇伸手朝屋外试了试，说："按这势头再下一个钟点，领导干脆改视察防汛防涝得了。"后来齐书记托熟人捎来一句话："情况有变，上面说这次不看前厅就餐环境，直接进后厨，检视制作工艺。"百汇又说："万唐居在市里，果然有人。"

齐书记一边把领导往操作间引，一边介绍："这位是市委办公厅的肖主任，那位是区里分管食品卫生的车区长，还有二服局局长丁铁峰。"完后，他特意挽过来一位小脚老太太，说是宣武饮食公司党委书记兼总经理，叫高玉英。百汇说他爸提起过她，从前是董必武的秘书。

肖主任对杨越钧一个人讲："你店里那些破桌子，是不是该换一换了？道林新砌了青石高台，拓路基，区长有光，亲自题匾，那是什么阵仗。这次若真将环评算进考察项里，你岂不要先折一阵？"老人说："我们的匾是溥杰先生真迹，多少年没动过，前厅可是上好老榆木刨的桌面，结实，耐热。"肖主任笑着回过身，带人从初加工开始看，百汇掉头就往他的岗位上赶。

这几位是有备而来，别说解冻池和双通调料台，连木柄手钩、钢码斗和竹笼帘盖，都要亲手摸过才算数，肖主任中途还蹲下去看排水沟。

"我在头灶，二灶是大徒弟冯炳阁做条货和煮汤用的，三四灶是给速火菜留的，后面几个灶眼的分工也很明确。"进入演示环节，杨越钧稳稳扎扎地,好像真给他一支队伍去防汛,也不难。"重新布局的大厨房,每个区域都实行了国外的海湾式排列法,最大限度利用储藏区的空间,从热菜间到出菜口的流动线,清晰顺畅。"

"杨师傅这个岁数了,还亲自上灶?"高老太太的声音略尖,每个人都能听清她说的话。"家有一老,如有一宝,有您在,这响堂雅灶的门风,就不会丢。刚才我留心看了备餐间的洗手盅和面点的刀具柜,干净。还有那些新灶台,是不错,当年我头一趟来这里,还是用青灰加麻刀抹的沙子搭的呢。"

"您老好记性,那是从我张北老家请的炉灶曹,他搭灶敢用足料。可惜,手艺人的这点儿孝心,不是谁都能看到的。"

肖主任听了,朝老人肩膀上拍了拍。

"入正题吧,道林能把宫保鸡丁做出荔枝口来,国际友人来了,张嘴要吃的第一道菜,就是这个。"车区长直截了当,"你们呢?"

————

参与介绍的冯炳阁说,与只重某一地方菜系的餐馆不同,万唐居对时令菜的把握,始终不遗余力。冬令进补多用汤,店里每天早上,都要煨好几小时的黄焖鱼翅,说着他便把人领向煲仔炉。我还纳闷,这汤不是早被否了吗?却听人议论,冯炳阁几乎一宿没睡,备料一直熬到昨天夜里,眯了会儿,凌晨爬起来吊汤。现在吃,正合适。

"别的地方不敢讲,但在南城,只有在万唐居才能尝到这么鲜的翅汤。"他仔细盯着汤锅,仍不忘给自己脸上贴金,有年轻的听见,捂嘴乐。"我的汤历来不放调料,单靠老母鸡提鲜。这就是我为什么说纯正的原材料足可替掉所有调料。"

他的大嘴像开了瓢,还在讲。

"好了好了。"杨越钧想让大徒弟把话停一停。

"冯师傅,今天我们特地来做客,是不是也让诸位尝一尝?"肖主任故意在给他脸。

这时,我大师哥做出了一件只有他才能干出来的事。在所有人眼前,他取了一把长柄手勺,探进锅里舀满后,贴到鼻尖,闻了闻,再亲嘴咂摸两口,随后连勺带汤,又一起搁回锅里。

"刚冲了水进去,还得再咕嘟咕嘟。"

车区长也忍不住笑了,说万唐居的汤果然是原汁原味啊。

杨越钧的脸都快绿了。

我想冯炳阁许是真给累着了,全没听出好赖话,还去谢区长。他又分身去讲自己新研制的那道西式菜,鹅脯扒牛脸。主料是他之前反复煮烂的一斤牛脸、八两鹅脯,茶黄色的鲍鱼汁也出自他手,和花雕酒、葱姜淀粉一起,分别摆好。

"这道菜难在前期准备上,比如调配鲍汁,比如牛脸绵软的程度。各位领导看到的,都是我提前完成的成果,牛脸要反复捞出煮沸将近十次,才能入嘴,吃出香味。而鲍汁如何能烧开后淡不失味,也是功夫。"

他的嘴就没闲着过。改刀后的牛脸和鹅脯,被加入红曲粉上色,勾芡后的肉汁浓馥稠叠,透出一层夺目的玛瑙红。一出锅立刻装入小碟,请领导品尝。

"冯师傅的话在理,许多人说,西餐跟冷荤似的,只是造型好看,恨不能血呼啦吃进肚里才正宗。今天我懂了,原来一道西式菜品,也要下够此番功夫,才能端上桌见人。"

肖主任讲话有高度,杨越钧多少也松了口气。几个人只顾吃,都不再说额外的话。这时,冯炳阁趁热打铁,把煨好的鱼翅汤盛了几小碗,放在条案上。

我也想看，他这碗"亲嘴秘制"的汤，领导们到底吃是不吃。肖主任带头尝了一勺，高书记也一同吃了，丁铁峰看了看碗里，用勺子划了划，才小口抿入。只有车区长，始终端在手里，没动。

"果然口感醇厚，吃进嘴里，又润又鲜，层次分明。"肖主任和高老太太正交流意见，几道极有卖相的老菜又不动声色地端上来。坡刀块的葱烧鱼、佛手状的肚块，还有剞松针花刀的五丁草鱼，一看就知道，全是百汇在后面使的刀。

"这次抽查单项里，倒不全是些煎炒烹炸的。毕竟牵扯的是涉外工作，要综合、要全面地看问题。刚才肖主任提到冷荤，我还是有兴趣的，听说杨师傅二徒弟的雕工悟性极高，是不是也让我们开开眼界？"

车区长的话，令现场的气氛瞬间冷了下来。

"这个当然，您在区里一发指示，店里当天就开会读文件，跟形势，没耽误过。"杨越钧不慌不忙地说，"只是面点还有几道芸豆卷和核桃酪，您总要尝一尝，再试冷荤不迟。"

他回头递了眼色，叫我去冷菜区问准备好没有。

我故意磨蹭，是担心田艳手生。直至门槛前，还寻思找个什么由头折回去，能把这个短给盖住，可刚好听见有人叫我。

"嘎悠什么呢你，半天才来，那帮人是进来参观，还是让我们端出去。"陈其居然就站在工作台前，手指掐着烟，斜眼瞅我。田艳正照他的吩咐，在墩子上按住一长条青瓜，屏气凝神地推直刀纹。

"本来端出去就算了，既然你在……"我是真想乐，往晕头转向里乐。

"还是不行，干脆你来吧，这都火烧眉毛了。"田艳以为我是来催她，把刀搁下。

"哪儿有火?"他把手摸向自己老婆的面额,"我看看眉毛,这不好着呢。"

田艳用力推开他。

————

陈其把我叫到身边,看几位师傅都在踏踏实实地收家伙,我心中才敢宽缓一些。

"都以为你还在家歇病假,忽然跟锦毛鼠似的,噌地一下冒出来,师父知道吗?"

"兄弟,你过来。"他伸胳膊,一把搭住我的肩膀,"送你句话,想出人头地,得看谁来吃你的菜。靠那帮臭老百姓,累死你也没人念好。记住了,有本事,亮给当官儿的、名人。他们只要筷子一动,行里行外的人,都围着你转。"

"别在这里抽烟,杨越钧急了,进来拧你耳朵。"田艳小声嘟囔着。

"他敢!"陈其像被谁踩了尾巴,回身便嚷,"以为还是当年哪,欺负我小。我今天是来救场的,不拿他一分工钱。就见不得你们全跟木头桩子似的,对着雕花刀相面。你瞪它,它自己能走?"见没人理睬,他一双豆眼,又对准了我。

"这几盘是我刚拼得的,先拿出去。"不等我反应过来,田艳便和几位师傅一起将菜盘子端出去,根本不让服务员碰。

————

师父的嗓子有些哑了,他本就上了岁数,气亏,加上体胖,爱喘,在领导们面前讲的话,磕磕绊绊之处,越来越多。

见有动静,还是田艳出来了,再往后,各人手中分别端来蓑衣黄瓜、三色蛋糕,还有五月仙桃。几道菜一亮相,仿若张灯结彩。

"陈其在里边?"老人一看便知。

田艳紧闭着嘴,点头。

"你来介绍吧。"

齐书记见形势有变,赶快引肖主任和高老太太围过来看。

区长和局长,由冯炳阁陪着,紧随其后。

———

十来个荷叶边墨彩花卉纹的拼盘,连缀成扇形,绕主菜摆齐。田艳的嘴像刚松开的空袋口,舒张半天,却没吐一句整话,她不认识。

"三色蛋糕的主料有松花、鸭蛋黄和鸡蛋。"车区长凑近来听,像鉴定家一样严肃,"五月仙桃是在小西红柿上面,用单开小刀,由顶部起,沿左右各四十五度角,片出 V 字,并逐层割断,最后用拇指推成桃形。"

区长看得越仔细,杨越钧的脸越加发紧。

"几道菜里,蓑衣黄瓜最吃功夫。为了出型,一般都选直瓜来切。先将瓜身剞成麦穗形的花刀,刀纹与斜十字纹呈交叉形,再改成三个半厘米见方的块。稍一加热,出的卷儿会更好看。与五月仙桃不同,这盘菜贵在连枝相依,一处都断不得。"讲到此处,田艳突然顿了一顿,眼眶泛红,"一断就成废料了。"

"这有多难?我在黄瓜两边各放一根筷子垫底切,一样不断。"

区长讲起他在家切菜的心得,田艳没有回答。

"杨师傅,你二徒弟本事啊,神龙见首不见尾。"区长快步走到杨越钧面前,"我还以为他另谋高就了,好。蓑衣黄瓜是四川饭店的招牌凉菜,市面多有仿效,就不说了。这三色蛋糕,头端午,我还在北京饭店夏师傅那儿尝过,怎么一转眼就摆你店里了。再说你们单子上,也没写这几个菜啊，正巧你二徒弟在，进去问问也好。"

师父听了，闷声不响。

"杨师傅，怎么还不见半点宫廷烤鸭的影子？"高老太太在替我们解围，"考核就算是按章程走，也该有个重点吧。万唐居能在市里叫响，全在这只鸭子上，谁会管你冷荤不冷荤的。"

肖主任看了看表，乐乐呵呵地问车区长："咱们是不是抓紧一点儿，站得腿都酸了，宫廷烤鸭却还没看着。"齐书记适时地叫人打开侧门，把一行人领向后院。师父抽回身子，嘱咐我回切配间，甭管做什么，停一停，把原定单子上的菜拼好后，请检查组打分。

"然后立马来鸭房。"

我一口答应下来，又要往陈其那边赶。

"别跑，别跑。"老人仍不放心。

───────

一进屋，我还未及讲话，人就像过了电一样，僵在门口。田艳也追过来，差点撞到我，她的手紧捂着嘴，侧面看，张开的颌骨，清晰可见。

那是一座半米高的立体式花色拼盘，三层，具体有多少颜色，数不清。只认得底部繁密交叠的编篮上，架着凤冠式的什锦花坛，珠围翠绕，仿佛会动。顶端是一只正引颈拍翅的鹤鸟，身子主体，白如凝冰春雪，羽翼之处，又似利剑拂风。

陈其俯身在案，侧身看我，他让我觉得自己像一个数高楼的孩子。

田艳也不敢离近，她对这一幕显然毫不知情。

"你跟哪儿变出来的，这是什么？"她用手掩住脖子，胸口起起落落，"怎么不提前和我说？"

"和你说有什么用，你什么时候见过母鸡替公鸡打鸣儿的？"

他得意地朝我们晃晃头,田艳才敢走过去细看。他拿着用罐头铁皮自制的 U 形刻刀,案子还放了把锋利的桑刀,这令我想起葛清是怎么说他的。

"这叫松鹤延年,傻小子,见过吗?我在菜里都用了什么?说说。"

我仍是专心致志地看,像在欣赏一幅呼之欲出的工笔画。

"我猜,花篮底座是瓜果和捆蹄雕的,篮面上有油焖笋、马蹄莲和银耳。鹤上有肉松,有山药?别的就认不出了。"田艳正指指点点地,忽然又变得一脸落寞,"你可真是严防死守,连我都要瞒。"

"多新鲜,你当我大半年病假是白歇的,又搭进去那么多钱。不藏几手绝的,拿什么让杨越钧给我提工资?"

"师哥,你还切什么呢?"我一下记起了什么事。

"我再补个菊花。"他用桑刀将一棵小白菜的外层斩掉,又用手掰掉老帮,剩出七八瓣嫩菜帮。左手再拿住菜头,换小刻刀,顺丝纹插刀。然后,逐层减刀、抽丝,再插刀。"艳儿,拿盆凉水,这筋皮和菜丝可断不得,把花咕嘟一泡,吸足水养足韧劲后你再看,我这玉龙闹海,比天安门摆的都不差。"

"师哥,你刚才端出去那几盘,都是咱们店的菜吗?师父被领导问得讲不出话,差点进来当面盘你个底儿掉。"

陈其的手停了下来。

"你什么意思,他们人呢?"刀像飞镖一样,被他甩在案上。

"还好被一位老太太岔开了,现在师父正带他们去看鸭房。他嘱咐我,让你按之前定好的单子做菜。考核组的人打完分,就没你事了。"

田艳一直看着陈其,她那双内尖外阔的丹凤眼,露出惧色。

"我就知道老家伙没安好心!"

他拎着费尽心思才刻出来的篮筐,从冷菜区里蹿出去,像一匹惊马似的,直奔大门外。我和田艳眼睁睁瞅着他,将半人高的"松鹤延年"狠狠抛向街面。

那道菜散在地上的时候,我想我能认出来了。

最里面塞的都是凤尾鱼、醉鸭、蓑衣洋花萝卜和油爆虾。

———————

雪虽然停了,风却像孩子手上总也剪不短的长指甲,刮得人脸生疼。棉絮大的雪粒,被吹到砖缝上,冻成铅色的硬砣子。

我嘴里哈着白气,脚踩满地的枯树杈和石子,仿佛上上下下,全是葛清。

区里的几张嘴,若是敢在鸭房里,还要挑肥拣瘦,不挨嘴巴子就算是他们赚到了。

———————

所有的人还全停在后院,跟雪汤子里站着。鸭房寂然不动的,门都没开,像是一座不愿外人打扰的土地庙。我刚钻进队伍,就被师父拉了过去,我直冲他摇头,示意真不知情。

风是越刮越烈,站队首的肖主任和高老太太,华发乱飞。听见丁局长在咳嗽,杨越钧让我进去问问,葛清什么意思,想不想干了,不想高老太太却先开了口。

"葛师傅啊,我是老高,我们来看你了。"她合紧刚换上的雪花呢厚毛大衣,走近房门,"你开开门。"

所有人都等在原地,继续看。

"葛师傅,你还好吗?"为了盖住风声,老太太铆足劲儿说着。可惜她嗓子再尖,话音飘到鸭房前,还是冰消云散。

"我们是联合考评组,专门评定涉外单位资质的。葛清同志,宫廷烤鸭是最后一环,希望你配合工作,把门打开。"车区长拿出手绢,挡住嘴说,

"总不能让我们为了等你,一起守在大雪地里,多难看!"

高老太太抚了抚头发,决定亲自敲门。

师父脑门已急出汗来,几步跨过去,我也只好跟着。

"老葛,先把门打开,让领导同志把正事办了,等参观完,随便你怎么折腾。"

老人先用手板拍着门,再一挥臂,让我和冯炳阁准备推门。我还在愣,大师哥已赶到师父身边。

"葛师傅,你的信我收到了,你反映的情况,我都清楚。正好今天人也全,你的意思,就让我们站在这里,理论清楚吗?"风势小了,高老太太的尖嗓,把站在雪地里被吹得晕头转向的我们惊了一跳。

杨越钧正要走下小石阶,换师哥使些蛮劲儿,听了一样动弹不得,形如捏塑。

"收到就好,我这人嘴拙,非要一笔一画写在纸上,看的人才清楚。也别再挑我,说什么只会耍浑蛋,不讲道理。"葛清终于吱声了,还很清楚,"鸭房是工作间,不是景点儿,没什么可参观的。我让徒弟搬把凳子出来,给您坐。"

"多久以前的事了,还提。"高老太太冲我们张望着,"葛师傅收徒弟了?那我可要认识认识,哪位是?"

我朝她点头。

"你师父不识字,信是你写的?"周围人都在看我怎么说。

"代笔。"我强作镇定地答。

听这里还有我的事,杨越钧干瞪着我。他之前交代过的,凡事切勿瞒他。

"你别为难他。"高老太太对我师父说。

门锁一松,我两步跨进鸭房,往里寻,老头正站在鸭炉前。

他今天没有抽烟,脸是刚刮的,两手一背,不知从哪儿找了件灰色的棉线工服,披在身上。

"天气冷,多加件衣裳吧。还会自己送信了,深藏不露啊。"

"支使不动你。墙头儿立了个折叠桌,连凳子一起,拿出去。"

我一边夹起一个,朝外走。屁股刚腾出来,葛清紧跟着就把门摔严。

院墙上几根光不出溜的老柿树树枝,让雪水压着,几滴冰豆子掉我脖子里,怪凉的。

"你让我坐外面,我就坐外面。"高老太太让了一让,要肖主任坐,主任哪肯,忙扶她坐稳,"不过,葛师傅,有些事,是不是你也该习惯习惯了。你们店改建仓库,杨师傅是问过我的,我说这是万唐居自己的事,轮不到外人说话。你把信寄到我那儿,我有多为难,你知不知道?"

鸭房里,一声不响。

"不仅是万唐居,全市很多店的鸭子,都由定点的家禽屠宰场统一配送。在卫生、成本和管理上,能够实施标准,我们对质量也好提要求。再说你鸭圈里那个味儿,多少住家找到居委会,写信告区里,最后都找到我办公室了。哪回杨师傅不是因为你挨说,他回来跟你掰扯过吗?要说你葛清在鸭房的自主权,我在哪家店也没见过。"

后院显得异常宁静。

"你想开点,何苦计较眼巴前那一丁点儿得失。你信里提到的那些通病和恶习,就很到位嘛,这才是你这种老师傅该讲的话。也请你相信,我们的领导有这个觉悟,更有这个能力,将本市的餐饮行业,做到推陈出新,精益求精。"

车区长跟着喊起了话:"葛师傅,高老太太这些话,我们平常都听不到的。大风天里,她掰开揉碎了做你的思想工作,咱不能不领情啊。总以为谁还要害你似的,有这个必要吗?"

"你们是穿官衣的文化人,有阶级立场,有政治觉悟。这还是站在门外,真全进来,能有我说话的地方?"

葛清的语气,像那扇榆木门上通直而粗涩的条纹,被磨淡了,总要渐渐隐去。

我很想再进去一趟,看看他。

"各位大老远赶来,无非是想知道,宫廷烤鸭的招牌到底够不够分量。这样,鸭肉烤得了,你们叫人端走,吃完再说。"

———

车区长立刻派了个穿制服的,进屋取菜。

"这才是我最乐意看见的。"高老太太回头看向我师父,"老杨,我就说,你不会白熬这么些年。对万唐居,葛师傅这心里有本账。"

———

又一记摔门声后,几碟散着热气的杏仁片鸭肉被端出来。

齐书记叫人把酱料、卷饼和碗筷码齐,卷好后分别拿给领导们品尝。

几位干部,从肉色,到切工,反复地看,反复说,怎样吃,才是内行。

"趁还热,快进嘴。"齐书记提醒他们。

高老太太单夹了一片薄肉,送进嘴,嚼完咽了。她放好筷子,等别人怎么说。丁局长吃得最热闹,五六片肉,卷在一张饼里,一口吞下。车区长打趣说:"烤鸭我吃得多了,说说心得。吃烤鸭,就要吃鸭脖下面,连着鸭胸的第四刀,又细又嫩。至于口感,好与不好,八个字足够:肥而不腻,瘦而不柴。否则,我沾嘴也要吐出来的。葛师傅这盘鸭肉,光八个字,还不够,我再给他四个字:入口即化。这样说,总没有人怨我拉偏手了。"

"屠国柱,进来。"葛清叫我。

进了屋,我问老头:"门还关吗?"他说:"关。"我照做后,等他吩咐事情。

老头的脸被火熏红了,他说:"里间的炉子都点好了,你自己烤一只鸭子出去。"

此刻火势正壮,我抬头去瞧挂鸭钩,又把灌了汤、上过色的鸭坯挂上去。撑挑鸭杆的时候,我还在想,要是别人的鸭房,现在市委办公厅主任和区长,早站我身后,边看边鼓掌了。运气好,还要拍照,要登报的。

"夸人的话,都带钩儿,听了挠得心里痒。那盘鸭肉也对味儿?领导说对,那就对吧,可惜那鸭子不是我烤的。下班我就去对面小饭铺传话,说领导们尝了你家的鸭子,说这肉啊,入口即化。"

老头又嘎嘎地坏笑起来。我转着鸭身,见鸭脯呈橘黄色时,快速用杆挑起鸭坯,贴近火去燎底裆,令鸭腿也一起变色。心里却随着葛清的话,时紧时松。

我无从想象门外的人,会做何感想。

我烤鸭背时,掐着时间,好久好久,未见任何动静。

葛清也真沉得住气,不再讲一个字。整个万唐居,合着全在等我一人。

"着色后,你拉一刀儿看看几成熟了,再叫我。"

当浅白色的汤油从腔内溢出时,老头将我赶回操作台。我洗手时,他把鸭肉片好后,在上面扣了一副鱼盘。

他看着我小心托着盘子出去,然后慢慢将门在我身后阖上。我在老太太面前摊开盘子时,鸭肉还很烫手。

高老太太反复打量着我,再次拿起筷子,利落地夹了两块肉,吃了进去。

其他几位,脸色泥色,不知是冻的,还是气的。

"宫廷烤鸭起根儿上,所用原料就是我亲手挑、亲手养的北京鸭。除了鸭食由我和徒弟来做,还要定期喂它们小鱼儿吃,和它们说话。我讲话脏,人不爱听,但它们听。"

我垂着头,退回杨越钧身边。

"鸭圈没了,我是难受,为什么?因为我知道这门手艺,我快守不住了。"葛清的声音似乎离近了,我猜他正紧挨着门讲话,"你们位高权重,图的是管理方便,一支笔,一张纸,就把我几十年的规矩给败了。但你们哪位能告诉我,一只鸭从饲养到出炉,要经多少道工序。您几位连好坏都分不出来,这眼光,如何放长远?所以我写信,不是跟杨越钧较劲,也不是为自己谋好处,我是想告诉你们,管这行的人,不懂这行,可悲。但愿有朝一日,您再来跟我谈管理,那时我一定请您进门。但愿有朝一日,我还活着。"

高老太太见话已说尽,只轻叹了口气。

走之前,她客气地望着我,然后跟杨越钧说:"不管怎样,这门手艺有了传承,总归好事一件。"她还当着我师父的面,把一个牛皮纸包,亲自交到我手上,说是前些日子怀柔老家亲戚捎过来的核桃和干蘑,本来想当面送给葛师傅的,现在转托给你吧。

九

接连数日，提到葛清两个字，万唐居的人都还心惊肉跳的。

店里的处罚通知是，不管考评结果如何，都要降老头的级，砍一半工资，扣除全年奖金。这是齐书记提出来的，杨越钧一算，都年根儿了，扣不了多少，也同意了。

后来是小邢说，葛清不会讲话了。我还不信，早上他刚叫我一起去大红门，看那边宰的肉到底行不行。小邢却说，她又偷着去找过葛清，客气归客气，就是死鱼不张嘴。

直到有一天，杨越钧来鸭房，传达通知，还补充说，到下个会计年，工资会调整回来的，那天的事，只字未提。葛清听了，也仅是点了点头。他甚至还略带歉惜地递了把椅子过去，可还是一声不吭。杨越钧慌慌促促地错开脚，接过椅子，却没有坐下。

自此我才相信，小邢的话，是真的。

———————

清晓，冬风至轻，至凉。

在昏沉的街上走久了，干硬的九格砖每踩一步，脚心就像长了肉刺，磨得人意乱心烦。

我跟在葛清屁股后面，过了开阳桥，沿着南护城河，一路朝东边的永定门客运站，不停地走。进到一个不算宽敞的小院里，我站在弧形顶棚的主站房前，买票。头顶上是"安全正点，优质服务"鲜红的八个字。

我瞅见有人架了个砖砌吊炉，卖马蹄烧饼和油炸鬼，就来了两套，夹在一起。葛清全不等我，快步走进第二候车棚。他忽然说不去大红门了，在河北涿州，有个南瑞填鸭养殖合作社，一直想派人接他过去看。他跟人家讲，不用接，有徒弟陪着一起去。

我们乘的是蒸汽机车，很慢。途经东仙坡时，车窗外松缓地生长出许多水稻和玉米田，艳阳映衬下，宛如翠竹黄花。开到大石桥，我望向西面悠悠荡荡的拒马河，这是我头一次见到这样宽的河面。

我问老头冷不冷，他闭上眼，轻轻地摇着头。

到了那儿，传达室反问我们，咋非赶个礼拜天才来，一个领导都不在。我告诉他，放我们进去瞧一瞧就可以了。于是对方找来值班科员，把我们领进一排南北向的双列式鸭舍。在铬黄色的土墙围栏外，葛清放慢步子。我问他："您还记不记得，当初给鸭圈换一次水，咱那个惨样？瞧人家，饮水器旁边埋了排水沟，盖网板，雏鸭喝水，溅出来的，直接顺脏道排走。屋里还设了天花板和气窗，水泥铺地，干燥通风，哪还有味。"科员跟着说："这里从前是块荒地，因为紧邻国道，市里特批，要规划成首都餐饮行业链的供应地。城里好几家烤鸭店都指定我们送货，正宗北京鸭，眼睛明亮，背宽肉嫩，肥瘦分明。不信您上手，胡噜毛一看便知。"

葛清没理他，我便递了一根烟，把这小子带到陆上运动场。那里种了十几棵的葡萄树，夏天当遮阴棚用，现在刚剪过枝，涂了白灰和皮胶，围上农膜。我靠着树干，假意请教他，除了肉用的仔鸭，种鸭和蛋鸭舍在哪儿？他伸手指给我看，还说将来全国最先进的纵向通风，水帘降温，都先尽着这里，连饲料都是从匈牙利引进的。我一边点头，一边留意着葛清，他背对着我，看鸭群欢欢实实地在做转圈运动。

渐渐地，老头脚一蹬，屁股一抬，坐上围墙，仿佛是一块刻着灵兽的寿山石印料。科员问我："说太多是不是惹着你师父了？"我说："不会。"

他说:"那行,这儿冷,你看着点,我进楼了。你们有事,到二层的资料室叫我。"我塞了一盒烟给他,叫他放心。

葛清的头、眼睛,始终跟着跋来报往的鸭子,嘴里还念念有词的。斜阳西沉时,冬寒飘忽始。我系紧衣扣,抬腕看表,初觉眼前一片昏凉。老头仍是弓身而坐,脸虽冷,目光却温暾了好多。我差点以为,和他一起打理鸭圈的日子,又回来了。我走过去,又陪他站了一会儿,然后说:"回吧。"他把目光收回来,招手叫我再走近些,扶他一把,好下来。

回去的路上,我们坐了一辆杏色漆、刷绿边的长途客车。葛清替我占了座,还叫我把票根收好,店里给报销。我关紧窗户,他又说:"我也是瞎操心,忘了你媳妇就在会计科管账。"

在车里,他说了很多话,其中的大部分,我已经忘了。我猜无非是说那家鸭场用喷管填食,会伤到鸭子的食道,诸如这些。

开到良乡时,他从暗兜里掏出烟盒,正要划火,我沉着脸,指给他看车里的禁烟牌。

"跟别人掐了一辈子,老了才懂,再怎么挣腾,自己也有个定数等着了结。出来走一趟,反倒觉着眼下这副样子,已经算是不错了。你呢?我对你怎么样,说说。"

老头又把烟别在耳上,没头没尾地问我。

"把我写的信偷偷递到区里。守着配方,只字不提。有话宁肯跟鸭子说,也不讲给我听。怎么样?亲爹都没这样疼过我。"

"有些事,跟鸭子念一念,更踏实吧,不一定都是你想听的。你想听的,我现在说两点,你能记,就记下来。"他扭过头来看我是不是还在较劲。"一个是香料,一个嘛,就是制坯,后者最难。手法上,我多了一道腌的工序，比起传统的回炉法，略做改进。回炉法先把鸭子烤了，颜色上到八成熟后，从梅楂变到枣红色，就要挑出炉，挂起晾凉。客人来，再入炉烤后半截，二十分钟吧。怎么回炉，好懂，可为什么要回炉，才是难的。"

"那为什么？"我故意漫不经心地问他。

"是为把鸭坯的皮下脂肪减下去，让鸭皮更酥更脆。为了这个脆字，我琢磨了半辈子，你以后慢慢会懂的。"

我的脸始终对准外面，天边已现出一轮月牙，令透过暮云的霞光，缝隙如筛。

他把烟取下来，问："能抽了吗？"我瞧这车已从天桥开进北纬路了，随时就要靠路边停下，就说："抽吧，有人拦你再说。"

万唐居被评为涉外单位的那天，店里搞了个简短的挂牌仪式，杨越钧和齐书记并排站在正门口，门檐上方是新擦亮的墨黑旧匾，三个手工阴刻的瘦金大字，仿若枯树生花，越看越有味。两位老人，同将一个松木衬底、磨砂铜精刻的方形奖牌，工工整整地摆在门脸上。

我和百汇也随着大伙儿站进去充场面，冯炳阁在最前列，仔细听师父讲话，仔细鼓掌，还问要不点两串小挂鞭，热闹热闹。杨越钧故意绷脸，怪他多事，接着又吩咐他，每人两盒野生的海捕对虾，分下去，都拿家尝个新鲜。我隔得远，正伸着脖子看，百汇拽我说，这有什么好吃的，更新鲜的东西在后头呢。

在备菜间，他拿出一碟小菜，码着豆青色的笋片。我捏起一片，搁进嘴里嚼。

"杭州新运来的凤尾笋，去了皮筋，放盐腌一小时，再拿干辣椒用热油煸锅，往笋上一浇，那才叫鲜。"他扬起一张干净的脸，还在端着碟子，

"就等着给你呢，我对你怎么样？"

"昨天葛清也这么问过我，凡这么问的人，心里都虚。"我又吃了一片。

"老头还跟你说什么了，讲到配方没有？"

"你自己怎么不去问他。"笋片有些噎嗓子，我又接了一碗凉水喝。"你也削两根笋送过去，看他领不领你的情。"

百汇横了我一眼，把碟子一撂，要走。

我又嘱咐他，这笋是鲜，帮我多留两根。

———

第二天，我难得在家休息，妈说老家的宏村舅舅要来，怕被警察拦下来问，她要和我爸一早去南站接人。我不肯去，出门前，她怨我良心都让狗叼了。"小时候他白疼你了。"

我把屋门反锁，枕被子上，想配方的事。

墙外有人，站窗户下说："屠国柱，我西厢房你曹阿姨，刚出来见一糟老头子，站院门外。我不放心，你出来看看。"

我一骨碌下床，推门看去，正好跟葛清打个照面。

这山寒水冷的天，他就披了件单薄的对襟布褂，捧着个翠蓝的荷花纹圆盘，见是我，就颤悠悠地拐了过来。

我忙问："您怎么了？"他说："寒腿，不碍事。"又将盘上的一块麻纺过滤布扯下来。

上面摆满了一张张雪白筋斗、弯如月牙的坡刀大片。

"用月牙刀切的？"我接过盘子，闻到一股羊头特有的鲜香味，"我说这树上，冻得连只鸟都见不着，原来是飞店里请您去了。"

"没良心的，也不让我进屋。这都是四五岁的西口羯羊，特意给你挑的羊脑和口条，我还大老远端过来，你配吗？"老头始终在紧紧看着我，"鸭房不能没人，我回去了，明天想着把盘子还我。"

"我进屋加件衣服。"我转身跑回家，搁下盘子，从衣架拽下一件深蓝的灯芯绒冬衣，一边往里伸胳膊，一边把锁挂在门上。

"羊头肉我吃过，没见过切成这样的。见不着您的月牙刀，这盘肉怎么端过来的，您再怎么拿回去。"我抓着他的衣袖，不撒手。

"这孩子，比我还赖。你是加衣服了，不瞅瞅我穿的，再给扯坏了，冻出病来，你师父掏药钱吗？"

"那我跟您一起回店里。"

我几乎是架着他，往前走。两个人就这样，在路上缠夹不清的，引来很多人看。

灶上的火盖，燃起一圈青焰，正佘着一砂锅的羊头。腾起的蒸气，漫在小砖房里。

葛清朝锅里兑了鸭油，盖严后，叫我去看屋门关死没有。

他支好马扎，划上一根烟，让我也坐下，问："闻出什么了？"我深吸一口，猜："红塔山？"他紧咳嗽半天，手掌来回地扇，将烟赶走，又说："是锅里。"我笑着说："没闻出来。"他指着橱柜上放的半碗牛奶，叫我倒进去。我掀开陶盖，一边倒，一边看，里面还搁了好些豌豆苗、南瓜蓉和扯成丝的干贝。

屋子暖烘烘的，两人像泡在澡池的厢座铺位里。

我哑了一口浅黄色的羊头汤，顿觉由心窝到脾胃，阵阵绵滑温热，舒坦极了。

"月牙刀长成什么样子，能把羊齿骨的牙花都刮净了。"我捏起一片肉，举在灯下照，薄可透光。

老头找出一把一尺二的带弯的长片肉刀，往我对面一撂。

睁眼细瞧下，刃口锋亮，如缟衣挂身，匀称的弧弯，更似硬弓横卧。

我攥住硬木刀把，颠来倒去地看。

"喜欢就拿走。"老头把烟一掐。

"我可不敢了。"我听了赶紧放下。

"不会再让你为难的，况且这把刀也不是我的。是我师哥计安春当年亲手做的，先头说借，后来一直搁我身边了。"

听见计安春三个字，我老老实实地坐好。

"盐花洒得如雪飞，薄薄切成与纸同。"他胡乱念了两句，"拿去吧，愿意留下，就留下。"

我仍不肯动。

老头还想说什么，两只手在身上乱搜，找烟。

"计安春总觉着事事都能放得下，却在收徒上面，跟自己过不去。两天前，就是我们在涿州的时候，他终于把手艺带进了棺材里。有些菜，你们永远都吃不上了。"

我听到后，脑袋咣当一下，被锤了个满天花。

"我知道，烤鸭的配方，你们贼着很久了。没关系，以后我讲，你听。"

那柄弯刀就躺在我眼前的木案上，我却不敢再碰。

"涂在鸭腔内壁里的调料，是我花几十年工夫配的，添了蔻仁、官桂和甘草这样的药料。我可以把要目和成分，一一背给你听，你自己琢磨去。"

我抬起了头，却高兴不起来。

"你和我师哥有过交情，现在咱爷俩坐在这里，也是缘分。我把丑话说在头喽，多前儿我没有亲口提退休，这些东西，你不能露。只要我还干得动,你就算什么都知道,烂也要给我烂肚子里。"

———

高处,灰白色的玻璃窗外,几道树影正来回飘晃。

风见紧了,被我撞上的屋门,噼噼啪啪直响。我被惊了一下,刚回过神,忙说规矩我懂。

"小子,你是个想在这行干出名堂的人。可惜这行最得意、最体面,跟金子一样闪着光的好年份,那是靠一批老师傅养出来的,早过去了,连我也只赶了个尾巴。以后会不会再有,我不好说,但肯定不会在你这一辈。"他的双手搭在膝盖上,哆哆嗦嗦着,"勤行里你这样的苗子,不多,但单凭你一人,撑不起的。任你钻得再深,学出精来,也不过是保住这一行的香火,别断下去。有朝一日,能给后人当一块垫脚石,便是你功德一件。"

葛清站了起来,找出一条热毛巾焐了焐脸。然后他背着身,叫我快取笔纸,仍是他讲一字,我便写一字。

我又找过百汇一次,叫他把上回留的笋拿给我。他问我要不要剥完切出来,我想了想,告诉他不用。然后,他抖了一张报纸,把笋包好,放我手上。

我拎着东西,站到二楼会计科门口,等小邢。他们组一个大姐正在戴帽子,对我说:"送这么点儿礼就敢找我们小邢,你是求她的人,还是求她的事儿?"

小邢在背后白了她一眼。

"中午跟我出去吃吧。"我见屋里的人都去打饭了,便把那兜子报纸放到桌上。

"哪里来的?"她盯着我,准备摘套袖。

"家里胡同口来个江浙的菜农,挑了两担子土货,我就买了半斤。"

她今天脸色确实难看,总吊着个眼睛,听是这话,才顺出一口气。

"那好。"知道是要上街,她才把白大褂换下来,"你东西快藏衣服里,不嫌难看?"

说是吃饭,我们不过是到樱桃三条的市场里,坐一坐。

两人总共只要了一碗白米粥,她说没胃口,吃不下,就拿个铁勺,在碗里划来划去。我对着碗看,说:"你不吃,别人还不吃了?"结果她干脆把碗端起来,撂到我跟前。

"吃吃吃,吃死你,就知道嫌我这个,嫌我那个,也不多问一句什么事。"

"什么事?"

"还不因为你那二流子师哥,总憋着从我们科钻空子,公款是那么好算计的?我偏要把钱卡得死死的,杀鸡给猴看。不然以后,都以为我好说话呢。"

"我哪个师哥?"

"你搞不搞得清状况?"她把勺子哐啷一声扔在桌上。"全店都知道陈其的手不只会雕龙画凤,偷梁换柱也是一等一的。成天拿个写烂的单子和药方,堵在门口,让我给报。还有他那个煞星老婆,两个人跟家雀儿一样,叽叽喳喳地,在我面前唱双簧。"

"这种话不好乱讲的。"听我学起她说话的腔调,她终于乐了,"谁让你在组里年纪小,他们不欺负你,欺负谁?"

"对了,你认识积水潭医院吗?"她一下又正经起来,问我。

"不认识,干什么?"

"那里的骨科全国知名,你这种胳膊肘朝外拐的男人,要赶紧去看看,不好耽误治疗的。"见我不搭声,她轻拍桌子催起来,"叫我出来,还送人情,不会无缘无故吧。先说好,抠公家油水这种事,免张尊口。"

我把长途车票掏了出来。

"哦,这样就讲得通了。"她往椅背上一靠,装作看别处。

"这是我跟葛清出差的,给谁都能报,不过是来跟你讨个方便。"

"我就知道,他的便宜,沾不得。"她把票从我手里抽走,低头装进兜里。

"瞧你,使小性子,也要分分地方。"我扭头看周围有没有熟人,"老头把那些值了大钱的东西,一点儿没糟践,全留给我了。"

"我就知道没看错人。"小邢两眼放光,用肩膀拱了拱我,"给我说说,到底什么东西,值得店里围着他转这么多年。"

"全是活上的事,你又不懂。"

"你这个人还真有意思,还怕我偷了去?还说以后能沾沾光,对你能有个指望。现在看,也是个忘恩负义的白眼狼。"

她蓦地收起脸,空空的样子。

"细想想,葛师傅跟徒弟身上,吃过那么大的亏。肯托付给你,算是他终于走出来了,就说这个,比什么不难得?旁的,我想倒是次要。"

我斜着眼睛,瞅她说:"那是当然了。"

───────

早上,葛清去买蔗糖,要回来兑米醋,给鸭皮打糖色。他让我去里间的墙角处,仔细辨认各种调味料在味道上的差别。

我刚解开麻袋口,捧起一小撮广皮和胡椒粉,就听见百汇站后院拍门。

我问他:"又做什么?"

他说:"你也别不高兴,不是故意烦你,是师父喊你过去见他。"

我把火封了,关好门,就叫他一起走。

他说:"师父在长椿街的东来顺里,专等你一人。"

―――――

那是一座嵌绿镶金的清真饭庄,几何纹样的拼砖花和彩釉的棂花格窗,配上标志性的穹隆顶,为整条街都添了几分纤巧华丽。我一进来,老人就开始往铜锅里放爆肚,等我一落座,过了水的肚仁儿刚好能吃。他布到我碗里,我赶紧点头答谢。

"以前吃火锅,一桌子人,互相不认识,锅里每人一小格,你吃百叶也好,散丹也好,只管涮自己的。你葛师傅刚进店时,我带他吃过一次,他只要一盘白菜帮子,涮着涮着,就看出小格下面是松的,他就把筷子伸到别人那边,涮进去的是菜,结果夹出来却是肉。直到抹嘴走了,也没被人逮着,你说他厉害不厉害。"

我估摸不出好坏来,只是笑着点头。

"动筷子,怎么不吃?这家店的二把手,和我是把兄弟,当年师父让我们站大盆上,一上午,要切出六钩子羊前腿。黄天暑热的,汗沤在裤裆里,全淹了,可这是师父交代的话,你敢拗老人的意思吗?还不就为一个孝字。"

"葛清寄信的事,我真不知道,之前他叫我代笔,没有汇报给您,是我犯了糊涂,毕竟这种事还头一回碰上。"我终于听出意思来,赶紧解释。

"每年市里的各类考评,从旅游局到商业部,再到烹协的'十佳',全评下来牌子能挂满一山墙。这个评不上,评那个,总有我拿的。"可能衣领扣得太高,老人脖子又粗,讲话有些憋气,"我是担心你心眼实,前年你冯师哥进鸭房跟他。他呢,不挑肥,不拣瘦,体体面面地,我还说好。那时他偶尔也炒菜,你瞪着眼看,想请教,可他总在褙节儿把你支开。"

热汗从他瓷实的脸盘滑滚而下。

"他兜里总揣一瓶井盐，跟海盐味道不一样，要不就自制点五香粉，一撒。你本来死盯着，他却让你拿盘子，你不拿？师傅差使不动你？等你稍一错身，菜就出锅了。冯炳阁跟他斗心眼儿，那就像小格子里的肉，等着被涮。店里每年春节涮堂，鸭炉都得重砌。我就嘱咐你师哥，仔细葛师傅的手艺。结果，人家搭烟道时又抖个机灵，问你师哥：我的茶呢？平时给他倒茶都不喝的，这时候问，小冯哪能不走？回来一看，老头拿青灰一抹金刚砂，型儿都码出来了。茶再递给他，他看也不看，反问你师哥，到点儿了，吃饭去吧。"

老人喘了一口气，想歇一歇再讲。

"你大师哥再懂事，也没吃过这种委屈。我趁着没闹出事，干脆把他给撤回来。"

"那陈其和葛师傅最像，怎么连他也没留下？"

"陈其是陈其。"

见他不想多谈，我也不好再问。

"万唐居的字号，最早是山东人打下的，两代掌灶，都是福山帮的，福山人抱团啊。开山时留的规矩，掌灶只给本地人，我们河北的和其他师傅一样，想也别想。那时勤行里，压根儿还没你们北京人。"他又用筷子，把好多肉往我这边赶，"我学徒时，就管倒泔水、运煤球，那时候临解放，万唐居离关张只有一口气。掌灶有一天把我叫去，说孩子，那儿有笤帚，扫扫地吧。那屋子不大，我就扫吧，谁知道在犄角扫出一沓子五万块钱。我农村的，哪见过这么多钱，看着都怕。我捧着这笔钱说，师父，这儿有五万块钱。师父说，哪儿呢？现在想想，他搁的他能不知道吗？"

———

杨越钧闭起了眼，我以为是锅里的热烟熏着他了，就想把底下的风门关上。

他说，不要关，还得吃呢。

"第二天，他在另一个地方又搁了两万，那阵儿万唐居一天卖不了百八十万，哪有那么多钱让我捡。我又还给他了，他什么也没说。到晚上九点，店门口的玻璃上都有钩儿，我挂好木头板，再把底下的穿钉穿进去，锁死。这时掌灶却把我叫了出去，他问，你行李在哪儿，我说，我没有行李，只有一个农村的毡子，破被单儿。他叫了两辆三轮车，他坐一辆，让我把东西搁上车，坐另一辆。"

"是不是觉得钱数不对，想讹您？"

"他把我送到东单车站，说店里艰难，对不起你。然后又把那捆钱掏出来，算是贴补我。我说不要，您管吃管住，我还图什么，连工钱都不要。他一听，又把我送回来了，教我做鱼。后来我琢磨，这些都提前商量好的，想收我，又怕我多要钱，才整这么一出。"

"师父您这心眼儿，可比葛师傅还多。"

"你得叫师爷。后来他说传你可以，但是你不能进工会，不能进共青团，因为那时候资本家都怕这个。"

"那您后来怎么连党员都当上了，我师爷现在人呢？"

杨越钧低下眼皮，不说话了。

因为不是饭点儿，整个大堂都很安静，就连铜锅里咕噜咕噜的冒泡声，都听得清。

"后来一九五二年打老虎，人没的。"

讲到这儿，他的脸色更不好看了，我想是不是该劝他歇一歇就回去吧。

"在万唐居干了一辈子，我永远忘不掉师父一句话。那时候店里食材短，出不来活，也没人吃你的。他又把我叫到跟前，说你想上灶吗？

我以为他又逗我。"我倒了杯水让老人喝,他缓缓抬起眼皮,"他说规矩是金子,店是筐,盛金子的筐漏了,你的规矩再值钱,也守不住。三儿,等你出息了,记着不是你有本事,也不是规矩保了你,是店。这个店在,比什么都大,懂了吗?"

我别过头,瞥见街上有孩子用手指,在覆满哈气的玻璃上,画下一个大大的"傻"字。

"不如我换个问法,宫廷烤鸭里里外外这点儿事,你到底拿不拿得起来?"

我把头回正,略有吃惊地望着老人。

"四个徒弟里,你最体谅我。你体谅我,就是体谅这个店。我们这帮老家伙,总是要收山的,可等位子留给你们时,这个店也得在才行,对不对?"他停了一停,我连连点头,表示听着呢。"我这阵子,心脏越发不好,烤鸭部攥在一个人手里,我这心口就像被谁掐住了。如果你说,这样挺好,那行,将来我就这样把店交给你。真遇到过不去的坎儿,你再来见我,看到时是你哭,还是我哭。"

那一刻,我恍惚觉得自己就是一把枪,子弹总是要出膛的,你卡壳,大不了就换另一把。

对我来说,开不开枪不是问题,谁流血才是问题。

"我只能说,宫廷烤鸭的配方,以前全长在葛师傅脑子里。可如今白纸黑字的,落我手上了。我答应过他的,不露。可您不问,我也不会说。"

杨越钧合了一下眼,再张开。

"你小子,会讲话。他肯传给你就好,东西可以一直留在你身上,没有人会为难你。下面的事情,我去做。"老人吃下两片手切羊肉,那满足的样子，像是在嚼干草的骆驼。"对了，你师弟正为咱们店编菜谱，这是商业部的饮食服务管理局起的头，全国第一部各地菜系集萃，万唐居被点名录在第一辑，你配合一下，粗略讲些资料给他编。"

我答："好"。

"我跟市里、烹协许过愿，烤鸭的手艺一定要往下传，什么是往下传？这样才是。"他摸起肚子，用筷子拌起调料，"服务员同志，你们暖壶都冻住了吗？给锅里加点儿水呀，再烧下去，肉全粘烟囱上了。"

我坐在杨越钧对面，仿佛我也捡到了他老早放好的一沓钱，他一直在等我还给他。

我想从那天起，万唐居就像一个紧箍咒，一部忏悔偈，师父随时念，我随时疼。

十

天冷得有些不像样了，屋外站一站，手脚便要发麻。我把衣服裹得像缝死一般严实，进了院门就往鸭房里钻，结果葛清还是不在。

小半个月了，他不和连我在内的所有人张口说话。

我不清楚杨越钧是怎么找他谈的，反正，老头没再踏进鸭房半步。

他会到对面那家小饭铺坐一坐，大多数时间，则是收拾那点儿枣木的劈柴。我和他仿佛又回到初识的疏离与阻隔中，不过是换成我在屋里，他在屋外。

透过门缝，我瞅见他总猫在柴火堆里，能跟自己耗完一整天。

百汇又来倒苦水，说墩儿上的师傅总嫌他拖累人，不愿搭帮切肉。我直接说编菜谱的事，你先容我问问老头。他愣了愣，就走了。

―――――

时间久了，我更难受，只要没事，我也能走就走。有一回，我在天坛公园里跑步，因为脚心凉，每踩一脚在地上，都硬邦邦地直震牙根。经过旻园饭庄后门，看到一个开生的师傅，正在剥鹌鹑。他的身后放了两大铁笼子，随手拽出一只，另一手连毛带皮，一把扯落。刚还满身草黄色羽衣的成鸟，手一过，只剩血亮亮的白肉，被抛到路边的铝制洗澡盆里。盆里堆了一片剥好的鹌鹑，叠成小山，疼得全在噼噼啪啪地打哆嗦。

我回过头，正要加速，忽然被人按住肩膀。

百汇呼哧带喘地说：“就为追上你，差点把肺给颠出来。”我说："你烦不烦，早说要问过老头以后才能给你写，回去等着。"他瞪大眼睛说："还等什么，葛清人都被派出所带走了，昨天晚上有人撞见他要放火烧店，人证物证两全，你还不赶紧看看去。"

我的腿脚如同抽掉了大筋一样，竟迈不开步子。百汇半推半架着我，抄近路，上了一辆有轨电车。进店后我直接被齐书记叫进办公室，他端过来一个铁皮壳、绘着雏燕反哺的彩漆暖瓶，倒热水给我。

"你先听我讲，中央立秋刚做的决议，全国严打，这刚过去几天，咱们店就出了这种事。"

"葛师傅烧店，谁信啊？"我打断他。

"谁让他那么晚不走，还要在后院划火，被逮个现行。"齐书记把杯子嘎噔一盖，"便衣说，早盯着他了，天一黑就开始搬柴火，全码在鸭房门口。"

"他每天都搬柴火，不然第二天拿什么点炉子。"我轻笑着说，"人家糊涂，您也跟着糊涂？"

"到底是谁糊涂，上星期俩孩子刚学会开车，在北京站坐进一辆212吉普兜了一圈，后来还把车开回来了。怎么样？判十年，发到新疆去。教子胡同有个倒霉的，挨墙根撒尿，正抖落呢，一丫头遛狗过来，这人回身看狗，结果把姑娘吓哭了。当时就被邻居扭到局子，流氓罪，枪毙。眼下这个形势，抓还是不抓，要看指标的。"我挤了挤眼睛，想听懂他的话。"他人肯定回不来了，轻判还是重判，看造化吧。眼下被拘在团河劳教所，你师父让曲百汇找了个托儿，叫你来，是问你，要不要代表店里，拿上他的东西，送过去，也让老头这几天好过一些。"

"当然得去了，我现在就去。"

齐书记伸手把门打开。

"下了中班再走，要那边托到的管教值班时，你才进得去。"

————

我回去想把葛清厚一点的衣裤都找出来，却只搜出一件土黄色的平纹布棉衣。

在点心匣子里，还有一摞钱，用猴皮筋捆好的，里面还存着几根他自己捻的卷烟。

我捡出一根，抽了起来。

院外温淡的天色，变成一件韭黄色的罩衫，朝这间冰清水冷的小房上一挂，仿若万籁俱沉。我回想起老头的样子，和我答应过他的话。

————————

在一面青色的高墙外，我被人从铁门侧边的小门里领了进去。到一个小单间，我把葛清的钱和衣鞋交上去，对方把扣子剪掉，鞋带收走后，和钱一起记在表上，我就去了隔壁的接见室。那里有一张长桌，我被要求坐在这一头，另一头放有两把木椅，一前一后。

不多久，葛清被管教提了出来，在我对面坐下，他穿着深蓝色的短坎，嘴角起了个燎泡。

暮晖洒在窗上，将他的影子拉成山坳。因为离得远，我朝他放声问好。他并不理睬屋里闪现的回声，却先回头看管教。因为探视时间紧，我也顾不上什么该问不该问的，一着急全都端上桌面。老头却只充耳不闻，心底怎么想的，一句也不对我说。

后来百汇劝我，道上管这叫"坦白从宽，牢底坐穿。抗拒从严，回家过年"。见我仍不放心，他又说号里有人和他爸当过战友，加上师父的托付，分到葛清手里都是最柳儿的活。我问什么活叫柳，他说也就是喂鸡、种枣树，每天打方桩子，建鸡圈，给一百多棵枣树施肥。

百汇再去说情，让我又见了葛清，我攒了很多别的事，讲给他听。比如，小邢嫌我吃饭口重，总为这个和我掐架。比如，店里批到三十多只火鸡，派陈其到库房管。结果几十斤一只的好东西，全长毛了。齐书记拎着鸡去找杨越钧。老人又把陈其分到锅炉房。还比如，大红门送来的鸭子，白是白，就是没味儿，也小。我惦记着涿州的鸭场，想试着跟店里申请。我每说一句，就盯着老头的脸看，他始终像个泄了黄的鸡蛋，眼神浑浊，默无可答。

我告诉百汇，老头的精气神儿都散了。好歹他手艺还在，里面的人也要吃饭，你找人通融通融，把他送伙房里吧。百汇有些犯难，说劳教比监狱都严，规矩也是自己定的。再说一百多人挤在一个小围场里放风，精气神能不散吗？我说就因为规矩是自己定，才来求你。百汇又笑了，想想葛清也是，养一辈子鸭，老了老了，却被人当鸭子圈起来。我一把揪着他的衣领，问他菜谱还想不想编了，他左右看看，说知道了。

店里人都说，屠国柱这孩子，仁义。万唐居和葛清的雇佣关系早解除了，他还要大三九天的，每礼拜从店里蹬到大兴，给老头送饭。

只有我知道，这不是仁义，是债。

每见葛清一面，就发现他又瘦了一圈，直到他的脸，像是削劈了的木衬条。我会想，这债怕是还不清了。

这样差不多过去一年，渐渐地，两人也习惯了，我讲我的，他听他的。有一回，我告诉他，最近戴大檐帽的天天来查后院，说烧木头总是不安全，问能不能改成液化气，要咱们适应新事物。我说我坚决不答应，所以这阵子可能顾不上来看您了。老头听了，脑瓜僵住半天，下巴颏鼓成了核桃，也没有讲什么，只是紧紧望着我，点了下头。

有天下午，难得暖和一些，小邢下班后便拉着我，去逛北线阁菜市场，她想亲手蒸几个菜团子让我给葛清送去。我正看她蹲在一排竹编筐前，掐胡萝卜叶，然后放秤上称重。这时有人敲我肩膀，回过头，齐书记也推一

辆自行车来买菜。

他跟我说:"葛师傅要出来了,你指定想不到你师父托了多少层关系,他才全须全尾地没出意外。"刚讲一半,小邢靠了过来。齐书记问:"兄弟,借一步说话?"她白了我们一眼,又去隔壁摊位继续挑。我说:"您别见笑,说多少回了,劳教所又不是病房,再好的吃食也不让送,偏不听。"书记脸一晃,说:"不碍事。"又从车筐的公文夹里,抽出一张盖着红章的文件纸。

"街道刚发下来的,你看看。"

我接过手里。

"店里也同意了,遣回原籍,可了我一桩心病。"

"雇佣关系都没了,店里还给得着意见?"我问。

"档案还在我这儿,怎么给不着。没有再好的结果了,否则这块烫手的山芋,你拿?"他瞧了瞧不远处的小邢,把嘴贴到我耳边,"我们一致研究,都知道葛师傅一直是你照料,后面的事,怎么把他送出去,还得劳你多费费心。请神容易,送神难,要紧的是,别让老头节外生枝,就像上次写信的事。他一走,将来掌灶的位子,你师父还不是要留给你?功劳摆在这儿呢。"

我正不知该说什么,就听小邢在远处喊。

"屠国柱,你眼睛是用来出气的?我拎这么重的东西,也不知道过来帮忙!"

葛清被人带到南站时,天空飘下来很多雨,有花椒粒那么大。

他要坐够十八个小时的车,第二天才能回到老家。

这趟车有很多人等着被一起遣送,他只是其中一个,最瘦的一个。

那节车门两边,守着一队民兵。

老头不抽烟,也不东问西问的,只等着站好队,拿上票,就上车了。

他孤单地走上月台,像一张包糖用的糯米纸,仿佛沾上雨水,就会消失掉。

我扭头让百汇帮我把包打开,他说:"这雨下得,哥,你是该加件衣服了。"我披上一件一九七八年返城时穿的旧军袄,回过身就从民兵中间穿过,进到车厢里面,找葛清。

摸着良心讲,我当时肯定希望老头留下一句话再走,什么话都好。可是他没有,我也知道,所以等我挤到他面前时,也没准备什么客套话。他缩在一个靠窗的座位上,面前放着别人的铺盖卷。他仰起脖子,惊栗的目光,我现在都还记得。我伸出胳膊,告诉他,人可以走,档案留下,赶紧拿给我,他没明白什么意思。我感觉火车有点发动了,就直接用手掏向他的怀里,生生把他一直揣着的档案袋抽走了。

火车开走时,我连头都没回,急忙忙从候车室往外跑,百汇差一点儿跟丢了。

后来,每次我经过那间小饭铺,店主总要问一句:你师父呢?我听了,心里像横了块大石头,到晚上就更觉得憋闷。

"你嘴里苦不苦?"小邢拿着一片杧果干,要塞给我,我不吃,"不行就到街东的健宫医院瞧瞧,要是内病,不好耽误的。"

"那也要先跟师父请过假。"

"明天杨越钧要核成本,会去切配间查领料和配份的称量,你就直接找他呗。"她立刻接过了话。

"好不秧他查这个干吗?对了,你怎么知道得比我还清楚。"

"你管那么宽干什么?"她眼睛往上一翻,继续吃杧果干。

我去的时候,杨越钧果然也在,他正站水台边上,和几位初加工的师

傅聊，炖狮子头的肉粒，稍微一解冻，就可以切了。他又看了看下脚料和垃圾筐，把田艳叫到跟前说，出净率的标准一旦定下来，要有专人负责上秤记重，看是否达标。没达标的，要查明原因，到底是技术上的缘故，还是态度问题，写成书面材料汇报给我。田艳没有还嘴，只是绷着脸，使劲儿点头。

他又走向操作台，站百汇身后，背手看出菜单，那有一小摞的横格纸。

"怎么塞给你的单子最多，难不成你长了八只手？"老人扬起嗓门，"这么多师傅，都在忙，可单子全在你这里，只有你是真忙，别人都是假忙？"

齐书记不在，冯炳阁也不在，没有人敢打这个圆场。

"师父，跟您请个假。"我走上去悄声说。

他把百汇的后脑勺往下一按，就和我出了后门。

"怎么着老三，你什么想法？"

"葛师傅虽然走了，他的档案还在我手里。就想问一句，他的关系要不先店里放着，毕竟市里领导还没表态。将来老头回不回北京，也能留个缓儿。有人问起来，咱也不至于太被动。"

老人眼睛半动半不动地，想过半天，才点头。

"我看可以。老三哪，别看我身边人多，能把事情考虑这么周全的，还真没有。"

———

后来，杨越钧带我参加烹协的一个碰头会，说要执行《恢复与保护传统老字号经营的决议》。结果，市里派来列席的一个秘书上来就问："杨越钧，万唐居的葛清劳教完出来了，是不是？"老人说："是。"秘书又问："那怎么还没结没完的，要遣回原籍。现在全市都在保护老字号，那是抢救文化工程的重要一环，你们店倒好，先把老师傅给保护丢了。"杨越钧站起来说：

"要恢复老字号在餐饮界的地位，我第一个双手拥护，可遣送葛清是派出所下的文，我用人单位能说什么。"对方马上反问："好，再让你重新说一次，葛清到底回得来回不来？"杨越钧有些蒙了，他低头看看我，赶紧说："万唐居如果有说话的份儿，当然能回来，他的档案至今还留在店里。"

路上，老人腿脚不太灵便，迈上路牙后把步子停下。

"当年破'四旧'，谁家祖上开过店，恨不能跟亲爹都断绝关系。现可好，一个老字号的帽子，都成金疙瘩了，请的那几块料，不是干木匠就是进工厂的，只因为沾亲带故，全继承下来，平起平坐了。"我知道这是气话，不好多劝。

"葛清葛清，本以为你走了，我能少受点儿刺激。"他看了看我，没把后半句讲完，"开过这么多年的会，也不比今天，心就像被水泡发的鱼肚一样，填在嗓子根。一句话接不上，会议纪要还不把咱们店写成花瓜。"

一个人待在鸭房的日子，地上没有那么多烟灰了。但我照旧要把挂鸭杆、水勺和锅盆收拾利落，炉子也得每日刷洗一遍。等把笤帚往椅背上一搭，坐下来，再用手顺着脸皮往下抹，感觉自己老得很快，力气也亏，晃晃悠悠中，还打起了盹。

不知过去多久，一睁眼，葛清竟然就站在门口。我起身请他进屋，老头不动，只是来回张望。我又错开身子，让他好好瞅一瞅。

"您的东西，以前挨哪儿，现在就挨哪儿，连当初择毛用的鸭镊子，也放您随手能找见的地方。"我取出他的点心匣子，在他面前打开，"喏，烟也在。"

老头走近两步，看了看，却没伸手拿烟。我见他仍没有要说话的样子，心中难受，但还是笑着拽了把椅子给他坐。

我知道，他是不坐的。

他穿的粗纺布衫，单薄不说，袖扣还没了，只能挽起来。我想把自己的棉工服拿出来，他反将我胳膊一握，身子下沉，就地屈膝。我急忙把他架住，抢先单膝跪地，活像举起一道圣谕，两手半天不敢动弹。

"咱要是这样，可没法说话。您怎么寒碜我，我都认，唯独这样，不认。"我不敢抬头。

葛清松了劲，慢慢立好。接着，他去里间看了看，枯瘦的脸挤出一道沟，算是在笑。他又拍了拍我的衣服，就走了。

我和百汇打了饭，坐在一起吃。

"你是真没看见，还是故意装的？"

"我装什么了，你说清楚。"我放下饭碗。

"咱俩好几次下班，半路有个老头儿，躲设计院宿舍的花园，远远站着，瞅你，那不就是葛清吗？"他用筷子头捅了捅我的胳膊，"我说话，你听没听见？"

"你别在这儿瞎话溜丢的，我怎么没注意，你看仔细了没有，是他？"

"你这样说，八成是真没看见了。他呀，估计是怕走过来，反倒给你添事，怪可怜的。听道林的人说，老头儿把档案取走后，没一家店要他，就算有，他也不干了。就在街上推小车，捡个碗，你知道那个漏鱼凉粉吗，剩下的芝麻酱汤子，他就吃那个。"

我听了把眼一闭："咱不说了，行吗？"

"道林的人亲眼撞见的，哪能有假？他在车上搁一个箩桶，把芝麻酱全刮进去，然后拿那个东西往火上烤，等水熬干，光剩下干酱了，用这个拌饭吃。"

"你吃完没有，吃完走。"我对他说。

————

我又和小邢打了饭，坐在一起吃。

"你是做梦呢，鸭房一个人哪忙得过来，你又心事重重的。让你找大夫，到底去了没有？"

"做梦？不能够吧。"我边否认，边回想当时的情景。"我还碰过他，那是实实在在的。"

我又把百汇讲的话，讲给她听。

"一个说他进屋找你，一个又说他远处看你，你们俩的话，要拧干水分再听才行。我要是葛清，跪什么，大嘴巴扇死你。"她伸出手掌，假装拍在我脸上。"我看你也别去什么医院了，白云观一到年根儿就有道长上香祈福，与其这样疑神疑鬼，不如跟我去那里，求个心安。"

————

那日子，外面的天，像孩子刚哭过的脸，冷云冻雪的，嵌在亮蓝的空中，随时能化成一帘青雨。小邢站在真武庙路西的山门前，等我买好票一起进去。我们是趁下午不忙偷跑出来的，所以观里香客很少。她非让我去摸券门上浮雕的巴掌大的石猴。我不愿意，她就拉住我，生生按在上面，两个人的手叠在一起，蹭了又蹭。

白云观里很安静，人在灰筒瓦、歇山顶的灵宫殿口站一站，都会心平静气许多。小邢却爱多走，窝风桥、戒台和有鹤亭都不够她待的。我说："天黑得早，回不回？"她说："我都不急，你急什么，我们台州人敬道教是出了名的，天台山和括苍山就有很多道观，年头不比这里短。"

"凝真宫从小到大，我都不知道去过多少回，很灵的。"

我拿她没办法，只好跟着走。两人经过一个面阔五间的宽大院落，就是中轴线北端的顶头正房。到了三清阁，我看着她，安静地捧着香，小心燃好，在殿门内的蒲团上，对着几位天尊神像，双膝跨开，庄重跪下。她一边伏地拜首，一边细细念着：保佑屠国柱岁岁平安，保佑屠国柱岁岁平安。然后她走下台阶，又重复默念两遍后，才把香插入铸满金色云龙的铜鼎炉里，同时还扔了一个巴掌大的纸袋。

她又说，厢房处有道长为信众手书福字，咱们也不要空手回去。我就再跟她顺着配楼两侧的游廊，走过去，却见里面早排出柳条般的长队。我站她身后，怕她被人挤到，就伸出胳膊，护住两侧。她稍侧头，瞅我一下，又继续注视着对面领完字走出来的情侣。我贴得更紧一些，能闻到她头上的发膏味，她低下了头，也不躲。

出了南门口，她才说，葛清给我的那把月牙刀被她包好，扔进香炉里烧了。

我刚要发作，她指着请符的店面上挂的黄纸说，这些个属相，都是今年害太岁的，有没有你，看清楚。

———

天暗得比我预料得更早，等车的时候，我用力把她往身后的松树林里拽。

"屠国柱，你等一下，屠国柱。"她反复地叫住我，还拿胳膊肘扛我。"你缓一缓，我有些晕。"

她使劲闭上眼睛，手向后摸到那面红色的墙，单柔的身子干脆靠在上头。

她娇喘细细地，嫩红的脸上，挂着薄汗，天再暗我也看得清。

我拨开她另一只抚在头上的手，拥上去，死死将她贴在怀里。

她费了半天劲，才张开下巴。

"屠国柱，你他妈没见过女人吧！"

十一

小邢不知道，我不是没有见过女人。

刚返城的时候，真有人正经对我上过心。那姑娘家住法源寺后街，人大方，说话做事，知道留余地，长得也是婉转蛾眉，深眼窝，配在一张娃娃脸上，对谁都是笑模样。她总穿着浅黄的回纺布短衬衫，白色低跟鞋，把身子裹得紧致轻俏。除了有点少白头，旁的地方就没挑了。

每到中午，她会叫我到学校水房后门，抠开热腾腾的铝饭盒，连蒙带哄，让着我吃。我能闻出来，都是好东西，炒疙瘩、醋熘苜蓿，还有萝卜丝饼。见我那只伤手不好使唤，吃得又急，她干脆捧着饭盒，让我坐台阶上细嚼慢咽。我还老问：你这饭量也没个准谱，每次都带这么多，要我帮你吃到什么时候。

遇到天上有夏雨细细丝丝地飘落，我们就在雨地里一边站着，一边吃。

她的睫毛长而浓黛，凉风一吹，像稻穗一样，并排紧蹙。

操场上，葱茏的橡树叶被滴出清透的音阶。计雨竹，太不好记了，我笑她的名字。她望住远处的灰云，好半天才应一句，只要再遇上这样的雨天，你能记起这三个字，就算良心还在。

那时的我，经常帮她推着车，从右安门走到广内大街，然后我往西，她往东。

我喜欢听她脚下一双干净的凉鞋，在石砖路上发出清脆的咯咯嗒嗒声，就像在揉我的心。走到人少的地方，她也会试着戳一下我身上的背阔肌。

"真结实，这要是帮我提篮买菜的，省我多大的事。"

她要笑还未笑起来时，润红的嘴中央，露出好看的唇珠。接着，脸色又缓缓淡下，似乎记起什么事。我后悔当时没有告诉她，她头上那些星星点点的白色，有多美。

又是一个下雨天，她真的让我陪着去牛街的副食店。我发现她只挑标有黄价签的便宜菜，在肉杠前面，她仔细按着一块很薄的鲜羊胸，穿雨布连脚裤的师傅过来，照她指的，横刀切下。然后，她挪向棕色的铁架子玻璃柜台，让人抓了点儿雪里蕻，放盘秤上称。趁她交副食本，我忍不住说，我妈是宣武肉铺的正式职工，国营单位，什么肉都有，我带着你，走关系价。她不自然地撩开发帘上那一抹白，没有摇头，也没点头。

店门口，她挽起衣袖，给菜打结拴捆的样子，我至今都还记得。

我拿伞给她，找了根塑料绳，把肉抬上车后架，替她绑牢，一起朝输入胡同里走。快到法源寺西里，我们就要分开了，我看她越走越远，越走越慢。那块肉，像淘气的孩子，总想坠下来。我跑过去，一把按住，她吃力地扶着车把，头也不回地问我："你怎么才跟过来呀？"她又从兜里取副食本，翻出第一页，上面赫然戳着两个长方形蓝字。我这才看懂，原来她家里是回族，所以只去清真肉市，以后俩人该怎么办，是要去问大人的。

我低下头，看那捆被绑得很别扭的肉，不知该如何答她。

晚上，妈做了我爱吃的九转大肠，一块堆一块堆的砖红色肉垛，蜷在盘中，散出脏腑肉所特有的膻香，油光晶亮，软嫩酥脆。我伸筷子夹了一截，却放进爸的碗里。

"店里新进了几扇纯排，给你们爷儿俩挑了最嫩的前肋，待会儿剁了，红烧。"妈横我一眼，"回头你给隔壁曹姨送去，我和你爸不在时，人家没少照应你。"说完她又回到厨房。

那块柳树墩子上，传来咣咣的剁肉声，像在砸夯。

"这点儿下水,和你妈翻洗一天。先拿狠料煨到汤干汁浓,又点了些从店里顺的鸡油。知道你就认这个,得着。"从我爸汗津津的手上,传来一股猪粪的腥气。

"不剁了,先吃饭。"妈进来时用脚勾了一下屋门,两手密密麻麻地在围裙上摸着。"不合口?那我撤桌。"她长年胃病,只喜欢看人吃,听谁说上一句好。

我攥紧盘子,不撒手,等她坐下,才提到计雨竹家里的情况。

爸放下碗筷,反而是她,冲着炒辣椒的碗里,使劲儿夹。她额头冒的汗,不知是疼,还是气出来的。

"这姑娘,事事为我着想。那阵子,中午想吃顿可口的,多亏了她。"

"为你着想的姑娘,将来有的是。咱家连剁肉的墩子,都是拿煮完的猪皮箍上的,你让她怎么进这个门?"她越说越坐不住了,"我这身子,一口羊肉都咽不下。你是想膻死我,还是想气死我?"

妈又起身,摔门回厨房,继续剁排骨。

"别以为改口你就干净了,你吃什么长大的,我比你肚里的蛔虫都清楚。"

"你让俩人先处着,何必着急去做这个恶人,有些话,不用说得太早。"爸追过去劝。

那盘搁凉的大肠,因为屋里漏风,冷热交替,上面很快凝滞出一层干涩的五彩油膜。

计雨竹的脸色看上去,比我还要难看。我问,你家人是不是也不同意。她不说话。

我想逗她,粉房琉璃街北不是有礼拜寺吗,集市小馆也多,李记的羊头和白记的椰丝卷那么有名,我还没去过,你领我去,临阵磨枪嘛。她摇摇头说，想吃什么，我从家带给你，回回的规矩，哪是这么个学法，装也装不像。

她家在一栋老楼的底层，窗下搭了个花围子。我特意托我妈单位一叔叔，搞了点儿梭子蟹，提在手里等。她从单元门走出来，刚看见，脸都变了，也不问一句，转手把蟹扔到围子里。就是在张皇失措中，我空着手，见到了计安春。我得说，老人是真善，一看就是能容人。

我坐好后，他对女儿说，招待客人吃水果。我恭敬地说"色俩目"，老人听得一愣。计雨竹拿着苹果，不敢惊，不敢喜，只是继续削起来。

午饭，老太太给每人盛了一碗褐红色的筋肉。我吃前还问，这是牛肉，还是羊肉。

"你不会做饭？"老人先笑了。

"是牛腩。"计雨竹说。

"阿姨手艺是好，这锅牛腩，又软又滑。"我看到汤里放着的纱布包。"这肉瓷实，要文火慢炖，调料一芥，入味更难。我嘴笨，只吃出了这里的葱姜、花椒、干辣椒。"

计安春在等我说下去。

"还有，香叶和八角。"

"可以了。"老人点了点头。

我冲他乐，也冲她乐。

"清真菜用料讲究，就是面儿窄。"我话还没完，她紧着在桌子底下踢了我一脚。我闭上嘴，看她用一柄骨瓷的七头提梁壶，倒八宝茶给老人。

"能问您个问题吗？"我又说。

他搁下盖碗，依然点头。

"听说您在勤行里，辈分最高，怎么家里却是阿姨在火上忙活？"

"我的辈分不高,只是比我老的人,都不在了。厨子嘛,心思全而密,火一点,见不得缺东少西的,所以平常也少在家做饭。"

我感觉进展顺利,便频频和计雨竹对眼色。

"小伙子,下回你别来我这里了。"

我嘴巴一张,计雨竹正擦桌子的手,也停了。

"有空你直接去店里找我,有些东西,光聊不行。"

我擦了擦脖子上的汗,连说好。

我是在计安春的店里,吃到后来人们所说"食羊不见羊,食羊不觉羊"的全羊菜。

那天光是羊鼻,他就能出炒鼻梁、烧鼻头和冰糖鼻脆骨三道菜,之精,之巧,出神入化。

有回我刚吃下一整盘烩腰丝,他说:"慢点吃,我让人把落水泉、龙门角和明开夜合端来,你再猜猜。"我只好捂着发胀的肚皮,先捯口气。他看了问:"还吃不吃?"我说:"吃。"他满意地笑了。菜一上桌,他见我搁下筷子,又说:"厨子给你做的菜,要不就别应,应了,就不能剩。"我赶紧说:"不剩,当然不剩。"轮到吃软炸羊肝时,天都黑了,我夹起鹅黄色的挂糊,刚沾牙,又放回盘中的生菜叶上,说:"实在是吃不下了。"他说:"好,反正后头还有一百多种菜,今天先不为难你,下次看你还说不说清真菜面儿窄。"

老人嘱咐我别急着喝水,然后伸出筷子,指给我:"这肝儿怎么算好,很简单,软糯就是好。面,糟嫩不行,那是牙碜,区别在哪儿,你好好体会。"我说:"计师傅,您懂那么多,教我一点吧,一点点就好。"他说:"你以前到我家,问了我一个问题,现在我也问你一个,行不行?"我说:"有什么不行的?"他又说:"你也别即刻答我,先回去想。进这行,苦就不说了,关键我是清真馆子,将来你还想换带手,回汉民馆,我可再不答应。"我挠了挠头说:"您误会了,我是觉得总吃计雨竹给我带的饭,有愧,才想现学现卖,以后好做给她吃。"老人说:"你小子真精,讲这种话,我教也不是,不教也不是。"

见到计雨竹时,我问她:"怎么全羊菜里,你一道也没做给我吃过?"她用长长的指头,戳我脑门:"这话问的,没良心。这些菜老话怎么说的,屠龙之技,家厨难当,你到底知不知道?"

那段日子,我几乎每天泡在计安春的店里。一次,老人正切西葫芦丁,嘱咐我:"雨竹这丫头,贪甜,这个菜你把糖烧化后,淋点儿麻油和白醋,兑进去,晾凉后一拌一腌,她准夸你。"

他的伙计私下问我,你拜他了吗,我问拜什么,他们咂着舌头,说从没见计师傅耐着性子教过谁,这几道新菜,连名都没命好呢。有个凑过来跟我打听,你是他们家亲戚吧。我感觉怎么讲都不对,便只是笑。他们说,难怪呢。

———

后来我爸问我,怎么整天瞅不见你,还越来越胖了。我得意地问他,玲珑通窍和红叶挂霜,光听菜名,猜得出是什么吗?我爸又说,你越来越胖了,你妈却一天比一天瘦,她正跟里屋躺着,你也不瞧瞧她。我急忙掀帘子进去看,她果然正在床上,一边哼唧,一边来回地滚。我半跪在床沿问,妈,你怎么了。妈说疼。我问,你又吃辣了?她说不是胃,是心里疼,正躺床上,等死呢。我就不再言声了。妈也不哼唧了,背冲着我。我问她,您想怎么着。她说,问我呢?该我问你才对,你想怎么着。我说,我要和她好。

我妈突然坐了起来,跟我说,可以,等我死了的,等我死了,你爱跟谁好跟谁好。我觉得委屈，求她别再说这样的话了。妈说行，那我就不再这么说了，可别的话，你听吗？我说听，一定听。妈又说，那好，就算等我死了，你也不能跟她好，明白了吗？

―――――

再去的路上，我乱踢着石子，最后一脚正崩人家店后面的栅门上，这才知道要拍门。里面有人恰好往外推，险撞我个正着。一看，是计安春的几位师傅，他们拉住我，说对不住，风大得邪门。我问，你们干什么去，他们笑起来答，我们哪儿知道，还不是你老丈杆子，说你要来，多少年交情也不顾了，非把我们支走，可能又要教你新鲜的。

我站在一个背风的地方，刚好能望到老人的侧影。此时，他正半驼着背，嚓嚓地切着果菜。我想还是回去吧，又见他攥着一双长竹筷，使劲拌和一盆的碎料。风吹得我迷迷糊糊，不知过去多久，老人放好蒸笼，熬好糖稀，终于坐下，喝茶读报。一直等到他，身子像根被掰断的甘蔗，直杠杠地靠在躺椅上。我搓着耳朵，对自己说，还是回去吧。

―――――

在白广路东的一座院子里，紧挨饭庄大门，有间用石棉瓦搭顶棚的小吃门市。馒头花卷、斤饼斤面，用红纸剪成一条一条的大字，贴在洁亮的白片玻璃窗上。计雨竹跟我说，一家店是不是真干净，先看玻璃，就这儿吧。

"万唐居主楼正在施工，我们就坐这里。"她说。

"说好我请你，东安市场的五芳斋，怎么不去，来碗三鲜馄饨加二两春卷，又不是吃不起。"

"心意领了，可我不缺嘴。这家店里的菜，如果我说，八个字，出味入味，好吃不贵。"她轻抬起手腕，抹了抹硬杂桌面，一边看着手心，一边扬起嘴角，"爹知道今天见你，让我带话，上回想教你糖卷果，你却没来。他嘱咐，卷果蒸熟后,要趁热拿湿布裹上,再蘸凉水捋。有的人懒,随便一糊。这是要你用内劲去捋的,也不是蛮劲,把油皮抻破,就没法吃了。什么是内劲,你捏捏手指头,就知道了。"

她摆下碗碟,从书包布兜里取出两副冬青木筷子,安静放好。

这时上了一小锅乳白色的奶汤散丹。

"得马上进嘴,一变黄就难喝了。"她抄起汤勺,舀了一碗给我,"他怎么想起教你甜的来了,还有你到底干什么去了,害他白等一天。"

"一家人,坐不到一张桌子上吃饭,甜不甜的,还重要吗?"

她刚抿了一口瓷勺上的汤,听见我这句话,就不再动了。

她把脸挪到窗外,去看马路上铺的宽大的四方青砖,一块隔着一块,破散出沟沟坎坎的裂罅。

你什么意思,直说。

我告诉她,得不到家里人认可的婚事,就算成了,怕也过不好。

她眼中噙着幽微的水光,说行了,我懂。

我和她一起,望向远处的伊斯兰教协会,那道墨绿色的阿拉伯式圆拱,仿若一枚沉甸甸的音符,谱着静默乐曲。

她说不坐了,出去走走吧。

我们从喜鹊巷走到广安东里,风再吹得稍晚一会儿,就有些凉了,她的脚步却越放越缓。我注意到,她换了双打过鞋粉的白色帆布鞋,走不出从前清脆的声响。

日暮归途中,仿佛声息寂灭。

她终于停下步子,告诉我,按政策,老人退休后她能进店接班,服务组留了一个领班的位子,她还没应,想先等我的信儿。

"你能去我就让给你,毕竟是全民单位的编制。现在想想,也好,省得让人戳后脊梁。"

"你现在可以去了呀。"我大声说,让她别犯糊涂。

"所以说,你不了解我。"她从包里捡出一沓材料,递到我面前。"这是我填好的单位接收申请,我马上要去 61 路总站上班了,售票员。店里给定我的工资是三十一块六,只端个盘子,却比后厨拿的一倍还多,我去了得多遭人恨呀。"

她笑着向后挪了一步,又去捏了捏我的后背。

"你放心,那个站是离你家特远的一条线,保准不碍着你。"

"回去和计师傅说,我屠国柱以后,绝不打着他的幌子,为自己谋好处。"

她吸了一口气,像是要告诉我一件很紧要的事。想了很久后,却把手朝西边一指。

"顺着思源胡同,走到下斜街再往南,你就能看到回家的路了。"

十二

老谢跑来后院,说下午三楼有会,开完还不能走。

看没人,他立出一根友谊,含嘴里说:"这不又新招一批吗,搞个师徒配对会,让你们欢迎欢迎。"我"嗐"了一声,要走,他拽我衣服说:"书记点名,让你上台见个证。"我把袖子一扯,说:"逗逗闹闹也该有个边,那么多老师傅不请,我是谁?"他反笑了:"你是谁?宫廷烤鸭的传人,是你不是,多少人冲这个才来的万唐居。跟你传话,是我好心,你认也好,不认也好,反正最后为难的,是你师父,不是我师父。"

站在十几号人面前,看这些孩子,对着他们的师父鞠躬时,我真挺难受的。

这个场面,会像旺火浇油一般,轰地点着记忆,令我想起葛清,想起计安春。

我甚至连个躬,都没给他们鞠过。

走完过场,大伙又回到座位上,杨越钧独把我留下。他当着众人的面,紧扣我的腕子说:"我以前许诺过,宫廷烤鸭传给谁,谁就是万唐居的总经理。别跟我说他岁数不到,灶上的资历浅,没有协调前厅和后厨的经验。"

我忙去找冯炳阁的位置,老人松开我,面团似的脸盘宽舒下来,两手一抱。

"我先托福托福,只要诸位多帮衬他,照应他,真哪儿捅出娄子,您找我,我修理他,修理完,我再上。"底下笑声一片。

老人问我,有话想说吗?我告诉他,没有。

散场后，杨越钧望着我说，他想从北城挖俩老师傅过来帮我，还希望将来我把心思多分一些在大厨房里。

我问："怎么今天这个场合，没见大师哥？"

老人笑着说："我知道你嘀咕什么呢。这样，你赶紧跑一趟党支部，找齐书记，他会把情况讲得全面一些。"

我刚一碰屋门，齐书记立马把门一敞，抬手推我："屠经理，请进请进。"

他穿了件丝缕平直的灰绸衬衫，小翻领，人也衬得亭亭款款。我紧走进来，站好找椅子。

"坐沙发。"他哈身去够暖壶，给我的杯子倒完后，又给自己续了一点儿，坐另一边。

我心如堂鼓一般，屁股刚落在沙发垫上，就听他"哎呀"一声。"屠经理，你这个位子，可不好坐。"

"人人都想当好料子，只能裁了我去打补丁。只求以后顺风顺水，谁也想不起我，强过涨几级工资。"

"你能这样想，当然再好不过。"他用温玉一样软润的手指，摸了摸花白的鬓发，"不过，你还是没明白我的意思。"

"所以师父疼我，让我多跟您请教。章程上，谁先谁后，有您帮忙把线头择出来，我前面挡着，您这边也好腾出工夫，在外事活动和理论工作上，为咱们店，献计献策。"

"你师父疼你。"齐书记笑吟吟地瞄着我，"我就不疼你？这样，旁的不提，点你两件事，办成了，别说你师父，我都念你的好。办不成，经理的位子你照样能坐下去，只是谁难受，谁心里清楚。"

我一直盯着墙上那两面市里送来的枣红色的平绒锦旗。他也沉住气，好半天。

窗外溜进来了凉风，扰得挂杆和吊穗应声摇晃。他一手按着衣领，一手拽住平开窗的拉手，关严。

"事在人为。"我说。

"痛快，杨师傅没看错人。并非有意为难你，主要你先头待在鸭房，才调过来。别人嘛，总抹不开面子。这么回事，店里进货上的活儿，一直是田艳领人来盯。可近来冯炳阁总对她收的活鸡活鸭，有牢骚。你知道，这直接影响的是他吊汤的质量。"

我听出苗头，低头不语，并不答话。

"这两头牛，顶在这件事上，不是一天两天了。怕就怕，谁都不让谁，动起真格的来。"

"他们一个是我大师哥，一个是我二师嫂，别人抹不开面儿，我就抹得开了？"我一阵苦笑，"也真难为您这么惦记我。这件事，我师父怎么说？"

"刚夸起你，便糊涂了，若想你师父表态，找你干吗？"

我想想也是，点头又笑。

"这后一件，简单得多，这不是每过两年，协会都组织各家店的师傅，比赛评级吗。谁去谁不去的，总该让你们师兄弟之间商量。因为多评一级，就涨一级奖金，所以你看着办。"

"这也让我定？"我知这差事更得罪人。

"你不定谁定，一你是经理，二你也有些辈分了。还没评级的，多半喊你师哥，你一句话，谁吐出个不字我看看。连葛清都能撬走的人，还治不了他们？"

我的脸差点就拉到地上，他却站到我跟前，开始看表，做送客状。

"这一届呢,听说是你师父做主评委,甭管外面什么风声,你耳根子要硬。有任何事,你随时来,我这屋的门,对你随时打开。"

我还没跟他理论清楚,便被请出了屋外。

刚要朝楼梯口迈步时,就听见女人嘶叫般的一声尖响,从楼底传上来。

一头雾水中,我对着刚刚关上的屋门,连拍好几下。

"齐书记,听见了吗?!"还是不见人出来,我就使劲儿去推,却死活也推不开了。

楼下涌过去的师傅越聚越多,我顾不得他这边,只好寻着声追下去。

————

我极力向前挤,却看到百汇挡在身前。旁边两个女服务员,吓得急用手来遮脸。我朝他肩膀上一拍,他登时回过了脸。

"你怎么才来。"

"谁叫唤呢?"我瞅见冯炳阁站在硬气锅炉旁边,脚面仿佛打了钉子,一动不动。

"你什么耳朵,刚才真绝了,可惜你不在。"百汇扬起白脸,讲到兴头。"师哥正切肉呢,一伙计跟他磨牙,干服务员的,嘴都刁,两三个字就把他点着了。那小子正要上楼,他却把刀往墩子一拍,说给我下来,剁了你丫挺的。要不说放屁砸着脚后跟了,就这么背,师父正盯着炒锅呢,老人回头瞅了瞅他,什么也没说,我们以为这事儿就过去了。"

"哪两三个字引起的?"我急着找出起因。

"谁知道,等师父菜炒完了,抄起一小棍儿说冯炳阁,你过来,师哥就过去了。谁想师父一把揪住他脖领子,啪啪啪,连抽仨大嘴巴。大家全给看傻了,你瞧他脸上,那道红手印子,跟拓上去的一样。"

他把手举出来,还要跟我比画,被我用胳膊按了下去。

"有什么好看的,平时楼上开会,也没见人到得这么齐整。"

我站在人缝里,扯嗓子喊,这才有人知道躲一躲。冯炳阁看了看我,抬腿就朝后院的库房走。

进了院子,才发现天上阴出一片青墨色。库房里暗蒙蒙的,有很多土豆和白薯,滚在地上,勉强能看见。冯炳阁也有四十多岁了,我是头一次看见这么大岁数的人,蹲在地上,呜呜咽咽地哭。

他一边捡,一边擤鼻涕,回身问我:"吃饭了吗?"我说:"没吃。"他从一个四方形的竹筐里,取了一把平菇,说了声:"走。"

我抄了个凳子,跟着他,又回到放汤锅灶的小开间里。

———

冯炳阁的四方脸,像是一张陈旧的牛皮,浅栗色中,竖着汗毛。他肥圆的下巴上,还留着一绺一绺的手指印。

他把头往汤桶上一探,冒出的水蒸气刚巧熏到伤口,他嘴立即"嚆"了一下,这时,才是真疼着了。师哥捂着脸,抻了抻石板色的裤腿,蜷坐在我抄来的凳子上。

"师父这巴掌,打得好啊。"我用冷水投了一把毛巾,递过去,他敷在脸上。

"我六七年从沙子口的服务学校毕业,家里舅爷托关系找到师父,求他收我。跟着他干快二十年了,今天这个景儿,我是做梦也没梦见过。"

"这说明师父心里有你。"

"别得便宜卖乖了,这巴掌打给谁看的,你不知道?"他顺手把毛巾甩回池子里。"说,葛清怎么就舍得把东西给你了,你喂他蒙汗药了?"

我靠着墙,扭头看看外面,又回过来继续听他讲。

"我刚进鸭房头一天,照规矩,筛煤,剥葱,完了还回前院张罗我的汤。耗了半拉月,我问老头,给句话吧。老头说,你呀,煤筛得比谁都好,这辈子你就干这个吧。"他一脸愁相,来回摇头,"真他妈损啊,我这两天总嘀咕,师父他是怎么看我的,会不会也是这句话。"

他使劲儿站起来,不让我扶。

"我知道,你找我,不是想听这个。"

师哥把汤桶架到大灶眼上,有小一人来高。他努了努嘴,让我过来瞧。

"香。"我不禁称奇。

"看颜色。"他轻声说。

我贴近细看,桶里面铺了两层竹箅子,尽上面码着排骨、猪皮和老母鸡,出的深汤金黄金黄,却清澈见底。

"这锅宝贝,一百多斤水,早上一推门就得先照看它。扔进去多少鲜干贝、火腿,又大火烧,又打浮沫,最后改文火,似开非开的时候,再加水冲它。我拿刀片咔嚓了一上午的猪皮,就为借那点儿胶原蛋白。不瞒你,亲妈我都没这么伺候过。"

他让我自己动手,我就盛了一碗,吸溜吸溜地喝。

"这么清的汤,一入喉,感觉先是润,又是香,跟着是鲜,你搁的是鸡粉还是鸡精?"

"碗还回来!给你多喝一口都是糟践东西,你就配去水房撅尾巴管,这可是我吊了五个钟头的鲍鱼汤。"

我赶紧把碗攥得死死的,又探头过去再看。

"紧底那层搁着呢,你瞅不见。炒锅的师傅做开水娃娃菜,全跑我这儿借清汤。为什么,就为了要出在老母鸡身上,那层金黄黄的鸡油。得多少这种成色的原材料去煨汤,才提出这么醇,这么厚的鲜味。我说的,你懂了吗?"

我点了点头。

"你没懂。你若是懂了，找的就不会是我。"

"我管你叫师哥，我不找你找谁？经理的位子，本该你坐，如果你在意这个，我让给你。"

"你要这么讲，咱俩就甭聊了。"他一着急，又开始嘴对嘴地朝我喷唾沫，"我虚长你二十岁，我跟你在意得着吗？我又不是陈其，心眼跟针鼻儿似的。真那样，不等葛清撵，我先就吊死在鸭炉，烤了自己，大家清静。"

他提陈其俩字，我的心也一哆嗦。

"这汤你喝了吧，四个字，原汁原味，你认不认？"

我拧着眉，使劲儿点头。

"认就行，就为这四个字，我每天让水台师傅，开膛后先洗三大池子，然后控水，排酸，然后我再洗，洗完再吊它。我花了多少心血，谁问过？"

我正要张嘴截他。

"我话还没讲完，采购上别的我全不管，单就是进活鸡，必须由我亲自来挑。因为我眼力在这儿呢，我上手一摸鸡毛，就知道它的皮层和肉质紧不紧。包括它肚子里面的油，够不够黄。"

"田艳什么脾气，你又不是没领教过，外面供货的一见是她验，都慌。有个心细的女人把门，他们也不好打点。刚进店我就看出来了，师哥在师父那儿，是个识大体的人。你总不能让师弟们，白白高看你吧。"

"屠经理，你在我这儿，就跟小青笋鸡一样，嫩着呢，少用这种话套我。进货里面的偷手大着呢，你慢慢悟。我只和你说，我的汤离不了老母鸡，可这阵子到我手里的，夹了多少土鸡，我告过谁的状没有，我不识大体？"

我见他这样说，便不再争下去了。

"说起不识大体，我哪敢跟你比，你为了识大体，什么事做不出？"他背冲着我,又去盯着那桶汤。"要讲尊师重道,我倒可以在你面前充一回大,欺师灭祖的事,我半件也干不出。"他存心拿葛清的事来扎我,气得我半天张不开嘴。

"我也不愿把事情做绝,师父的话我一定听,不然你把他请来,你看我从不从老人的命。"

―――――

皎晶晶的雪片,从空中摇下来,像是撒盐絮。

我怕结冰,就趁着正点没到,拎起笤帚,在店门口扫了起来。百汇刚配完四色汤,从墩儿上下来,甩着手,看我。我叫他下回控干了,焐一焐再出来,冻成这样,落片杨树叶都能拉出口子。他将手朝袖筒里一缩:"哥,斜对过的道林把一楼小厅匀给区教委的考试中心了。老有学生报名,要不咱俩也上个电大,不就是张文凭吗,考呗。"

我直起身,想歇歇腰,便把笤帚冲他一递说:"你扫。"他又说:"哥,考文凭不入你眼,考级的事总要上点儿心吧。"

"我只有你一个师弟,你还有什么好担心的。"我怕他又来烦我,便给了句痛快话。

"我哪还担得起,上个月不是新招一批孩子吗,里面有个特有灵气的,分冷荤了,被师父看中,已经定了收徒,真见了,他还得喊我做师哥呢。"

"那天在会上,我怎么没看见?"

"这就是你只知其一,不知其二的地方了,不过,这也算不得什么。"他离我越扫越近,"分派考级这个事,你有谱了吗?我们这些资历浅的,刚熬够年头,选谁不选谁,倒还好说。可你别忘了,有个人,连三级都还不是。名额是死的,如果他要夹进来考,你怎么办?准吧,他个长期泡病假的,凭什么。不准吧,他是你师哥,师父都不惹他,你得罪他?都知道这件事难为人,难在什么地方,你想到了吗?"

百汇说着说着,在我面前伸出两根手指。

我呆着眼睛,吸了一口凉气。

正巧,小邢裹着一件茄色的棉衣,噔噔地从楼里出来,打我和百汇的鼻子底下走了过去。

"嫂子,这么冷的天,干什么去?"

"多事。"她头也没回。

百汇一蒙,又转头看我。

"挑我没顾上的地方扫去。"我塞了把大扫帚把他打发到一边。

"你眼睛出气用的?"小邢回来,对着百汇身后又一通不是。"险些踩在我的脚面上,又蠢又笨,跟你师哥一个样子。"

"你去哪儿了?"我问她。

她半只脚本已迈进店门,听见又收了回来。

"打公用电话。"她一脸正经,话音却见小。

"你们科就有现成的,跑出去打哪门子公用电话?"

她见我还问,赶紧使个眼色。

"你还装,陈其带头顺店里的肉头,你不知道?他老婆验的活鸡不新鲜,冯炳阁都坐不住了,你也不知道?你这个总经理,当得好自在嘛。"她那两片嫣红色的薄嘴唇,在白蒙蒙的雪天中,利如霜刃,"这两口子真够可以的,听说前天发鸡蛋,那可是给意大利使馆特供的,每人一排。你二师哥倒好,头一个溜进院卸货,把所有鸡蛋抠出来,摊在地上,光拣最大的挑。最后他那一排,硬比别人重出四两,什么人这是。"

"你没事招他干什么!"

见我忽然严肃起来，百汇伸着耳朵听，半懂半不懂。

"放心，我什么也没说。你呢，什么也没听见。你继续当你的好人，恶心的事，我来做。"

冯炳阁难得来找我，想借店里的硬板车骑，出去采些鲜马蹄、螺丝椒之类的配料回来。

我说我也闲着，一起去。他弯腰把锁打开，往车上一扔，说上来吧，我载着你。

路上，他说以前师父总带着他，一天跨区要跑好几个人民市场、合作社，采货、询价。现在用个车吧，还得跟你打招呼，事儿不叽叽地。我坐在他身后，装没听见。

快到南樱桃园时，遇见小上坡，我跳下来，推车走。见前面没多远就到了，让他也下来。他不听，还紧着腿捣腾。轴承像被扳死了一样，风一吹，连人带车，竟还倒回来了。我伸手扶他，他连喊："拉车，拉车，别拽我。"我又跑到板车后面，用力撑住。

车定住了，他跺着脚，回身怪我："没见过这么大人，笨成这样的！"

我说："有阵子没挨你的骂了，只想问，你刹车断了？"

他不言语了，下车和我一起推。

东西买齐后，我们在一个出售活禽和水产的大棚里转了转。我提醒他，这些活物，有专人给店里送，他说看看总不犯法吧。一个穿深蓝色纤维工服的鱼贩，正拿胶皮管往泡沫筐里冲水，塑料桶里还放着几条鲤鱼和白鲢。那人掏出一盒红双喜，冯炳阁一根，我一根。

他的烟潮乎乎的，还串着咸腥味。师哥和他小声聊了几句，就要带我出去。临走前,他对着门口几笼老母鸡望了几眼,又止住步子。摊主走过来说:"别人要,一块八一只,您拿,一块六。"师哥笑了,说:"东西是好东西,可如果不走量,是我家里吃呢。"对方也笑了:"别跟我说谁要,就算只买一只,您张嘴,也是一块六。"

师哥回头看我,又和那人说:"不跟你贫了,我还要回店里。"那人说:"走好。"

———

回去时,我守着买好的原材料,还坐车上。

"听说现在店里数你走得晚,耗到上板儿才回家。"我的后脑勺贴着他的腰。

"你可真是太平洋上当警察,管够宽的。"

他的声音浅而飘,在我耳边一晃,便被风带走了。

"我是说,要不让老谢单配一把钥匙给你,就和当年我跟葛清的时候一样。"

"不用。"

"吊汤一盯就小十个钟头,能让伙计干的,别省着他们。你走得晚,又来得太早,会让家里人受拖累。不如我打个电话过去,毕竟在师兄弟里,只有你到了上有老、下有小的年纪。"

这次没有风,也没有他的声音。

———

下班前,我正捧着一沓藤黄色的毛边纸,看师傅们为明天开的领料单。有人忽地将一串山药冰糖葫芦,举到我嘴边。我以为是小邢又跑下来逗我,便回头想叫她安静等一会儿。结果却见到一个浓眉细目、梳着油亮偏分的小年轻。

怕他认错人，我上下打量个遍后，问他找谁。

他把糖葫芦伸过来让我拿好，笑。

"才几年工夫，就认不得我了？"他用手朝头上一捋，又笑。一个人影儿在我脑子里闪闪藏藏的。我半张着嘴，不敢说，也不敢吃。

"哥，你尝尝。"他盯着我，嘴里重复念着。

"小光头？"我一把掐住他的肩。

他忙挤着脸，说疼。

―――――

"刚进店几天，就搞这些小恩小惠的，围人缘儿。"我把吃完的签子，朝桶里一戳。

"我师父是掌灶，师哥是总经理，要围，也是别人围我。"他把头一扬，神神气气的，"再者，你吃我东西，不是一回两回了。照这样讲，还要吐出来还我？"

我这才记起百汇提起的师弟，是他。

"哥，看师父对你花的心思，这个店早晚是你说了算。不过，容我多一句嘴，你说你这经理当的，窝囊不窝囊？若是这个干法，八抬大轿请我，我也不来。"

"你这个小光头，毛刚长齐，懂什么。"我还像以前一样，朝他头上给了一下。

"我就不一样，我只朝前看，因为所有我想要的，都在前面，谁也别拖我后腿。"他又整了整自己的头发。"哥，以后人前人后的，别总小光头、小光头的喊了。我的大名，叫苏华北。"

十三

  百汇的话,不是没有道理,但也并非全对。至少自我履新之日起,陈其没再旷过一天工。每次见面,他还是大方地一把搂住我说:"杨越钧为万唐居可算干了件好事,总经理的位置,你屠国柱来坐,真是店里捡了块宝,你是宫廷烤鸭的传人嘛。"我想把丑话说在前头,他却张开手说:"屠经理,您把话在肚子里留一留,我先表个态,只要这个店你管一天的事,我陈其,身子骨就是喝成药渣,也绝不告一天病假,让你为难。"我自然喜出望外,忙说:"若真这样,先谢谢师哥关照了。"

  我常会留意半导体匣子里的天气预报,赶上雪雨横飘的日子,就提前让老谢把墩布条子摆出来,谁进了屋,也好踩一踩。这时,我总候在门口,有上了岁数的师傅来,或搀一把,或周周到地打个招呼。同时也要看,谁迟到,谁请假。反复几天,我都两手一背,把签到本藏在身后,放眼看向陈其。他明明早到了,就是不进店,非坐电线杆的石台上等。九点半,我手表指针刚一到点儿,他准一只脚正踏进大门,绝不算迟到。不止一人跟我说,你二师哥真绝,不是等他吗?他宁肯外面冻着,淋着,也不提前到。我听了,会先客气地笑一笑,然后说:"谁犯错,我就罚谁。他只要没迟到,就是住电线杆底下,我也管不着人家。谁羡慕他,尽管陪他去。"

  其实,真让我操心的,反而是有些我想管,却管不到的事情。比如,后厨到底有多少油水,是从他们手里流出去的,就从没有人跟我提过。我只能从小邢嘴里,捡些七零八碎的话来听,然后再想,这些事,碰得碰不得。

  比如,她告诉我,供鲜货的周子,跟陈其熟到快穿一条裤子了。

  "晚上陈其敢跟库房的人开一桌麻将,周子在旁边看,你二师哥解手去,他就替上来。输了自己垫钱,赢了全算你师哥的。"

"周子怎么不回家?"我问。

"还不是你二师哥开了牙,把搁笼屉的小屋归置出来,腾给他住了。"

"你眼睛里,真是半点儿沙子都不容。"

"我为谁,还不是帮你守好后门,别太无情无义,好不好。你心疼沙子是吧,那早上七点钟,你也别去照看鸭房了,先在北门瞧仔细了,那里有好多沙子,等着你呢。"

次日清早,外面起了雾,几间屋里呈出一抹淡淡的米白色。

我换好衣服,像上弦了一样,准点盯在水台子后门,等动静。半刻钟不到,陈其和百汇,俩人一起拎着一口锅,里面盛满了宴会组酱好的饺子馅,香气弥远。同时,还有几个师傅,也抬出四五盆刚剔下的羊骨、肉头和鸡架子。一伙人,把上次冯炳阁借的硬板车拉过来,往上一扣,陈其蹬车,百汇押货,俩人就从北门溜了。

我赶紧去敲周子那间小屋的门。

"听说你新买了辆铃木 S100。"

"还不是图个送货方便嘛。"他刚睡醒,强睁开眼。

"陈其一大早上哪儿了?带我去,也试试你这车,好不好骑。"

"你们店的事,怎么好拉我下水。田艳说缺鳜鱼,让我带两条回来,要不您找别人?"

"田艳能验你的货,我也能扣你的货。这点儿量,让谁做,不让谁做,谁说了算,你慢慢想。等我扭了头,再翻脸回来,别怪我不认识你。"

他把头伸出去看,两手拽住我的胳膊。

"祖宗,万唐居刚开条缝,我就不知死活钻进来。谁想被夹在半截,一头是你师哥、师弟,另一头是你,为挣这点辛苦钱,我搭进去多少血本了。"

"你错了,我师哥、师弟,和我是一头的。"

————

我往周子的摩托上一跨,看他轻车熟路地带着我,骑到广安大街的晓市。没下车,我就看到乌压压一片人,像黄雀啄食似的,闷着头,挤作一团。周子说:"屠经理,进不去了。"

我远远地望见,百汇喜逐颜开地拿着杆秤,手边立了个钱箱,陈其在他身边,给市场里的人分锅里的酱肉。我问:"婶儿,您还特意带个小奶锅。"大妈把头巾扎好,正往前钻,说白来好几趟了,这回说什么也要抢回去一份儿。这肉油大,还便宜。

————

杨越钧去了烹协的扩大经营座谈会,周中例会,让我代他主持。几名主管把当日仪容检查和各部头的备餐情况,以及前台的预订单子,一汇报完,齐书记就说:"今天没有党委下的文件要传达,但大家先别急着走,屠经理是不是有话想说?"我闷声不语,看着所有人。

屋外有野云雀,喳喳乱叫。

"开春考级的人选,快敲定了,会挨个通知。大伙做好准备,来之不易的机会,考上考不上,是你的切身利益,也关系到咱们店的名声。"底下的人互相看,齐书记一样不说话。"还有件事,也跟利益和名声沾点儿关系。以前听说,万唐居单日四万块的流水,叫完成任务。里面有一半,是从烤鸭部出的,我很高兴。这次的数又算出来了,店里最高一天,能卖到十八万。"

底下如炝锅般,一片鸣聒。齐书记摆出两只手,往下压。

"可这一回,我却高兴不起来。"他们又互相看,只等后面的话,落谁身上,"店是公家的,可生活要自己讨,这我理解。可怎么个讨法,得定个规矩,往后任何事,什么东西,从哪里流出来,你第一个要来跟我讲。否则,别怪我不替你兜着,我这话说得,明不明白?"所有人,全都半低着头,不动。百汇也是,不敢动。只有陈其,拿小拇指挖耳朵,使劲儿抖脑袋。

我说,散会吧。齐书记一手端起茶杯,一手拍我肩膀说,你有一套。

下楼去传菜部查缺售时,一服务员帮忙送来新做的沽清单。我瞄到,百汇躲在他的身后。

我继续走,他又跟上来,浅声叫我。

"屠经理,屠经理。"他知道我会停下来。"我跟您承认错误来了,再也不敢了。"

"你有什么错,就再也不敢了?"

"甭管什么错,我都不敢了。"他那双明亮的眼睛,"唰"地灰淡下来,"您还不知道,我也是身不由己呀。"

我心头一颤。

"我们俩,您可要区别对待啊。"

"也不知你哪来的闲工夫,白汁菜做那么差,让考官瞅见,笑话的是你师父。到那时,你让他这个主审,还怎么当?赶紧练去。"

他听了,脸红嘴笑,急忙点头。

———————

小邢叫我陪她去瑞蚨祥选被面,我等在湖青色的圆木窗旁,看她冲着柜橱上竖起的一排排卷头愣神。有两口子看准一块料,要裁了做窗帘。柜员二话不说,蹲身搬出一卷,将别在上面的蓝纸条扯走,往柜台一扔,拿起大剪和黄色的直尺,咔嚓两下,叠成小块,裹好纸,细麻绳一扎。"您拿走。"

"没意思。"她径直走向前廊,要回家。

"谁来这儿,都要买龙凤织锦的软缎子面,就你不识货。"

"你们北京人,就是土,这种颜色哪能用,怯死了,看都不要看。"她回头朝大铁罩棚看了看,赶紧把脸扭回来。"我在观前街给家里买条纱巾,店员还要问一问,你妈妈是江浙人,还是上海人,多大岁数。问不清,款式和颜色不好挑的。这里倒好,看都不看你一下,剪子直接就下去了。我买颗鸡蛋都要拿灯泡照一照的好吧,何况是这么贵的布料。"

"北边有个宁园时装店,去那儿看看?"

"累了,不去。"

我把她拉到街边,掏钱想买两瓶茯苓酸奶。

"消消火。"

"一瓶就够了,你每月挣多少工资,我最清楚,哪禁得起这样花。"她退掉自己那瓶,把两根吸管插在一起。"小金库的事就算了?一天可是三五千的呀,就这样让他们把钱分了。"

"店里的业务,不差这些针头线脑的。再说,杨越钧能不知道这些?他都不管,我好去开罪人吗?搞不好,全店的师傅,都有份。"我不喝了,把酸奶全留给她。"真让我发愁的,是库房积的料,我刚看了沽清单,要急推的菜越来越多。"

"叫你出来选我这个料,你却老想着你那个料。给你打了多少小报告,都不说谢我,将来让我怎么再帮你。"

"怎么谢,你说?"我用手背抹掉她嘴唇上那层薄薄的乳色。

"你让我说的。"她把瓷瓶搁到箱子上,呼了一口气。"咱们俩的事,要回我老家去办,依了我这条,后面还有你谢我的地方。"

我知道，她哪会有什么法子，不过哄我舒心罢了。可要说办事，不能乱了礼，头一宗，必先请示师父，让他定。别人的场面，老人到不到，我不管。我的，缺不得他。小邢乐着说："你师父有那么疼你？我就不信。店里多少同事都请不动，他偏会赏你这个脸吗？以后还有徒弟张嘴，你让老人怎么做。"

———————

早晨刚上班，我就溜进杨越钧的办公室找他。屋里没人，我就掏了点儿他茶叶筒里的白菊，沏了一杯。正用指头，使劲儿掐着鼻梁，醒醒盹儿。就看见老谢轻推开门，探头探脑。

"屠经理，满世界找您，快跟我去传达室。"

出了楼，他告诉我，是个老太太，半夜里敲门，说没地方去，要找领导。可店门还没开呢，黑灯瞎火的，怕她跑丢，就留她住了。天一亮，就等您来，给解决解决。我问老太太什么来路。他把推开的门又掩上，站屋外笑我，说："这么热闹，您还没听明白？冯师傅的亲妈。"

———————

进去后，不等伸脚，我险些被一个鼓鼓囊囊的行李卷绊住。看上面被一块梭布裹得严实，沾的土屑，攒了好些芦絮似的团球。我怪老谢，也不给抬一抬，结果刚上手，才知沉得要命。我问："大妈，家底都带出来了，不过了？"老太太说："不过了，本打算睡大街上，没想你们店，好心留我。"她怯缩地支靠在床帮，一脸愁雾。我再问："您来这儿，我师哥知道吗？"老太太抬眼看我，眼窝里存着杏黄色的水光。我叫老谢先把她领进店里，让人烙张饼，盛碗粥。老谢听了，忙去搀她。老太太才开口说："大侄子，你别为难我儿子，是我这两只脚，不听使唤。看都挺好的，也该家去了。"

她的嘴上满是褶，皱纹一直裂到脖子上。

老谢说:"您要是有家回,何必来找领导。领导来了,您怕什么,您媳妇都不怕。"

我听出七分意思,就叫个年轻的进来,把她请到前厅,只问老谢,这事儿,谁和谁。

老谢敬我一根烟,说:"屠经理,您没结过婚,不懂的。您师哥在店里,是出了名的'妻管严',他女人右安门煤气厂的,天天搬罐子,壮得像头熊。事儿嘛,家家户户还不都一样,就是他这娘儿们,有些出格。"我说:"师哥就快来了,我当面叫他把老太太接回去。"老谢嘬了一口烟:"屠经理,家长里短的事,您可真是抱着擀面杖当箫吹,一窍不通啊。您没见老冯成天早来晚走的,在家里,他说了不算。上次你们师父打他,那算什么,早几年,他老婆揪他脖领子,一边一耳光,我都见过。"

我问小邢:"冯炳阁还有亲戚吗?"她说:"有个弟弟,没正式工作。"我说:"这个月开始,扣他工钱,六成寄给他弟。"她说:"合适吗,好歹知会你师哥一声,让他签个字。"我拿笔直接一划,说:"签完了。"她说:"人家家事,哪里就轮得到你管了,给自己积点德吧。"

我又问:"这是家事吗?"

隔天早上,杨越钧又上区里开会。老谢还来楼里找我,说:"娘儿们来了,要见经理……"我说:"你吃的不就是拦人这碗饭吗,让她走出传达室半步,我连你工资一起扣。你就说,经理出去开会了,晾一晾她。"

我躲在办公室里,喝茶,剥花生吃。泡了一小时,老谢踉跄着进来,说压不住了。我才转到传达室,推门问:"大姐,在呢?"

"喊你们经理出来,谁也甭跟我耗。"女人面盆般的脸盘一抖,道道横肉弹了起来。

我拎了把椅子，坐她正对面。

"屠国柱，不会是你吧？"女人圆眼瞪我。"我来，是想明个理，你若讲得通，都好商量。讲不通，就把你拽到杨越钩面前，让他讲。"

"您可能还不认识我，认识我的都知道，屠国柱从来就不讲理。再说，万唐居是吃饭的地方，不是法院。"

"我他妈请了半天的假赶过来，别给脸不要脸。你们的活鸡不过关，让老冯自己垫钱买原料。现在更奇了，他挣的血汗钱，你说划就划，你是他什么人。信不信，我到前厅去闹。"

老谢退到屋门口，敲两下玻璃，让外面的人守好。

"听说昨儿老太太，上二儿子家住了。老人在哪儿，钱就发到哪儿。您想去前厅？把门打开，我也怕知道的人太少，还以为冯家儿媳妇，多懂人事。"

不等我话讲完，就见她伸出夯实的右臂，抄起字台上的烟灰缸，一步跨我跟前，照面门直拍下。一股热流后，我听见屋门开了，老谢叫来两个职工，要把女人架住。

我用袖子按住头，血顺着衣服和脸，滑下来。女人吓得，动也不动。

"店里还有多少烟灰缸，去拿。"我的眼睛上，全湿了，"让嫂子接着砸，五块钱一个，师哥剩的工资，看还够她砸几个。"

女人倒坐在地，仰身躺下，要打滚。我知她真嚷起来，会惊着前厅，便喊老谢去找民兵，扭派出所去。她又立起身，嗓子像被封住似的，只是呜咽，伸头撞向老谢后，撒腿就跑。

我这才觉出一脸沙疼，还说当年磕架，南征北战，哪能想到，会被个娘儿们开了瓢。

我咧着嘴,跟小邢说:"后厨有云南白药和碘酒,你放过我,真破伤风了,不是闹着玩的。"她用一只腿压住我,屈下身翻抽屉,终于翻出一小瓶红霉素眼膏。

"这时候知道惜命了,早不听我的。被打成这样,还有脸去后厨?破伤风不至于,留不留疤就难说了,正好让你长长记性。"她挤出半管,抹我头上,嘴对着我的脑门,一小口、一小口地吹。"你每一寸皮肉,每一根毛发,都是我的。下次再给人家打,要我先点过头才行。"

我故意喊疼,她悬住手,又退回去,再抽出纱布条。她将整整一卷,全缠上去,横七竖八地,绕了不知多少圈。

"来之前,至少视力还成,经你一弄,反倒什么也看不见了。"我用力将一层纱布掀到眼皮上面,"你也学会糟蹋公家东西了,口子不大,剪一小段,足够。"

"你懂什么,我就要让全店的人都看见,屠国柱当这个破经理,吃了多少哑巴亏。否则,他们还以为,你背地占了多少好处。"她使劲儿在我脑袋上一扎,系了个死扣。

赶上风清日暖的,我就自己站在后院,连天芳树下,看绿影,看叶芽。

再就是,回鸭房里面,松松神。前院知道我请了病假,轻易不会有谁来扰我。

正在刷案板,不想,衣领被人揪起,倒是没用力。

我回头,向上望。他说:"你出来。"我说:"我养伤呢。"他说:"你出来吧。"

他把我往前院拽,说:"正好没人,领你去个地方。"我问:"是想单练吗,你等我缓两天,行不行?"他笑着挽住我胳膊:"你是师父的心尖,谁敢动你,不是砸自己饭碗吗?"

我说:"你老婆就敢,你这样讲,是不是不认,那我这下算白挨了?"

"我还想问你,到底跟她讲了什么不中听的,能把你打成这样?"他在前面说。

我一面跟他走,一面想,那天她动手前,自己说什么来着。

"你呢,也别觉得冤。跟我来这一趟,保证你回本儿,咱俩互不相欠。"他不走了,转过身子,大嘴对着我说。"这次,就当我谢过你了。"

走到院西墙把角处,他垫下两块砖,坐好,然后像押囚犯一样,伸手把我也拉下来。

煜耀而柔软的阳光,晒在脖子上,浑身暖烘烘的,又乏又麻。

我两腿伸直,头靠在驳杂的墙面,咽了一口唾沫。

他笑着点了根烟,吸上一口后,递给我。

"不会是这么个谢法吧?你可真大方。"我接在手里,注意到他眯着眼,还在笑。

见他不语,我把烟捻灭,要起身。他又拉着我说:"心急可吃不着热豆腐。"

———

天,像蜡笔画那么蓝,像保鲜膜那么透。

冯炳阁举起了胳膊,问我:"看见什么没有?"

我重复着问:"看见什么了?"仔细去看他指的地方,又摇头。他说:"你等一等。"我嫌他烦:"那不就是主楼一层,摆电冰箱的地方吗?"

他说:"对,刚好能瞅见。再看,是谁来了?"

远远地,我果真看到一个麻杆身材,头发和油泼面一样亮的人。

"陈其?!"

"对,这份礼,够不够谢你的?"师哥说。

在我们两人的注视下,陈其正悄悄密密地,从裤兜抖出塑料袋,拉冰箱门,由里面端出个什么,单手撑开袋子,去接。

"四条黄鱼,炒锅的孙师傅中午刚炸的。"冯炳阁说。

我使劲咬着嘴,没理他。

冯炳阁拍了拍屁股,站起来,说:"我就知道这小子准会找过来,丫那鼻子,猫似的。"他用脚尖捅了我一下说,"屠经理,别装糊涂。前天在传达室,您不是威风着吗,我就想看一看,您这碗水,端得平端不平。"

————

我大步流星地趟进传达室,一进屋就坐老谢的床上。他放下报纸,把鞋穿好,问我出什么事了。我抬头看表,挥手叫他倒杯水给我喝。

他又问:"脑袋好点儿没有?听说您正歇病假呢,该安心在家静养才对,伤筋动骨还一百天呢。"我回口就是一句:"都觉着我请假,有空子可钻是吧,那不妨看看,到底谁脑袋有问题。"

老谢岁数长我两轮,听出这是邪火,便拍拍我肩膀,拿起洒水壶,院里浇花去了。

我喝一口水,就压一下肚子里的气,绷了足有半小时,一直盯着窗户外面。

一听叮叮咣咣的有车骑过来,我嗖地迈出门,见陈其正从对面,踩着脚蹬子滑步呢。

我挡在路中央,叫他站着。

他立刻刹住闸,把车推到我面前。

"屠经理,您都伤成这样了,还当班呢,真是爱岗敬业的好楷模,值得学习。我有事情,着急回家,下回注意,一定不再骑着车出大门了。"

"你上班怎么就没这么着急过?"

陆续有人围过来,看他,也看我。

他收起笑模样。

"怎么了弟弟,头上挨这么一下,打傻了?心里有火,也不该冲我撒吧。你这算工伤,医药费营养费,杨越钧得管你,跟他要去。"

我反倒笑起来。

"也是,这方面你是行家,不过,今天我想先跟你学另一手。布袋子里装什么了,沉成那样,你还握得稳车把?"

他干脆把车支子撑好,把袋子摘下来,绕在手腕上,两手一背,一言不发。

"够吃吗,要不回家再来一趟?要不,我帮你叫辆车?"

几个刚吃过饭的女服务员,想去逛街,见这阵势,也躲到一旁。我仔细看他背后的手,四个鱼头倒立着,将袋子拱出一个山头。"是你拿出来给我,还是我叫人,帮你拿出来给我?"

陈其鼓着腮帮子,两眼如钉子一样,戳住我。这时,我才意识到,我把话全说满了,进不能进,退不能退。

―――

正是一发不可收的节骨眼,有个大足块拨开人群,挡在我俩中间。

"干什么,光彩吗?有梁子找没人地方说去。屠经理,咱们也没有开除这一说,你下令吧,给处分还是送派出所?屠经理,得饶人处,且饶人,大庭广众的,好歹你管他叫一声师哥,哪有这么绝的!"

"老二,你也是,国有国法,店有店规。屠经理刚在会上明确说过,凡事要先和他打招呼,你听进去了吗?师兄弟间的,为这个撕破脸,值当吗?"

冯炳阁故意不看我，不看我那张哑然无对的脸，他像拳击台上的裁判一样，两只手分别搂住我和陈其的脖子，仿佛今天胜出的那一方，该由他举手决定。他不举，就不会有谁输，有谁赢。我转念一想，其实也正是这么回事。

后来，老谢把人群轰散了，冯炳阁才把脸转向我。

"屠经理，教育教育得了，你觉着呢？"我看着他，险些给气乐了。

他又对着陈其讲："写检查，深刻检查，再犯，别指望我还帮你。"

陈其依旧梗着个脖子，面无惧色，好像搭他肩膀上的，是刀。

晚上，我想照一眼院南的筒道，那里摆着许多烟囱皮，我想找人清走。

我用脚拨开一块斜落着的不锈钢板，发出刺耳的轰轰声，百汇在那里叫："谁闲的？"

看他双手攥一本薄册子，蹲石台上。我问："你怎么在这解大手？"他认出是我，继续埋头看他的。我凑过去又问："什么好东西？把你魂儿都勾走了。"他嘟囔着："该换季了，出的新菜单，想抄下来背熟。"我看他手里，不光有菜单，又去伸手抠。他死死攥着，我说："你不松手是不是，我撕了？"没想到他顺势拍到地上，说："撕了反倒干净。"

我见是本小书，认出"中国名菜谱"五个字，又去翻。曲园饭庄、仿膳，跟着就是万唐居的宫廷烤鸭、杨越钧、葛清、屠国柱、曲百汇。我摇着他的肩膀说："一定要开表彰大会，要大办，这可是部里编的书。你真对得起这个姓，曲线救国。"他夺走了书，苦笑着说："谁看得上这咬文嚼字的玩意，菜谱厨子嘛，都传遍了。"我问："你们组的人这么说你？"他垂下头。我说："我找他们去。"他说："哥，你可别把我也连累了，刚跟陈其闹那么大笑话，不嫌寒碜吗？"

我把指头伸到自己脸前问："我?"他说："还能有谁,你上上下下问一问,不从店里顺点东西回家,都觉着亏了。这种事,你也抓?你逮二师哥的现行,开张至今,这是头一例。"我说："照你意思,反倒是我错了。"他闭上眼睛,一副爱搭不理的样子："随便你怎样想,我也是为你好。他顺黄鱼,你抓,下回有人,想个更隐蔽的法子,顺鲈鱼,顺鲍鱼,你也抓?"

我干站着,无话可说。他翘了翘嘴角说："我不比你们,有这本书,就能找师父,让他跟齐书记说情,把我调组织部。"我揪着他后脑勺的头发说："考级时我跟着你,等证书拿到手里,奖金一调,谁还叫你菜谱厨子。"他勉强地点着头,我又说："你这么聪明的,全店也找不出第二个,调组织部这种话,别再提了。"他说："你又忘了还有个小师弟,这小子才叫真聪明,不仅把他那组的师傅,拍得溜光水滑,还嫌学得不够,自己托关系,在右安门侨园饭店,兼了个夜班,白干。就为偷手艺,三班倒,你说他是不是人小鬼大。"

那天,小邢熬了一袋豆羊羹,叫我喝。

"有位在益华食品厂做审计的姐姐,送我的,里面是葛粉和琼脂,甜,还不长肉。"她先把碗捧到自己嘴边,试温度,又捏出两块烤蛋糕,让我就着吃。

我没有胃口,就把百汇那一席话,讲给她听。问她："店里的人怎么说我,也是不嫌寒碜?"

她本想笑,却捂住嘴,将刚吃进的那一口咽下去。

"讨厌,刚从王府井买的花衬衣,脏了你给洗?"她的手托在嘴下。

"真这么说我?你还笑得出来。以前陈其说要保证出勤率,我还高兴,现在巴不得他少来几天,在家待着,倒算体谅我了。"

"我是笑,这两口子指定想不明白,究竟哪里得罪了这个傻师弟。四个人,刀光血影地掐起来。你那脑袋,是缺根弦,治他,何必搬到台面上。以他的为人,免不了把别人咬出来,牵进去的人一多,难办的反而是你。"

"哪来的四个人,说得跟打混双比赛一样。"

我见她脸笑得比手上的烤蛋糕还红,就让她快讲。

原来,田艳收货,周子算是票外,返的利,已照规矩请人提前孝敬好了。

这天,他来送鲜百叶和虾仁,她扫了两眼,就说可以。正要回墩儿上干活,却撞见小邢由楼里走出来。周子赶紧去瞧田艳,又去瞧仓库的人,不知什么意思。

田艳也止了步子,跟上她,又转回院里卸货的地方。

小邢昂着脸,谁也不看,只是望着架在头上的电线。周子一见她胳膊夹的账簿,就有些慌。再听她说今天验货,我来盯着。仓库的人立马回屋把烟藏好,再抬一把椅子来,给她坐。

等小邢把账簿夹一摊,田艳站了过来。

"这是周子,你还不放心?"

"什么肘子、腱子的,桶里装的,分明是百叶嘛,还有海参、鱿鱼,我都认得。"她一乐说。

田艳皱着眉,没好气地也是一乐。

"这些是你昨天下午报的单子,自己看,库里还剩多少。趁几个部门的人都在,正好对一对数。眼见一天比一天热,不知你们囤这么多海货,要下小的?"小邢问田艳那组的师傅。

组长不发话,谁敢搭这个茬,田艳两条胳膊相互一架。

"妹妹，墩儿上要多少的量，我最清楚，这月光宴会就比上个季度还多，可不要备着点。我没你命好，栽培出一当经理的男人。真是闹缺售的时候，他扣的是我的奖金，不是你的。"

小邢把腿一跷，抻了抻裤腿，准备还击。

"既然你库里的货这么紧，就少签急推的菜给灶上。又要进，又出不掉，不如我教你个法子，用店里的刀、店里的火，加工好了，再往家拿，这才是会过日子的。哪像屠国柱，把脑浆子想烂了，也想不出这一手，依我说，你才是好命。"

田艳的脸，铁青一片。在场的老爷们儿，知道话太难听，却不好插嘴。

小邢慢条斯理地低头看账。田艳耐不住性子，直接问："你不是验货么，验不验了到底？"

空了好半天，她才回："验，当然要验。"

田艳手一挥，给她看秤。

小邢立刻喊慢，又一句："先去锅炉房，拿个筛箩来。"

周子像是老掉的豆芽，原地打起蔫了。

田艳把眼一闭，想走，又走不了。

小邢亲眼盯着，两个师傅合力抬起铁桶，把海参往筛箩上倒。底下摆好一口大缸，整桶整桶，哗哗全折进去。

她说："百叶抽水，咱本该筛一遍再过秤的，那几样也是如此，辛苦师傅了。"

她又说："至于新鲜不新鲜，我是外行，田组长说行，就行。"

师傅们把控干后的海鲜，搬到田艳眼皮子底下称重。小邢杏眼一横，问他们："单子上写的是四十斤，够吗？"一师傅看着秤星说："短。"

周子不服气，说这点水分都要去，送来东西早臭了，您怎么不在火上煮熟了再称。

田艳睁开眼,瞪他。

小邢瞅见,田艳的尖下巴,已挂了汗。

我听完了,就拿起碗,拧开水龙头。小邢在身后问:"这件事办得漂亮不漂亮?"

我说:"你这可真是吃人都不吐核。"

她得意地说:"我讲了这么多,你听出用意在哪儿了吗?"我想了想,回头说:"当然了,我去找田艳谈。"

她又问:"怎么个谈法,你知不知道?"我继续刷着碗:"说知道,当然知道。"

十四

　　田艳有一处，极像葛清，要么不在店，在店不偷闲。

　　晚上，切配间里，钨丝灯全部亮着，在鼓形的金属罩下，散出疏淡的姜黄色。她背向着我，一心在案上，给明天的饺子部，剁肉馅儿。那一长串的马蹄刀下去，干干脆脆。筋道的前腿肉，被切成糊状，香气四溢。

　　我心里数着，左一右二的拍子，分毫不曾乱过。轻轻咳嗽两声后，刀声止了。

　　她仔细归置一番，用围裙擦着手，转身看我。

　　"屠经理，是不是瞧我一个人在，不放心店里东西。好说，再有两下就剁完了，等会儿您跟到更衣室，别说包，连兜也一起搜了吧。"

　　"嫂子，还不走？"我的声音，细得像根针滚到地上。

　　"别，这俩字不好乱叫，我可没本事跟你撒泼打滚。"她扯出一面饭布，把饺子馅裹进去，用力挤水分。"整天吃着劳动人民的饭，操国家主席的心，不知杨越钧给了你什么甜头。"

　　"嫂子属羊吧？"

　　"属羊，无儿无女，怎么的？"

　　"想起那年葛师傅说起你，只讲了两个字，命苦。"

　　"你记着，有天我死了，一定是闭不上眼咽气的。"她又转过身，那张尖脸在灯晕的映衬下，灰白如旧。"老家伙提我干什么，他跟你说过吗，我从前是左撇子，是他生生给我扳回来的。"

　　"不记得了。"我错开她的目光，"我来，其实是专为谢你的。"

　　她盯着我，等后面的话。

"你也知道,百汇和我,亲如兄弟。他在墩儿上干活,多亏你这个心明眼亮的嫂子照应。"

"这谢什么,他是你兄弟,就不是我的了?"她赶紧又说,"来点儿实在的,你怎么谢我?"

"二哥这几年,工资扣光了,药钱报得又晚,只靠你一人撑起家里,却从没听你有过半句怨言。更不用提,年年先进都是你的,随便换谁,让他试试。"

"屠经理绕来绕去,终于把话落我们家那口子身上了。我有什么怨言,日子难了,手心朝店里一伸,随便拿点儿什么,不是全齐了。"

我臊得不敢看她。

"好在二哥也不缺勤了,他回得早,是为考级的事,想在家多练习,我知道。他在外面为了学新东西,搭了你们多少钱进去,我也知道。关于他自己的许多事,我都知道。"

田艳呆呆地看着地上,抠起指甲来。

"二哥总在店里晃,我别扭,你别扭,他自己也别扭。以他的脾气,我要是说这次考级人选里,没有他,你觉得,他干吗?"

她没吭声。

"那我透个底,就是百汇考不了,也要让他去考,你信不信我?等他考下来,名正言顺地,自然就上了灶。那时师父不开这个口,我也要开。"

田艳抬手,将松在脸前的头发别到耳后,然后两手放回身前,又抠起来。

"可我也想听你一句话,店里的鸡鸭,冯炳阁一直想亲自验货。以后这点儿东西,你就分他去收,到底可不可以?"

屋里静得,只有灯泡上的电流声,在吱吱呲呲。

"还说什么专门谢我,闹半天,不就是咱俩各退一步吗?"她不以为然地说。

"嫂子抓菜是行家,这些事,孰轻孰重,不用上秤,您约得清。"

她把脸一耷,回身投洗饭布,然后狠摔在案上。

一阵又一阵地,叮咣乱响。

她在撵我走。

————

落雨了,却没有听到声音。只能望见屋外,被斜风轻赶着,细若青丝。落雨了。

下午,我换了一身自己的衣裳,想去前厅看一看。这时即便有人坐,多半也是为了避雨。

不知何故,心里总是空落落的,直到雨点滴在脸上,才清醒了些。我注意到,挂在墙上的意见簿,那个很旧的小本子,被反扣着放的,像是刚有人动过。

我慢慢地走过去,取下来翻,看最后一行字。"出味入味,好吃不贵——计雨竹。"

————

师徒间那点儿意思,和炒菜的火候是一回事。多会儿该飞水,多会儿该滑油,汁儿勾得宽一点,还是窄一点,全靠你的眼力见儿去找。不止一人跟我说,你五弟是真聪明。他们观察过,杨越钧骑着那辆永久十三,一进院,老五就一阵风似地跟过去。老人是喝茶,还是喝酒,这小子算得特别准。茶是不知他从哪儿倒腾来的碧螺春,酒是一楼大罐里现接的鲜啤酒,小龙头一接,然后像块膏药似的粘老人屁股后面,一起进车棚。连百汇都说,后来除了老五,师父干脆不许别人接了。有人猜,许是杨越钧一扇领子,就是想来杯凉啤酒;穿长袖,扣子系好,给茶就行。总之,是他想喝哪样,老五就能送哪样,一次没错过。小邢说,你们都错了,真那样,老五成半仙儿了。恰恰相反,是老五递过去什么,你师父就爱喝什么。杨越钧真正疼谁,这还看不清楚吗?

小邢也总是催我,在北京,你们家到底还办不办了。我却总找不着合适的机会跟师父讲,她就说,先请了假,回台州那边一趟吧。我说也行,但是走之前有几件事情要处理。

我先嘱咐鸭房的两位老师傅,以后务必要当着客人的面片鸭子。人活一句话,佛受一炷香,买卖想好下去,就看能不能拢住人心。我又跟墩儿上的师傅们说,以前你们不是爱等客人点的菜一下来,分单子时耍心眼吗。好配的自己拣了去,不好配的,看谁好说话就漏给谁,结果卡在一处,害得炒锅师傅还要等。好,我定个规矩,以后分单子先签自己名字,每个月谁配得多,谁来领奖金。见没人言声,我就问田艳:"行是不行?"她把脸扭向别处,说这样也好,否则忙的忙死,闲的闲死。她又照着百汇后腰来了一下,说:"还是你哥疼你,出去送送他。"

百汇把我支到院里的柿子树下,笑着从身后取出一个红纸包。"你哪有钱出这个份子,拿回去。真想谢我,把等级证考下来,比什么都强。"我说。

他仍举在手上,在我眼前晃。

"哥,你说田艳手快不快,就拍我那一下,愣能塞个红包进来。"他见我张口结舌,没听明白,咯咯直乐,"还不伸手,让我放你嘴里?"

我去冷荤组,见只有老五一个人在,他手里正攥着斜口刀,雕萝卜花。

"手都麻了,可每到第二层的花蕊,就不知往哪处走刀,跟鬼打墙一样。"他说。

"你应该拿戳刀削吧。"我看了看,告诉他。

"我这几天,顿顿吃萝卜。"他将雕了一半的疙瘩,吞进嘴里。我告诉他,"都这样过来的,萝卜花刻完皎晶晶的,像白莲花一样。这方面,你二哥是行家,让他在纸上给你画个线路图多好。都说你做人机灵,一到做事,就犯起傻来。"

老五闭上眼睛,笑着摇摇头。

过会儿,他冷不丁问我:"烧干鱼的时候,怎么去腥最见效果?"我说:"用茶叶和柠檬汁都行。"想了一想,就按住他的肩,也问:"怎么问起这个来了?"

他还是不言语。我说:"那我可走了。"他赶紧拉住我的胳膊,又问:"月底,你有空吗?"

我算了算日子,答他:"刚请的假,去台州,赶一赶,应该回得来。"

他说:"你回得来就最好了,我想拜师还是要讲个场面的,师父好容易应下了,刚巧月底是他老人家生日,不如几位师哥一起热闹热闹。师父亲口说,就都来他家吧。我第一个就来问你,你不在,也没意思。"

我用了好半天,才明白是怎么一回事。

去台州的火车上,小邢笑了我一路。

回京的当天,刚下车,就见百汇来接我们。他说冯炳阁要所有人,在白广路的电力书店集合。小邢说想先回去收拾一下,再来师父家找我们。我拽住她的手问:"你认得路吗?"她反倒笑我傻,来来回回,不过两站地,想走丢都难。

百汇实在看不过眼了,连连催我。我说:"手里只有些从台州带的云雾茶和水晶蛋糕,老人生日,也拿不出手。容我挑个像样点的说法,别在师父面前失了礼。"

他说:"哥,你这身西服就把我们全比下去了,三节头的小牛皮鞋也透亮。这半个多月,大师哥掏料钱,我们出力,给师父打了个水曲柳的捷克式组合柜,算是一点儿孝心。叫你一起给送过去,这礼也算有你一份。"

书店门口,有一小块空场。我和百汇还在大公共里,就瞧见冯炳阁倚着板车的梁架,抽烟。他身后是个硕大的红褐色木柜,绑了紫麻绳。陈其离他老远站着,躲阴凉。

我用手敲了敲柜门说:"两头沉的,还嵌了玻璃滑门,让师哥破费了。"他握着车把,回头瞪我:"使劲儿推啊!"百汇扶着。绳子绑得不牢,百汇又缺劲儿,车越晃,柜子就越向他那头出溜。我两手扒住自己这边,至于大方向,只能靠冯炳阁在前面掌舵。

街两边的国槐,枝蔓又高又长,在我们头顶上,编结出一面密密疏疏的绿网。夏风吹起时,很多沙子粒,细碎地轻打在柜子面上,发出舀米时才有的簌簌声。

我顾不上这身西服,像只壁虎似的举起双臂,撅着屁股,将车推过马路,进了崇效胡同。

冯炳阁在前头喊:"要上坡了,有点儿逆风,我坐上去蹬两脚。"我说:"别介,你不会刹闸,摔了你不要紧,这么好的柜子要是磕在地上,拿什么见师父。"

百汇叫:"停一停,喘口气。"他说:"哥,你当经理当出心得来了,刹闸还要分个会不会的。"我说:"你不懂,汤吊久了的人,小脑不发达,不像咱左手翻勺菜,右手干炸菜,一人能盯俩灶眼。"

冯炳阁听了,从前面找过来,指我鼻子说:"这柜子你一没出钱,二没出力,让你搭把手送一送,还编排起我来了。你什么时候一个人炒过两个菜?"他又朝我身后望过去:"陈其呢?"

我也回过头,这时才见陈其刚从当街拐进来,正抱着胳膊,一脸不情愿。

冯炳阁刚要嚷他,我就指着三轮车喊:"柜子!"

一阵风扑过来,柜子重心一偏,车轮疾速就向后滑。我一边追一边问冯炳阁:"为什么要撒手,为什么要撒手?!"他因为体形过大,跟不上,在后面也喊:"陈其,接住车!"

百汇急忙去拽车把,不想车把一歪,没够着,也喊:"哥,抓绳子!"

我勉强抠住一根,却连着两个踉跄,脸几乎栽在地上。

他们俩在我后面,扯着嗓子又喊:"陈其,柜子,柜子,陈其。"

陈其听有人喊他,还没醒过闷,就见连车带柜子,像一头惊牛,斜着朝他压了过来。

我们亲眼看见,他的第一反应是转过身,撒腿就往回跑。车的滑行速度和重力成倍递增,他举起胳膊去挡,见来不及跑远,便干脆侧身去躲,还把柜子往旁边拨。

他像个砖块,垫了车轮一下。我趁这个空隙,使出全力,将自己扔了出去,整个身子贴在柜子上,攥死绳子。

那双刚上脚的小牛皮鞋鞋面,像铁锹一样搓进沙子地。

冯炳阁终于追了上来,还要拉车把。"刹他妈闸!"我冲他吼着。

车总算停下了,陈其从柜子腿处探出头,反怪我们:"三个人只会耍嘴,多亏了我才接住。"

就这样,我们走过水泥砖砌的铜色矮楼,走过郁郁青青的枣树,走过流云和风。

夕晖照烁下,浑身轻暖舒和。怪的是,春去夏至,很少有人会在这时,还觉出暖意。

冯炳阁推得有些慢了,垫在后面的陈其,渐渐跟上来,幽幽地瞅着我们。

"哥,这半个月你不在,组里的师傅却很少挤对我,难为你事事都要想得周全。"百汇低声说。

"我苦点累点不碍事,重要的是咱师兄弟几个,心要齐。"我回头瞧了瞧,又朝前面大声说。

"以前哪知道,经理是要这么个当法,还以为多威风呢。"冯炳阁冲我们笑。

"只顾自己的人,能知道什么?你主事那几年,我们吃了多少暗亏,出一丁点儿错,你先把自己择净,再四处给人扎针。百汇你说,那年谁当众扔你的菜,害你今天都轮不到上一次灶的。"陈其冷冷地说。

冯炳阁卖力推着车,似乎是没听见。我和百汇,也装没听见。

"我是长记性了,总不能白挨欺负。这回考级,顺顺利利倒也罢了,老家伙再给我玩花活试试,大家都没得好看。"陈其接着说。

"好好地怎么说起这个来了,也不看看什么日子,嘴放干净点。"我停下脚,回头警告他。他眼睛故意去看别处,点头说:"可以,今天听你的。"

卸车时,冯炳阁说:"进楼以后,东西该怎么摆,我交代两句,师父家门框窄,小心夹到手。"陈其头靠着墙,自言自语:"没事闲的,在家拜哪门子师,我进店那年,这叫'四旧',要批斗的。"我说:"老五不是小吗,老人都爱尽小的疼。"他不说话了。我又说:"老五好赖也喊你师哥,你们还在一个组里,他有不懂的,你就点他一下,看他天天满嘴萝卜味,你也忍

心?"陈其直起头说:"我有什么不忍心的,这点儿苦还嫌多?我这点儿本事,也是千难万险求来的,凭什么他一问,我就说,他的工资又不给我。要是叫声师哥就有甜头,我天天守在鸿宾楼、晋阳饭庄门口,见谁都叫师哥,你看人家理不理我。"

百汇劝我:"吵归吵,别太在意。咱们能凑在一起,像这样说上几句话,本就难得。"

我解着麻绳,嘟囔着:"我快被他气死了。"

————

还好师父住在一层,家里半人高的绿漆墙面,用录音带磁条贴出一道装饰线。柜子搬进门时,我见到小邢正站在客厅和师娘闲聊。趁师娘去倒水找毛巾,她悄不声地躲到我背后。我半笑着说:"怎么出了店,就不认识人了?"这样,她才冲着冯炳阁和陈其,连叫了两声:"师哥好!"

我们挤在里屋门口,发现老五不只先到一步,还守在杨越钧的藤椅边,眉欢眼笑地,听老人讲熏鱼块怎么炸。师父的话不停,谁也不好先出声,有小十分钟的样子,他从剖片到调卤汁,原原本本说了一遍。兴头没过,还要再讲整鱼脱骨的时候,师娘过去催,要不让你徒弟们坐下,要不让他们走,反正礼也送完了。

我们又围站在一张圆桌旁,师父挪开床头的荞麦皮枕头,抹平床单,让我挨着他坐。我把百汇也拉到身边,老人另一侧,是老五和陈其,冯炳阁左思右想,不知靠哪边坐好。小邢找来一块蓝白格子的半透明塑料布,在桌上铺平。见陈其就在她手边坐着,先是一愣,接着快步走向我说:"瞧你,抬个柜子,新做的西服,脏成这样,我给你掸一掸,挂起来。"

冯炳阁说:"三儿,你们办事,招呼也不打一声就走了。你看你媳妇儿,这又躲谁呢?"

我站起来，先赔笑脸，再朝她递了眼色："丽浙，敬烟。"

她故作乖巧地把烟敬给冯炳阁，躬身点上，轻轻甩灭火柴，叫了声："大哥。"引得师娘双手合在嘴前，边看边笑。我又指着对面说，叫："二哥。"她定了定神，用力堆出笑脸，走回陈其身边，点着烟，叫了声二哥。陈其眼也没抬，只说："听不见。"小邢咳嗽两声，我的心悬到半截。她贴近了再叫："二哥。"陈其抽了口烟，满意地点头，连说："好，好。"她又拿出一堆水果夹心糖，分给百汇和华北，就走到外屋，师娘也跟了出去。

———

百汇问我："挤不挤，不好伸胳膊夹菜吧。"我说："不碍事。"我见师父在看陈其，怕生出枝杈，就问："老五，这个师，你想怎么个拜法？"话未落地，陈其又发话了，他斜起眼问冯炳阁："你不是说你不傻吗？炒俩翻勺菜，给你师父贺寿，这个大徒弟，不能白教。我点个金边白菜、五香扒鸡，做去吧。"冯炳阁的大嘴咬掉瓶盖，往俩人的杯子里倒满啤酒，说："老二，师哥得罪过你吗？如果得罪过，我先干为敬。往后咱俩，就是崭新的一页，好不好？"陈其撇着嘴说："好不好的，你问百汇。"

杨越钧温蔼地笑了，他说："华北，这里你最小，你把师哥们的杯子都满上。"他又和我说："我问过老齐，再有拜师的事，店里可不可以给出个证明，显得正式一点。结果老齐直接就订了奖状纸，印上对角花，给我拿过来一本。"老人蚕蛹般短粗的手指，戏法似地变出一个绒布烫金的红封皮。我接到手里，百汇也凑过来看，说："拜师证？毛笔隶书，还有店里盖的红戳。师父，你也太偏心了。"我在桌下，照着他脚面狠狠踩了下去。

冯炳阁把手伸过来说："我还没看呢。"我合上后，只好给他。华北刚倒完酒坐好，眼睛仔仔细细地盯在证书上，生怕谁给弄脏了。陈其见没什么意思，低头看酒。我说："华北，你四位师哥，别说没你聪明，就是比福气，加起来也差你一截，还不给师父磕个头？"老五刚要站起来，却被老人按住，说："咱不兴这个，既然酒都满了，咱们就举起来，越喝越有吧。"

我们四个，一同举杯，老人的脸上泛起红润的光。

"外面提到我，总要带上万唐居，今天仔细一算，原来我和这个店，绑在一起快五十年了。"他和缓的语调，像一壶暖酒，流向我心里。"可是少有人知道，我最满足的，其实是收了五个好徒弟。没听烹协的人怎么说你们？去问一问。我以前讲，一个人能不能体面地收山，不看他做了什么，而是看徒弟对他做了什么。将来我退得好不好，不在万唐居身上，在你们五个身上。"

老五即刻接过话，说他进店的这段日子，也多亏师哥们照顾，学到的东西，装都装不下。

陈其轻笑一声，仰脖，自己先把酒喝了。

杨越钧紧闭着嘴，看了看我们说："喝吧。"

老人又对我说："这条街，有好几家风味馆子要开。南边的美味斋和对面的道林，早是老黄历了。光我知道，一个粤菜酒楼，执照都批了，装修也快，眼下正在招服务员，买瓷片。三儿，你要把队伍给我带好，我听说老五打小就跟着你，你多帮帮他，尽快上手。"

我刚要借着酒劲儿应下，却记起百汇和陈其，也等着考级一过，就要上灶，只好先说，老五这孩子，学什么都快。别的话，就没在饭桌上讲。华北把脑袋伸过来说："哥，我可不上灶。"我们听了，像围猎似的，都对着他瞄。老人问他："不上灶，干一辈子冷荤？"我没敢去看陈其的反应，只盼华北若真懂事，就别再乱答。他喝了小口酒，说："师父，您的心太重了。那些店，长久不了的，实在不行，我跟我爸说，他那里的东西，您一个电话,还不是现成的。"

我感觉这话里有事,就故意和百汇扯起闲篇。

———

一阵甜香中,师娘端来刚做的西红柿炒鸡蛋,往桌上吧嗒放好,便站着看,等我们动筷。他们全假装没看见,就我把筷子一立,夹到嘴里一含,糖搁多了。我刚说好吃,陈其却把盘子挪到冯炳阁面前,问他:"这菜做得好不好?"我想起这道菜,冯炳阁扔过,还是百汇做的,就知道陈其要故意治他。冯炳阁像是晕针一样,捂着脑门,不瞧。华北咯咯地乐,脸上洋溢着似曾相识的稚气。

窗外的暖阳,浇洒出一片白光,烤在床单上,连同我的肩背,热热痒痒的。

陈其穷追不舍,我也加了进来,跟他一起问:"好不好?"百汇不安地看着我,我才注意到他有多难为情。小邢从外屋走过来说:"屠国柱你别喝多了,还要骑车带我回家呢。"我这才闭上嘴。师娘说:"老杨,你做去吧。"师父笑着起身往厨房走。

———

没多久,师娘喊我端菜。

杨越钧正用热油,将两条鳜鱼煎得亮黄如金,勺里再放五钱清油,把拍成劈柴块的芥梗和玉兰片,接连又放进去,略炸捞出。

顷刻间,酥香如蝶,满屋翩跹。老人快速拿起手巾擦锅。我趁空把他提前备好的酱油、白糖、葱段、姜片和料酒小心递过去,看他煸锅。

兑入开水后,他转用微火烧,一为鱼身两面的软扇儿都能吃进滋味,二为熬浓鱼汁,好放鸡油。

翻勺菜的褃节儿,杨越钧就要使出来了。只见老人左手执起炒勺,用力从左向上一悠，荡出弧形，又转而急下。鳜鱼在空中，有如纵身龙门一般，借势翻身。而他的右手恰好拿着鱼盘等在一旁，稍用力，盘心按顺时针合向炒勺，两尾干烧鳜鱼，一齐当当正正地并排而卧。

我两眼瞪直，对着师父，他红扑扑的脸，也随之微微颤悠。他说："外行眼里，颠勺翻锅，劲儿越足，手艺越精。其实，这道菜的扣儿，在准劲儿上。你如果协调不匀，瞻前顾后，别说是两条鱼，就算只给你一条，也会变形，甚至扣到地上。"

"所以，谁逼冯炳阁也没有用，岂止翻勺菜，他为人处事的境界，也只到那里。这个双鱼齐翻的法子，我给老五讲过，这再给你看一遍。三儿，能把这几块料，摆放得舒舒坦坦，这个经理，你干得不易。"

我说："大师哥实在，准他去收老母鸡，什么矛盾都没了。您看，烤鸭部的鸭子，是不是也一起解决了。当年在涿州，我考察过那里的养鸭场，用不用再去一趟？"

老人专心将勺内烧开的芡汁，淋在鱼身的一字刀口上，顷刻间，软嫩醇香的肉质，呈出黑红光亮的乌枣色。他说："先顾眼前吧，下礼拜考级，你给我盯紧他们。"

我接过盘子，在他身后用手蘸了点儿汤，放嘴里尝，刚好被小邢撞见。我吃出菜过咸了，使劲儿撇嘴。她瞪眼指着我，让我赶紧端走。

她又在我身后喊："万唐居的掌灶亲自下厨，真是享了天大的口福，这道菜谁也别跟我抢。"

———

临走前，陈其把我拽到隔壁小铺的窗户口，掏净身上的钱，买两盒烟，硬要塞我西服衬兜里。我推掉他说："叫师父看见，像什么样子。"他死皮赖脸地笑着说："田艳想在家里盖间小房，你看我一身的病，哪干得了，当然是她娘家人出工出料，连砖带木头、沙子，全包了。你说，咱能不意思意思嘛，就想管你要几只酱鸭子，再给我弄十斤肉片。这回可是特意来讨你个示下，所以你讲话还是有分量的。"我说："这事回店里说吧。"

———

我拍了拍车座，骑着小邢的凤凰车。她看准时机，一屁股蹿上后架，用胳膊搂住我。

沿着马路，我们曲曲弯弯地前行着。她轻拍我后背问："还能骑吗？很少见你喝成这样。"我使劲儿握住车把说："这不哄师父高兴嘛。"她说："我可没看出来，你那两个师哥，当老人的面，说的都是些什么话，全靠有我兜着。"我笑着回头说："是，多亏你气度大，给他们台阶下。"

骑到登莱胡同，煦暖的夕照投射在路两侧的白蜡树上，透过郁郁青青的叶子，发光发亮。

我问她："苏华北他爸是干什么的？"她反笑我："还是发小呢，他没跟你说吗？他爸是负责国宴营养卫生的，也兼管北京防疫站。人家用的东西，是东华门大街34号特供的。比起来，周子都是小儿科。别家店的腔子，从大红门进，盖红戳。他爸那里，是蓝戳，你见过吗？就连黄瓜，整筐个头都一样大，不沾化肥。杨越钧收了老五这个徒弟，缺什么，叫人直接运家去，也不算事。"

我说："我只记得，小时候华北告诉我，他脑袋上长虱子，他爸拿开水给他洗头，哪知道他爸这么大能耐。"她两手抱紧我，乐得整个身子都动起来，又说："连这都要信，那你这人也太好骗了。"

———

鸭子桥下，护城河沿的枝条与水藻气，伴着吹拂而过的晚风，一起在半空中，回回转转。

我想起几年前那个起风的傍晚和葛清走在这里时的情景。不一时,眼前竟已是迷蒙一片。她把脸贴在我的后背,说:"脑袋嗡嗡了一天,就盼着赶快出来,只要是我们俩个人,随便在哪儿,多待一会儿也好。"

她的两只胳膊,收得越发紧了:"就这样在街上晃悠,可真舒服,你要一直骑,可别停下来。"我又回头问她:"是我喝多了,还是你喝多了?一直骑,就要进河里了。"

"你就当是我喝多了,不行吗?真进了河里,我也要死死抱紧你,让河水托着我们,任它发配到哪儿,我也愿意。"

十五

考级前几天,百汇总是心不在焉。我提醒他考试地点定在长城饭店。他说:"知道了。"我说:"你知道个屁,家伙和原料都备齐了吗?"他只摇头,也不吭声。

店里的人,对百汇和陈其都能分到名额,是有看法的。他们一个工作年限不够八年,另一个恨不能一年要歇12个月病假。因为区里批下来的指标,是个暗数,各家店自己报二十人,我是把面点的一个名额,匀了出来,摊给他们。难免有人议论,他俩都能去考,凭什么。小邢说了,凭你屠国柱这张脸呗,拿你自己的面子,往里贴,谁还能跟你拼命。当然了,值不值得,你看着办。我找到人事科,让他们把百汇履历表的雇龄改了,人事科说改也没用,这小子的年纪,评审一看就露馅了。我反问,这次评审是谁,他们就不说话了。至于陈其,是我给田艳,板上钉钉许下的。这个名额,就是从我脸上撕一层皮下来,也要给。

头天晚上,我又看到田艳把墩子、刀和毛巾全部清理一遍,裹在大口袋里。明天陈其考试要用的材料,也分别装好。见我走过来,她小心翼翼地笑着说:"这些天娘家人搭房,都说吃得好,你让陈其脸上有光,我替他谢谢你。"我说:"店里每年都给你评先进、发奖状,你这挣来挣去的,全便宜你们家里那位了。这么袒护我二哥,他奖不奖你?"她用手背去蹭嘴角渗出的汗,想想才说:"嫁给他了,有什么办法。"

我想起她不是个识逗的人,就不好闲扯,仔细看她手里的青笋。

"这笋哪儿来的,店里不是有罐头吗?"

"屠经理,谁手脚不净,你要管?谁从外面市场买笋干回来,你也要管?"听她冷笑着说,我知道又自讨了没趣。她松了松脸,冲向我,反怪我开不起玩笑。"这是托人专从贵州湖北一带找的笋干,买回来得发,发完以后再片,那样出来的笋丝,刀工才格外秀气。明儿陈其要做肉丝春笋,考这道菜,刀工能含糊吗?你想想,有了它,那还不是一考就过?"

备料能细到这个程度,不愧是墩儿上的头把手。

"师哥有你这样的贤内助,就算不在店里,随便去了哪儿,也没有不成事的道理。"我忍不住夸她。

她不好意思地背过身。

"他是什么人,你最清楚,以后还求你多照应着点他。不图多了,你对百汇的好,分一半到他身上,就是年年先进都给别人,我也没什么。"

长城饭店附近有一片不算小的松树林,黄土深坑,雾气蒙蒙的。当天早上,我把百汇拽到那里,气急败坏地想直接把他埋了。我说:"我死皮赖脸为你抢的一个名额,容易吗?"他答:"不容易。"我说:"我天没亮就跟你押着家伙,往三环外蹬,容易吗?"他半天才说:"不容易。"我说:"你错了,我太容易了,我这哪是灶上缺师傅,我他妈是命里缺爷爷。你倒好,不想考了?"

陆续有遛鸟和练气功的,偷着看我们。我把身子转过去,冲着树,运气。

晨曦投射在针叶葱茏的树枝上,眼前像是一幅枯墨淡彩的古画。

百汇朝一个空可乐罐,踢了一脚。

"哥,万唐居的人出来考试,历来都是稳拿的。可你有没有想过,如果我考不下,在组里不是更没脸待下去了。"

"要是就为这个,你也太小瞧了我。"我走了过去,把他的脖子一搂,考级的题式照例是三个热菜一个汤,外加艺术拼盘。我嘱咐他们,谁手潮就提前打招呼,请老师傅帮忙,不要到了现场砸锅,让杨越钧脸上挂不住。长城饭店毕竟是星级酒楼,炉灶锅具和盛器的分类都很细,操作台也是用不锈钢包好的。肉锤、码斗、开罐器,零零碎碎的东西,有的还没用过。我叫百汇抓紧时间,清点用具,熟悉环境。他却在门口蹿来蹿去地说:"哥,看见没有,西来顺的乔春生、鸿宾楼的郭一荣、马凯餐厅的王永海,全被请来了。这些人平时都只印在教材上的,听说只有考一级的师傅,才够资格报名听他们的课。"

他说这话的时候,眼睛亮得像两颗刚洗好、剥了皮的紫葡萄。我正蹲着找鸡胸脯,站起身问他:"头一道指定菜五绺鸡丝,你是打算我替你做吗?"他看出我的脸色,低头应了一声,才走过来。

我们留意了一下周围,这里几十号人,谁高谁低,其实一上手就全看出来。友谊宾馆、建国饭店、民族饭店出来的,喜欢摆个型儿,有翡翠蛋饺,有蚂蚁上树,有荷叶狮球,桃花鲫鱼也有。用的也是琼脂、鲜鱿鱼、水发鹿筋,有人还用到蟹油。

百汇越看越不敢动。我小声稳他:"你先猜准考官的心思,刚才你喊的那几位,不是来看选美的,也不是营养专家。指定菜标准是统一的,考的还是口味和刀工,你慌什么?"

我用手按住他后脖颈,告诉他:"先热锅,我在旁边切鸡丝。"

等切出火柴棍,我说别忙,打好蛋清,拌匀黄酒再说。

他拿起鸡蛋,说:"好,不忙,不忙。"等我把浆好的鸡丝递过去,他接过去看都不看,直接把盘子倒进锅里。

我问他:"怎么不先试油温?"

他还未反应过神，裹着芡汁的鸡丝，瞬间在热油里抱成白线团，任凭我下筷子使劲戳，都化解不开。

"教材上明明写着，这时可以下了。"百汇整个人都木了。

我终于明白，当年冯炳阁为什么要扔他的菜。我忙叫他收拾干净，再热一锅油："千万记住，凉温油就好。"

我拿出一块鸡胸，重切一盘。眼看时间要到了，我还得再给鸡丝上浆。正调水淀粉的工夫，马凯餐厅来监考的王永海走到我身后，咳嗽两声。

"给你脸了吧，注意点儿，你们俩到底谁考。"

"大爷好。"我冲他傻笑。

"杨越钧徒弟？"

"可不是嘛。"我说。

他点点头，走了。

————

杨越钧到了，老人穿上一件细条暗纹的白色木棉衬衫，稳当当站在前面，似乎是在看所有人，又好像谁都没看，扫视一圈后，去了别的屋子。

白汁菜因为口轻，考的就是火候。交上去的，多是盐爆鸡丝和滑熘里脊，所以少有人折在这上面。后面的自选菜和冷荤，才是动真格的时候。通常一道菜，考官用筷子蘸过一尝，就能打分了，没人真动嘴吃的。肯夹第二筷子，不会低于八十分。

我先用文火煨烧，出了一盘扒羊蹄，又放宽油炸了一道虎皮豆腐。王永海故意过来说："屠国柱，你师弟底子不错。这两盘老菜往前面一放，都吃没了，我筷子都没动呢，怎么给你打分。"百汇脸上，全乐开了花。

后来，他瘫坐在凳子上说："哥，歇一歇吧，我腿都软了。"

我问他："汤和冷荤你怎么办？"他怯生生地说，打个鸡蛋，做酸辣汤呗。我说:"你就是做出全北京最好喝的酸辣汤,也只能拿二十分。没海鲜,就弄个菌类汤,用蛋清调平面象形,找南瓜、紫菜头和花椒籽,摆个鸳鸯戏水。"

他又问我:"那好,冷荤怎么办?"

我捏着他的肩胛骨,一字一顿地问:"你事先没跟别的师傅打招呼吗?"

他却说:"是谁讲的,靠你就行了!"

我说:"我恨不能一脚踹死你!"

有人在身后拍我。

"满世界找你们,原来在这屋蒙事呢,这酒楼真他妈的大。"陈其抬起头,来回看。"我那边雕了个西瓜花篮,做到三分之二,不太满意。"

见我和百汇都不说话,他又在我们中间,细声嘀咕。

"要是还没做呢,就拿走,稍微在柄把上刻个叶草纹,再用牙签插几朵冬青叶就好了,反正你们要求也不高。"

百汇对陈其那个笑。

"多谢师哥,生死关头挺身而出,好过话先说满,最后言行不一的人。"

我还在收拾口袋,没搭理他们俩。

中午我们被安排在地下一层,吃员工食堂,本来想缓一缓神,百汇却跟活过来一样,死活要我尝他碗里的菜。

"这可不是一般的麻婆豆腐。"他像个领到压岁钱的孩子,喜形于色。"烹协秘书长李增泉,伺候过朱德,他讲完理论课,一时兴起,下来找了口大煸锅,亲手炒的。什么叫麻口薄芡,你来一口就行,别多吃。"

我说:"我气都气饱了,哪吃得下。"

"哥,你说,这是不是缘分,我瞄见他身边有个盛饭的笸箩,就从底下抽个碗,趁人不备,溜进去,搁他面前。我说吃别的也没意思,就惦记您这口豆腐。老先生叫我鬼头,立刻舀一大勺过来。"他仿佛在跟自己说话,我应也不用应。"四川饭店、道林的川菜,地道吧,比他做的,还差一截。这碗豆腐,最重油温,刚入嘴时,那股烫,迫使你必须要在嘴里转,就想用一勺米饭去压这个烫。咽下去以后,又不自觉地想再去吃这个豆腐,这才叫品菜。"

"你也好意思跟我提油温?看你嘴皮子倒是块材料,回去我就把炒锅放在上面。"

———————

有人直接坐到我们这桌,仔细一瞧,是道林的主厨严诚顺。

"有日子没见了。"他跟我们依次点头。

"道林这次没几个人来考,你还跟来,难道你的队伍里也有不让人省心的要照顾?"

百汇听了把头一扭,给我个后脑勺。

"谁有那份闲心,我早离开道林了,如今就在长城做行政总厨。"严诚顺说。

我看看百汇,百汇也看我,俩人像吞了一颗樟脑丸。

严诚顺有些瞧不上我们大惊小怪的样子,说:"饭庄子累,乌七八糟的事也多。酒楼环境好,底薪还高,走到哪里,人家也尊重你。你们不吭不响的,还在万唐居熬着,我才奇怪呢。杨越钧给你们几级工资,说来听听。"

听他把话扯到师父身上,我将嘴一闭,百汇也闷头吃起他的麻婆豆腐。

"我可四处都听人讲,考场上,夫妻同台,能出那么漂亮的菜,还没有过。"

百汇抬头问他："你说谁呢？"

"你们自己人，却来问我，陈其呗。一上午，就看他出风头了，一盘鳞甲脆皮虾、一盘银鱼抱蛋，收拾得好看不说，口儿也正。这人有心，趁着十点半考官刚到时，正有点饿，他的菜又有点甜口儿，讨巧，拿了高分。打下手那女的，外号'飞刀田'？走刀真他妈快，要不陈其能头一个出菜呢！"

"不忙，不忙。"百汇学我早上的样子。

"看看去？"我问。

他一口吞下碗里的麻婆豆腐，也不怕烫了。

———

田艳躲在西南角的点心间里，和陈其一墙之隔。

她正捏着圆珠笔和圆规，在一个切开的青皮冬瓜上，划边，描轮廓线。

汗珠像水晶玻璃一样，凝在她的鼻尖。

"姐，跟着你干这么多年，给刀鱼脱骨，给鸡翅剔肉，给肚尖切九连环，好东西糟蹋多少，也没见你紧张成这样。"百汇靠着门框逗她。她认出是我们，便弯腰找了个用铁皮做的小圆筒，连瓜一起，端过去。

"滚远点儿，别挡着道。"

她从我们中间，快步穿出，找陈其。我跟在她身后问，要帮忙不要。

"你那两把刷子，片个鸭子还成，没见我都不敢下刀，哪有你的份。"她给了我一句。

陈其在操作台催她快些，又说想用茭白刻个白花。

"不是给你带了水萝卜吗？"田艳低声说。

"你懂什么，啰唆也不挑个时候。"陈其在怪她。

"实在没有怎么办？"

"什么事情，一指望你，准完蛋。"他狠叨叨地瞪着她。

周围的人，把头扭过来，看热闹。

"茭白是吧，我去买。"百汇换了衣裳。

陈其听见，把头转回过去。

"还傻愣着，拿家伙去。"

田艳像一个手术室护士伺候主刀大夫那样，安安静静地为她男人取出工具包。

———————

陈其完全是个天才，他在用雕出的图案，讲故事。

他先握住一把二号圆口刀，比着模子，刻铜钱，刻玉兰树，刻犬牙花边，再对准田艳描好的圆印，刻去一条一公分宽的瓜皮，然后屏住气，在旁边两指宽的地方，环绕着直插下去。很快，冬瓜肚子呈出两个相连的半圆。陈其又换上一把特制的斜槽木刻刀，收住劲儿，细细去掉一小块皮，按田艳画的边线，雕双鸭戏水。由眼睛到尾巴，甚至是翅翼末梢的羽毛和水草的叶子，穿针走线间，栩栩如生。难得之处，在于有皮的青色图案和无皮的白色瓜肉，也都仿若珠联玉映一般。

他仍不满意，走火入魔了一样，在前鸭的尾巴下，又修出一条曲曲弯弯的水纹。水草上的花，还贴着后鸭头顶，令整个画面，既显紧致，又添生趣。陈其每次下刀处怎么承接，我看不懂，可两只野鸭，一个回头张望，滑行河上，一个竖起翅膀，如影随形，这样的意境，却是一目了然。

我和田艳，又一次在他身边，看入了神。

"规定时间快到了。"我说。

"我可不管它。"她说。

百汇回来了,他和田艳抢着把茭白带到点心间做初加工。别家店的,有用胡萝卜拼喜鹊登枝,也有拿玉米笋雕梅花扇面,还有的找鸡肉摆龙凤呈祥,就算够费力了。他们早叫了服务员来,送大堂给评审打分。陈其却仍在不声不响地打理着他的冬瓜盅,玉兰树上环环相扣的条枝和花苞,像是烧在素青瓷瓶上的釉彩,几乎以假乱真。

田艳把茭白、香菜和海蜇递给我,我再转交给陈其,他又把冬瓜盅交给我,让田艳最后修一遍底脚。百汇守在门口,随时准备喊服务员。陈其把茭白刻好后,又叫田艳焯水,拌味精和麻油,他负责撕海蜇片,泡进糖醋汁里,再把肉脯剪成牡丹花瓣。继而,冬菇丝为须,盐水虾为身,红豆做眼睛,又是火腿、叉烧、香肚和青蒜,逐层逐片地嵌缝出展翅扑闪的样子,一对立体形的黄翅红斑纹蝴蝶,算是活了。

"到底好了没有?"田艳忍不住又问。

"合进去,端。"陈其点了点头。

"万唐居陈其,这边。"百汇喊来女服务员。

陈其和田艳轻轻地把冬瓜盅抬起,放到她的托盘上。

"姑娘,小心。"女的听了,耷下脸,没说话就走了。

等考核卫生和雏形的老师一走,周围已无外人,百汇对陈其讲:"二哥,考级而已,又不是国宴,你都码出三层小楼了,不是摆得越高,分也越高,你盖房盖上瘾了。"

陈其这时才肯笑了,田艳见他这样,自己也抿起嘴。

我也说:"只要别判超时就好。这么好的东西,不提有师父主审,就是随便换谁看,也是要做状元的。"陈其收起笑脸,归置起家伙。田艳说:"屠经理，这次考下来，他能不能上灶，你心里有数就行。"我说："真到那时，五兄弟都在炒锅上，想想都是一景，万唐居哪有过这种场面，师父也会得意。"

话刚出口，却听楼道里一声"呀"出来。陈其抄起一双筷子，先蹿了出去。我问田艳："怎么了？"她说，她也不知道。

终于在大堂的通道上，我们看见陈其堵在女服务员身前。他举起筷子，撑接住稍有偏斜的牡丹，托盘上的蝴蝶，有如被雨水淋过一样羸弱。

"你他妈七老还是八十了？我这菜的形儿全被抖乱了。"他捧筷子的样子，如同在给亲儿子喂药。

"嘴放干净点，所有人里数你最慢，我才着急交差。还要端这么个又蠢又笨的破冬瓜，算我倒霉。"她把鞋半退下来，看有没有崴脚。

田艳要接过托盘，叫他们小点声，别让外面的评审听见。

女服务员不肯撒手。这时监考的王永海又来看怎么回事，我们只好先把陈其隔开。

―――――

杨越钧的脸，俨然一块生铁。他先问："刚才那句是谁骂的？"坐他旁边的友谊宾馆主厨徐万年说："这道蝴蝶牡丹冬瓜盅，真是绝了。我跟冷荤打了半辈子交道，这菜巧妙精细就不说了，单看心思，就不是应付考试。"

杨越钧又重复问："刚才那句是谁骂的？"周围的老先生们知道，这个场是圆不下来了，也就没人再讨没趣。

女服务员把刚才陈其的话，添油加醋地重复一遍。

―――――

杨越钧压着火，叫考试者过来，要问话。陈其直头直脑地，大步走到考官面前，也不报姓名，不做讲解。

"这菜起的什么名字?"杨越钧眼皮都不抬。

"杨妃梦蝶。"陈其脱口而出。

老人的眉毛,像煤火苗一样,瞬间冒了起来。

我生平从未见过,一个师父,会用如此眼神去看他的徒弟。

杨越钧猛拍一下桌面,吓了旁边的一跳。

"哪个杨妃,你见过吗?拿走,不评!"

———

有没明白过来的,悄悄问老人,不评是多少分。

"不评能是多少分?零分!"

所有人都不说话了,就好像公堂之上,最令人望而生怯的,是"回避"和"肃静"两面字牌。

杨越钧何时何故,这样动过怒气,我想他们不明白的,是这个。

那天是王永海、百汇和我,三个人连拉带劝,把陈其带离考场的。他起初尚未反应过来,加上本身也瘦,我们就像收纸人一样,把东西挪个地方。过了好一会儿,陈其诈尸似的,突然回过神,指着大堂的方向,骂不绝口。

"别说芝麻大小的万唐居,把全北京的技师捆起来,轮番跟我比,敢不敢!零分?再说一遍,我听听。"百汇抱死了他的腿,又喊我快扒住前胸。

只有田艳,站在我们面前,泪如雨下。

———

回去路上,百汇问我,二哥为什么非要带上一个"杨"字。我说,可能他也不是故意的吧,你说呢?百汇说,不知道。他又问我,长城到底给严诚顺开了多少钱,酒楼的活,真有那么好干?我说,你别再问我了。

那天，我在后厨盯到班尾。有师傅说，前厅一个灯管坏了。我说，快找人换了。大伙又问，能给统一换成吊灯吗？我说，先出去瞅一瞅的。

我坐在坏掉的灯管下面，想着该怎么处置陈其，师父一定会来问我。正在发愁，却听到有客人抱怨菜品质量，我回过头，正好一个高挑的女服务员，赶上前去。看她的样子，像是计雨竹，我脑子里木了片刻。

等我连身子一起转了去，细看，方知是认错了人。

客人嚷着找经理，她款款地赔起不是，然后问："……哪里不满意？"

店里别的人，都只伸着脖子看。

客人说："葱爆羊肉，出汤儿了看见没有，拿回去。"

她说："您是想换一盘，还是退菜呀？"

客人说："听不懂北京话？那喊你们经理去。"

她又搭话："您北京哪里的？"

客人答："西直门。"

她低下一张素白的鹅蛋脸，叹了口气说："小时候家也住新街口，跟您就隔一条赵登禹路。只怪父母没得早，自己才走南闯北的，最终只能跑到陕西投靠舅舅家。"

客人无话。

她又说："我这口音，您是难听出来了。小时候，八百标兵奔北坡，倒着背。没别的，只是见着亲街坊了，心里忽然空起来。您等着，给您请经理去。"

我紧着起身，客人火气早消去大半，说："一直来这儿吃饭，遇见不对的地方，就想提点意见，没别的意思。"我说："这菜确实不该见汤，您这样的客人，如今不多见了。我让人换一盘，这桌饭钱，算我身上。"客人忙说:"可别为难这小姑娘,没人家什么事。"

后来,我还留意过这小姑娘,再有人点菜,为了对方看着方便,她竟能把菜单搁在桌上,反向写字。关门时,我让人把她叫过来,说:"后厨的事,让你在前面担着,不委屈吗?很多服务员早直接跑后台喊厨子,客人退你菜了。"

她淡悠悠地说:"这有什么,谁一辈子不犯几回糊涂,那才是白活了。如果一句话能解决的,就互相打个掩护呗。大麻烦,我们也没办法。"

我还问她:"你跟客人讲的那些话,是不是真的?"她听见有同事喊她一起走,便回头去应,转过来反却问我:"谁愿意把家里老人的事,当幌子来扯?"

———

杨越钧果然把我叫进办公室,开门见山地问:"陈其那天回人家操作间里,嚷嚷什么了?"我一听就知道,有人传闲话了,就低声说:"谁一辈子不犯几回糊涂,那不是白活了?"

老人干笑两声,说:"你倒替他讲起话了,那这事怎么办?"

我说:"我听您的。"

老人问:"你听我的?连我都不知道要听谁的。反正党委找到齐书记,要重罚。"

我心一急,汗从鼻梁到嘴角,又流出一条小河。

他又问:"罚去干刷碗,写检查,好不好?"

我咽下几口唾沫,才把心跳压下去。我回:"刷碗好,他连库房都看过。"

杨越钧摆摆手说:"可别再提看库房了。有些事,毕竟要做给外人看,在家里,怎么都好说。而且,我也不会让你难做的。"

我下楼找田艳，把这事说了。谁想她苦着脸问我："那讲好的上灶呢，你这个经理，可不能说了不算，算了不说。"我说："让他去刷碗，已经是从轻发落了。"她说："那你自己跟你师哥去说，我做不了他的主。"

　　我又把陈其叫到院子的筒道里商量，他把手一挥，说："甭来这套，你们全背着我算计好的，拿我当猴耍。刷什么碗，他一直想在协会挂个虚名，不敢得罪人家，老家伙以为我是好欺负的。"我说："我算是怕你了，我也豁出去，大不了这经理不当了，让你上灶。"他斜着眼瞅我，不说话。我说："检查总得写吧！"他还是不说话，我说："好，检查我也替你写。可有一样，在灶上你耍三青子没用，那时候你干得不行，大家难看。"

　　小邢知道了又说："杨越钧连一碗水都端不平，叫你怎么管人？"我让她别跟着吵吵。她说："会叫的孩子才有奶喝，等老人一退，真到了陈其在你头上拉屎那天，看谁会站出来为你说句公道话，那时你还怨我吵吗？"我问她："那我该怎么办？"她说："你都让人家上灶了，还能怎么办。他是没惹到我，不然扒他一层皮都不算完，你们谁也拦不住的。"

十六

陈其有点破罐破摔的意思了,我派他在四灶,用文火煮条货,炖豆腐。他当天就跟左边的老师傅吵起架来,说人家动了他的刀,这活没法干。我跟老师傅说:"您出菜的速度稍微慢一点,我师哥就爱比这个,比不过,他着急。"人家说:"我也是大半辈子这样干过来的,哪见过这号人物。屠经理,以后只要他在,我这个灶您爱找谁找谁吧。"

有天下午,我想补个觉,冯炳阁进宿舍里,用鸡毛掸子敲床帮,问我:"你怎么还有心思睡?"我直起身,看他眉飞色舞地说:"陈其把钢铝锅一架,码了十只鸡在里面煮,眼瞅着开了锅,他也不翻个儿,就让鸡在外面浮摆着。下边全熟透了,上边还生着呢。后厨的人看不过去了,这不是糟践东西吗,又没人敢说他,都知道我好心,就让我来叫你。"

我拿凉水胡乱擦了一把脸,告诉他:"这事你别掺和就好。"

等赶到后厨时,见很多人全放下手里的活,干站着,瞧他都新鲜。他还耗在灶台前,像模像样地看着锅。我说:"二哥,忙着呢?"他瞥了我一眼,用鼻子嗯了嗯。我说:"您端着这个鸡,跟我去趟后院库房。"

正巧有个库管在点货,见我们端个锅过来,那人都愣了。我说:"借个地方行吗?"他哪敢说不行,赶紧走了。陈其跟进来问我:"这锅我是继续端着,还是放地上?"我指着他的脸,劈头盖脸地骂。他阴幽幽的眼神,令我想起了东北知青常说的白狼。

接着他两手一松,把锅摔在地上,十几只一半土黄、一半乳白的整鸡颠出来,七零八散。我贴上去就是一拳,像投飞镖一样,又狠又准地戳中他的下巴。

咚的一声后，他跟抻面似的，脑袋卷到脖子后面去，人直接栽倒在地。我心说坏了，下巴如果脱臼，工伤不说，这个病假又够他泡一年了。

他无力爬起来，干脆靠着米袋子，摊平在地上。

我看到，他像得了甲亢一样，下巴底下立即肿起一个青色的肉球。

他咧起嘴，疼得无法说话。我也坐到地上，问他："去不去医院？"

他半仰起脖子，眼睛往上翻，任由窗外渗进来的阳光，烤在自己的脸上，一片惨白。

———

本来第二天我休息，不想出门，百汇却叫我去大观园北边的南来顺找他。

结果我还没到，他自己先喝上了，面红耳热，昏昏默默的，两眼发直。

"不能喝就别喝，在这里丢人现眼，不怕师父骂你。"我推他一把。

"我丢人现眼了吗？"他的头歪在墙上，从后腰抽出一个红皮本。

"考级证书，这么快就到你手上了。"我忙伸手去摸。

"那天给师父过寿，心里还别扭，我就没有这么一个硬气的东西。回到家，整宿没睡。"

"曲师傅，您相中几灶了？说吧。"我把证书合上，扇着说。

他夺回手里，抿了口酒，还没咽下去，就吭吭地笑起来。我等他笑完，听他说什么，不想他越笑越厉害，身子也跟着抽动起来。

他把头低下，手攥成拳头，托住脑门。这时，我才看清楚，他笑得哭了出来。

"你知道吗，菜谱厨子，连我爸都叫上瘾了。"他断断泣泣地说。

"等你上灶了，让老头坐到前厅亲口尝尝。"

"不了，一个陈其就够你烦的了。"他为我倒上酒，"师父说，年后协会聘他去教学楼里开讲座，都是各大机关和招待所的大厨来听，还有部队的呢。求他带上我,总是一条出路。"

看他喝得有点儿快,我就让他等我一口。

"哥,你把陈其打了?"他把两个口杯全部倒满。

"他告诉你的?"

"你就没为自己打算打算?"

"你或许不信,我只求看好你们几个,师兄弟就像那天在师父家里一样,能安安稳稳陪老人几年。"我吃了一筷子醋熘木须,"这时的万唐居,才叫万唐居,至于谁给谁添点儿恶心,谁又给谁上点儿眼药,权当是下饭的作料,吃了。"

百汇呵呵一乐。

"万唐居又怎么样,严诚顺说的那些话,难道你也一起下饭吃了?"

我知道多说无趣,便也问他一句,认不认识店里有个女服务员,能反手写字的。他眼睛一亮,说:"当然认识,那姑娘叫张晗,和老五同一拨招进来的。机灵不说,人缘儿也好,是块做领班的材料。"他看我低头在想什么,又说:"哥,你是不是后悔了?"我问:"后悔什么?"他借着酒劲儿笑着说:"后悔什么,你自己清楚。"

———

之后的半个月,格外风平浪静。陈其的脸稍微消了些肿,就马上回到灶上,利利落落地把分给他的单子炒完,准点来,准点走。见他这样无事无非的,反令我有些生愧。冯炳阁还偷着来问我:"你给老二调奖金了吧,不然他能这么懂事。这可不合规矩,奖金要按级别来定,光凭上灶可涨不了。"

有一天,我站院子里,指着那两棵柿树,叫老谢想着入秋后,把熟成小红灯笼似的果子打下来。他眼睛翻向院门,说:"屠经理,我好像看见俩大檐帽。你快回楼瞧瞧，走侧门，直接上会计科。"

我拔起步子就进了后厨，但是没有上楼。我猜是税务局或者物价局的人来了，他们通常会直接去管会计要账本，不用跟经理打招呼。没过去多久，果然两件"灰制服"走下来，他们的胳肢窝夹着深蓝色的硬皮本，小邢也跟在后面。我仔细去瞧，见到了枣红的盾形肩徽上面，印有"物价"二字。我就跟一个师傅说："去墩儿上，叫田艳过来。"

"灰制服"的脸板着，小邢的脸，也板着。他们半睁着眼问我："你是经理吗？"我点点头。他们又问："今天查热菜，谁负责炒，谁负责配？"我说："我炒吧。"这时候，那个师傅回来说，田艳请了病假。

我心里一凉，又告诉他，再去叫曲百汇。

店里每道菜的毛利率，都是总厨定菜单的时候，跟会计一起核出来的。羊肉四两核多少钱，配料和油多少钱，你想卖多少钱，倒扣回来，就是了。这些年，万唐居最贵的菜，也没有踩过百分之四十八的红线。

在切配间里，"灰制服"从小邢的手上拿来成本核算簿，对了又对。和我们说："这上面的数，都背得滚瓜烂熟了吧？抓一盘宫保鸡丁看看。"

百汇不声不吭地，直接上手，三两五的鸡丁，一握，松出几个，让"灰制服"亲自去秤。百汇在这件事上，不知道怕的。"灰制服"像在实验室一样，掂了掂秤，三两六，不说什么，只是半开着玩笑："经理，这个数你们店可亏了。"接着是葱丁和花生米，也都抓得不差。他们又随便查了青椒肉丝和夫妻肺片两道家常菜。百汇手感发热，越抓越准。

趁他们低头写评定，小邢朝我一瞪眼，我就凑过去说："二位，聊会再走？"其中一个把圆珠笔收好说："你们店的风味不错，老想带孩子来，怕排队，更怕吃不起。"我说："怎么会，当年我进店时，人手一本书，一盘菜里，哪些钱是该你挣的，哪些不是，清清楚楚。您这趟也别白跑，由头是什么，给我们透个底。"

那人说："看屠经理也是实在人，明说无妨，这次的确不是抽查。局里是听来过这儿的客人举报，说你们擅自虚涨菜价。就算是万唐居，也别不让我们老百姓进吧，你说是不是？好在是误传，就当敲个警钟，你们有则改之，无则加勉吧。"

下班后，小邢却死活不走，要等我一起回家。

天微微擦黑的时候，我刻意带她绕到德泉胡同，消消气。走到半路，更干脆止住步子，站在街边，由着她掰扯。

"什么误传，分明就是造谣，是栽赃。"她向着万唐居的方向，狠狠啐了一口痰。"查我的成本表，说我乱涨价，传出去，以后我上你们家吃饭去。"

我一把拽她过来问："谁们家？"

"还有谁，陈其呗，别以为谁都和你一样傻乎乎的。这么恶心的事，只有他干得出。"

我差一点捂住她的嘴。

"邢丽浙，你听好了，我不管你们有什么梁子解不开，但这件事，你最好给我忘了。下礼拜接待日本首相的任务就要布置到个人了，陈其这样做对他有什么好处？"

"我问你，万唐居的先进很容易拿吗？"她轻笑着说，"田艳在店里干这么多年，她几时请过假？偏偏是今天，招呼都不打一声就走了，她躲什么？"

"这也能算证据？"我想了想说。

"那也是他活该，谁叫他惹上我了。是生是死，他自己去杨越钧面前讲。"

她那双眼睛,鼓起来,像铜铃。

———

次日,我一进店门,就觉出不对,所有的师傅都在岗,不缺东不少西,活也按日常的惯例,干得四平八稳,可就是哪里不对。

在后厨待久了,你能听出来,以往沸反盈天的喧响,不见了,有的只是干涩,是寡默,是心神不定。我看不见,谁和谁抱怨锅没刷干净;也看不见,谁和谁为了一个菜,争得你死我活。我问:"曲百汇人呢?"没一个人抬头理我。

我从切配间找到后院、筒道,又找回到洗菜间。最后是老谢说:"您去宿舍瞅一眼。"我才发现,他一直蹲在地上。

我问他:"又是谁说你了?"

他边摇头,边哭。

我把门一摔,发起脾气:"我不来,你也不哭!"

他抽噎着说:"田艳走了。"

我问:"不是请病假吗?"

他又摇头,说:"她早上来过了,听店里有人传,陈其被开除了。她知道以后,直接找到齐书记,解除劳动关系,就回家了。"

"齐书记发通告了吗?"我问。

他的眼睛通红,使劲儿睁开后,用手擦下鼻涕,继续摇头。我说:"你躺在这里慢慢哭,我去找师父问个清楚。"

正要开门时,地上终于传来一句整话。

"哥,换我是你,就绝不会找师父去。我这话对与不对,你自己想想。"

———

邢丽浙在家里,跟我对天发誓,这件事真不是她捅到杨越钧那里的。

我低头不语。

她急得快要哭出来了,半含着泪说:"老人的作风,我是知道的,甭管是谁,敢动店里的名声,他绝不手软。再者,眼下正是该用人的时候,谁这时在你师父面前扎针,和逼他也没两样。屠国柱,你想一想我的为人。我再不济,他们两口子当初塞给你红包的情分,我总是要念一念的。"

昏黄的灯晕下,邢丽浙把桌面上、桌面下的各种道理,和她过手的账本一样,辩得清清楚楚。

见我还不应声,她干脆身子一软,侧靠在椅背上,那副丢盔卸甲的可怜相,仿佛被开除的是她。

她说:"我也是刚刚知道,你这个师哥,自小便无父无母。以前我总想不通,这样一副狼崽子似的脾气,杨越钧却从不和他认真,还肯一直容他在店里。"

我听了,紧咬着牙,闭上眼睛。

那时,我挺烦见到冯炳阁的,因为他一张嘴,说的不是这个,就是那个。比如,有回他说,三儿,你又该谢我了。我说,是吗?他说不是亲师哥,谁告诉你。我支起一只耳朵给他,听见他问,陈其下午来了,你见着了吗?我说没有。他拍起我的肩,笑着说,他当然不能让你见着。他从通县家里,骑一辆板儿车过来,蔫不出溜地,给库房一人一条凤凰烟,把店里剩的肉馅儿,分装了满满三个墨绿色的铝桶。

我说,你怎么知道?他说,我仔细观察过,八点来店里不是先吃早饭吗,就为这条烟,那几位饭都不吃了,齐刷刷端着饭盒全溜了。我问过其中一个,陈其开始要五桶,库房的规矩就是从不给满。我打断冯炳阁的话,问他,陈其掏钱了吗?他说钱是掏了,可架不住分量给得高,亏得还是店里。

至于钱又进到谁手里,那就甭言语了。

我不想再听了,他却没有闭嘴的意思。还说私下跟出去瞧了,陈其这车是一路蹬、一路卖,一斤肉馅出了店就卖两块八,蹬得越远、价越高。到家后,钱比桶还要沉。我刚要转身,他拽着我胳膊说,你说这小子有多奸,回到村里,他能把没卖完的那桶馅儿,加酱加水,拌匀了,接着卖。

我说,那你看该怎么办。冯炳阁愣了好久,才说,你是经理,当然听你的了。

我笑着说,你是我亲师哥,难道他就不是?你我有家室,难道他就没有吗?他们夫妻俩都没了单位,总是要吃饭的。店里有人替我帮他,还要罚谁?师哥你说,我这个经理,还当个什么大劲儿。

冯炳阁点头乐了,说我以为你是个公私分明的人,才好心找你。你这样讲,谁还好说什么。他闹到今天这副模样,难道我不难受吗?

我用力挤起嘴角,也拍了拍他。

隔天,齐书记告诉我,工会选我作为领队,代表市饮食服务业职工乒乓球队,去上海参加全国商业系统的职工大赛。我听了不信:"说月底日本使团就要来了,我哪有这时离开的道理。"他说:"小屠啊,这是好事情,既代表组织对你的重视,又能抽空出去散散心。上海可是好地方,我年轻的时候,差点就留在那里不回来啦。我说我不缺重视,把这个机会,留给我师哥吧,我看他缺。实在不行,我亲自去跟师父讲。"

齐书记眉头一紧,说:"屠国柱,你这两年的经理,看是白当了,动不动就是找师父找师父,我跟你说话,那么不管用?他人在市里开会,你还要到市里去找吗?这次日本人来,你师父会亲自上灶,需要你做的,就是顾全大局,就是听从指挥。"

我只能说好。齐书记舒了一口气,说:"这样吧,你真不放心店里,就快去快回。"

我在上海领到一件印有"奖"字的圆领背心,又一个人去淮海路买了些梨膏糖和高桥松饼。

心急火燎地赶回来后,却发现店里的工作被师父打理得一板一眼。接待中央领导和外国元首这种事,万唐居有的是经验。再说这不比重大节庆活动,不论多紧张,几个钟头也就过去了。有老师傅说:"平日该怎么做,不过更小心些罢了。口儿再高的,高不过附近经年累月吃你的老主顾,什么也瞒不过人家。日本人,见过什么?"

杨越钧把后厨和前厅的骨干叫到一起,开了个碰头会。

他和齐书记说:"灶上有我和屠国柱把关,前厅有张领班负责,按道理,那天没什么不放心的。"

我好奇地打量着长桌对面的张晗,她的睫毛很长、很密,目光也慢慢挪向我这边,定住。

我立即转头问师父:"鸭房这边什么时候上?"他说:"表上不是都写了吗,怎么还问?"

她的嘴角划出一道浅弧,冲我说:"原来屠经理比我们还要紧张。"齐书记说:"紧张点儿好,按说这次接待任务,前厅的责任更重,你们直接面对客人,又都年轻。我当年在外交部见过,这日本人最讲礼数、讲卫生。"他扬起嗓门,大声说:"外交部有我很多老朋友在,杨师傅,平时那些人大大咧咧惯了,让他们脑袋里的弦儿,给我绷紧了,把菜收拾得漂亮一些。"

杨越钧点点头,又说:"我最担心的,还是材料问题。"

我听到齐书记讲"漂亮"两个字,脱口便说:"师父,冷荤的人还空着。"一阵静默中,张晗睁大了眼睛,看我。

老人皱起眉说:"现在不缺了。"他又强调了一次:"材料,才是大事,齐书记给联系一下?看部里是否有能用到的关系,打个招呼。"

我意识到刚刚不该打断他,索性低下了头。

齐书记说:"杨师傅这个问题,很关键。有问题,就是要在会上提出来,今天谁做会议记录,赶紧写下来。"

老人侧过身,继续问:"如果齐书记怕麻烦,店里倒是有现成的路子,合不合适,您把把脉?"

齐书记眼睛一亮,"嗯"了一声,意思是会下讨论。

我回到后院,跟管鸭房的两位老人说:"烤和片的事你们照旧,料我亲自来调,日本人口轻。"

两位老人用很重的方言和我讲:"屠经理,这种露脸的活,你要往前冲才行。我们这张皱皱巴巴的老脸,贵宾看了,还吃得下饭?"

我跟着一起坐在地上,抽起他们递过来的烟。

眼前晃过一身白衣,我仔细看时,一个服务员朝这边客客气气地鞠了个躬。

两位老师傅木在那里,坐也不是,站也不是。

我把头一点,问她:"张领班有何贵干?"

张晗说:"为了接待日本贵宾,我们编了一套服务人员行为标准,齐书记批准的,想请屠经理批评指正。"

我说:"我不去。"她问:"凭什么就不去?"我说:"就凭你刚才那个鞠躬,一点儿都不标准。这个腰一折下去,必须九十度,脸要贴到腿才对。"

她说:"你骗人。"

我说:"你还小,齐书记那么大岁数,也没告诉你吗?到时候每个人,一见日本首相,都要这样鞠躬的。"

她嘀咕着说:"齐书记还没有看过,我想先请你看,给他们讲讲,听说店里从前接待过日本首相。"

旁边两位老先生咧着豁牙直乐,说:"屠经理,你快不要讲了,要是这么个整法,片鸭子的事还是你去吧。我们这把老骨头,怕是一弯下去,就回不来了。"

张晗听见,含起黑亮的眼窝,手捂住胸口,笑得合不拢嘴。

———

直到杨越钧叫我,跟着老五一起,去东华门领料的那天,我脑子才转过弯来。

其实是师父早盘算好的,老五他爸主管国宴食品安全,人家食材的档次和种类,自然是再没有别处可比。可齐书记这边的情面,也要顾全到了,毕竟这回是凭人家在部里的关系,才揽下的任务,如果生出别的想法,就没意思了。

后来,我和老五从晨光街向西走,穿过南河沿大街时,我想起两位老人的对话,没留神笑出了声。老五探身瞅我,说:"一个日本首相,就把你们美成这样。"

他是直接从家里赶来的,身上穿了件加绒的牛仔夹克,两只袖口被翻起来,一块不锈钢外壳的双狮手表露在腕子上。

他凑近了些,得意地说:"前天和朋友在我爸那里,正聊到兴头上,忽然见到万里走过来,惊得我们,跟一窝小耗子似的,手脚乱窜。我爸更难,特供给首长的食物,他要吃过二十四小时后没事,才准回家。比比看,万唐居这个,能算什么。"

我问他:"你到底有几个爸爸,东华门里的这个,和以前拿开水浇你的,是不是一个人?"

他低下通红的脸,把手插在衣服兜里。

沿途中,我们沿着平静的护城河,走在一排悠长而翠青的垂柳路上。

我这边,脚下的砖面已被掀起,地基裸露在外,暴土扬尘的。

他靠着城墙根,嘴里哼着什么歌,三脚两步走在前面。他回头看着我说:"有新铺好的路怎么不走,你看你,一会儿裤腿上全挂着土不说,鞋里还要进石头子,扎你的脚。"

我果真单腿直立着,解开鞋带,在地上磕打着鞋跟,然后重新把鞋穿上,快走追上他。经过他身前时,却见他动也不动地,脸上茫然一片。

我问他,你怎么不走了。他说:"哥,你快拉我一把,我的脚陷在沥青里面,出不来了。"

回到店里,我盯着张晗那组的人,在一楼做大扫除。我在水房里找墩布,发洗涤灵。她戴上一双胶皮手套,朝一个本是用来存醋精的硬塑料桶里,兑强酸。

喘口气的时候,她问我:"屠经理,上海好看吗?"

我把投洗好的墩布用手拧干,抬头说:"你还挺会问的,这上海又不是电影又不是画,有什么好看不好看的。"

她说:"齐书记跟我们讲,你还死活不想去呢,换成我,抢着也要去。"

我笑她没见过世面。

她把皮手套一扯,伸出手指头去数:"我去过宝鸡、银川、汉中、运城,还有北京,说我没见过世面,那你呢?"

我想起自己好像除了台州和上海,最远的地方,就是插队时在大兴待了两年。

她转过了头,不知道在想什么,过去半天,才说遗憾的是,她还没有去过上海。

我劝她快别这么想,将来店里多的是出差的机会,你小小年纪,就总把遗憾两个字挂在嘴边,我这么大岁数了,还怎么活?

她说:"你又在逗我,我如果和你一样,是个男的,能在后厨里拜师学艺,我也不像这样四处奔命,讨生活。再说我遗憾,又怎么跟你活不活的,扯在一起了?"

许是怕我难为情,她就想把话岔开。她说:"想想也是,岁数越大的人,反而越没有遗憾。过去了的事,也就那样过去了,若是还解不开的,反倒是纠缠,并不遗憾。屠经理,你说呢?"

她把头扭回来,眨着禾穗一般密长的睫毛,看我怎么不说话。

我醒过了神,笑着答她:"本来以为自己是有的,经你这样一说,我倒不知道该说什么了。"

她把碗和盘子放到锅里蒸,再提出来时,上面不但没有水,而且全是一层白霜。她刚要去动,却被我一把握住腕子。她张大眼睛望着我,我赶紧松开,告诉她别烫着手,搁半个小时,让人码餐具盒里就行了。

这时百汇忽然进来,见到我们俩,他反有些不好意思了。

他嚷了一句,齐书记叫你快点过去,然后马上就跑开了。

我和张晗各自愣住,看着对方,互相问,到底是叫咱俩谁过去?

十七

外交部的人告诉齐书记，日本首相当天会品尝两家店的菜。万唐居之外，另一家是龙华药膳，他们的师傅要上门进大使馆服务。而对于万唐居，首相希望能亲自进店里坐坐。所以齐书记强调光打扫前厅还不行，要把雅座也收拾收拾。人一来，直接请进去，安安静静的，有礼有节，日本人喜欢这一套。

那天杨越钧亲自在灶上，他用老莲蓬，剜掉瓤肉和莲子，往莲孔里填酱油和葱花，腌鳜鱼块，再一起放海碗里，入蒸笼，取名莲房鱼包，说是仿南宋金秋的名菜。我们在一边全看傻了眼，吃条鱼还能显我国威，连说实在是高。老五则用青萝卜雕了个长颈花瓶，他已经能娴熟地用大斜口刀切皮，用小圆口刀镂花纹了，还能拿白萝卜刻出四朵月季，再填些果料和豆沙进去，想用甜讨个客人的好。

轮到上宫廷烤鸭的时候，我回到鸭房里，跟老师傅说，这次我新添了三道调料，你们别多问，一起送去就是了。他们见我仍不肯动，只好自己带着烤好的鸭子过去了。

约莫二十分钟，百汇急急巴巴地跑到后院，说："大伙都在争着合影留念，你怎么不露面？日本首相还没吃就竖大拇指，翻译说，这老家伙不仅觉得咱们烤的鸭子皮酥肉嫩，更难得的，是你配的酱料，单尝了几口，满口甜香。首相还专门问翻译，这两位片鸭子的老人，一定就是宫廷烤鸭的传人吧。说完就站起来，要握手。"

齐书记和师父在后面，不好说是，又不能说不是，脸红得啊，跟猴屁股一样。

我忙问:"调料剩下多少?"

百汇说:"剩?我来就是告诉你,赶紧配吧,翻译问店里的暖壶能不能借他一个,想把调料倒里面。首相说了,要带回国给家里人品尝。"

我从鸭房里抬出一个瓦罐,说:"全在这里,你端走吧。"

他左右看看,并不动身,而是把手伸进兜里,带出一个信封,塞给我。

我打开后问他:"什么意思?"

他说:"又不是给我的,怎么问我。"

我进屋拿起衣服,就从后门冲了出去。

———

我一路抻头猛跑,穿过三条街,实在迈不动腿的时候,才上了一辆343路。到南纬路那一站,我下车后朝北边的福长街又走了半站地。

发现信封不在手上后,吓了一跳,在身上来来回回摸了半天,才从衣服内兜,翻出来。

我照着上面写的地址,果然找到一家粮站,对面,便是信里写的早点铺。

———

那是一间用熟石灰盖的平房,窗户还没有装上玻璃,只是扯了一块塑料布,用按钉固定住。

门也关死了,我看这条胡同里也没有多少住家,想找谁打听一下都见不着人。

"开张了没有?"连喊几声后,才感觉里面慢慢有了动静。

"没见上面写的是早点铺吗?这时候不开门的。"

我听到里面的声音,就乐了。

没多一会儿,那扇门便被人拽开。

"万唐居什么时候这么闲了,早上刚写的信,屠经理下午就来了。丢下日本的首相不管，到时候别让你师父，又把这笔账算我们头上。"

她还是那么瘦，领口绣着彩线花卉的一件粉衬衫，整整齐齐穿在身上。

走近后才看得清楚，精神比起以往明显要差出一截。

"二哥呢？"我想进铺子里看看。

田艳挡在中间，嘴唇一翘，示意我旁边说话。

"老陈刚从医院回来，好容易才睡下。"

她指了指自己的脑子，用力盯着我，直到我点头，她才放下手，松出口气。

"你们住在哪儿？"我悄声问她。

她回头望了望铺子。

"跟人换房了？"

"不然吃什么，全部家当就是这个。本来是想东西都置齐了，请你过来提提建议。"

几株粗大的老杨树，晃动着油亮的卷叶，在我们头顶，沙沙作响。

"铺子主要都卖什么？"

"好东西，谁来这里吃？无外乎是炒盘烩饼，蒸屉馒头，再添上三五个小菜。赚回来的，还填不上他那些药钱。他的本事，你知道，用不上的。正常一点儿了，就帮我撒撒碱面，水一泼，拿笤帚刷个地。犯起病来，我倒希望他别在这里祸害。"

田艳冷冷淡淡地诉说着这些事情。

她那张枯瘦的脸和薄嘴唇，令我想起张晗说过的话，很多事，过去了，也就过去了。

"还缺什么东西，随时跟百汇讲，能帮上忙的，我这边一定尽力。"

"放心，上回老陈给钱了，以后我们不会沾万唐居半点儿的东西。"她转过去打开门，欠身朝屋里看了看，又回来，"大老远跑过来，也没让你进去看一看。不过也是，有什么好看的，我们这里，你自己知道就好，没必要再和店里说，无非是个人过个人的日子罢了。"

我点头说好，又请她告诉师哥，我来过了。

"还什么师哥不师哥的，以后快改口吧。你还记得回去的路吗？出去后右拐，更近一点儿。"

她使劲儿朝胡同口瞧着，为我指路，好几次我都想说，你们还是跟我回店里吧。

———

其实，就算田艳不提出来，我也不会跟任何人去讲他们的情况。尤其是在邢丽浙面前。

但是，可能生活在一起太久了，我似乎忘记了她的专业是什么。礼拜日，她站在叮咣乱响的白菊洗衣机前，掏我的衣服兜，然后我就听到啪的一声，她将田艳给我的信封，摔在茶几上。

"屠国柱，别看你没文化，还总爱搞个鸿雁传书这一套，万唐居里就数你有情有义是不是？"她的尖嗓门一旦吊起来，就像一把冲击电钻，对准你不停地打孔，"说你记性不好吧，店里来了谁，走了谁，你比我账上的数，都还记得清楚。"

我见形势不妙，用一只手捂住了脸。

"说你记性好吧，一封破信，当年差点让葛清把你拉下水，那个教训我看你早就忘了。"

我的手指缝里，透出好几个邢丽浙，披头散发地瘫坐在折叠椅上。

我干脆拿起一份《北京晚报》挡在眼前，让她把信封撕了扔掉，又嘱咐她不要到外面说去。

"你这话什么意思？"她冷丁丁地瞅着我。

"没什么意思。"我无辜地解释着。

她直起身，回到洗衣机前，拔掉插销，使出浑身力气，一截一截地将窗帘、被罩和我的衣服，重新拽了出来。

"屠国柱，我要跟你分居。"她把那些湿答答的袜子，狠狠扔了我一脸，"现在起，你过你的，我过我的。今天该你洗了，我去拿日记本把你吃了多少饭，用了多少水，都记下来。"

"拢共就一间屋子，怎么分？"

"好办，我这就去买个帘子，你睡地上。"她真的跑到屋门口，换鞋。

"就为了一封信，你让我睡在地上，你要跟我分居？"

"屠国柱，你以为我和你过家家呢，你师哥被店里开除，凭什么把账全算在我的头上？"她一只脚换了皮鞋，一只脚还趿拉着拖鞋，走到我跟前，"这小一年，你跟我鼻子不是鼻子，脸不是脸的，我怎么熬过来，有谁问过？"

我安静地把袜子卷好，知道她迟早会说这句话。

"自从干了这个经理的倒霉差事，我就没跟你落过好处。也别说我做人太绝。这样，要么分居，要么你找杨越钧，给你调岗，两条路，你去选。"

———

店里好阵子没开读报会了，那天师父叫我去三楼宴会厅，还以为有特别的事要跟我们讲。

等我推开门，却只见到他和老五两个人，面对面坐着。老五淡淡地叫了我一声："师哥。"然后看着我走过来。

老人问："昨天的晚报都看了吗？"

我说："嗯。"老五摇头。

杨越钧眼皮不抬一下，开门见山地说："亚运的冷荤会，咱们店没拿下来。"

老五嬉皮笑脸地看着师父，随口便问："不能吧？"

他显然不清楚这件事意味着什么。

"有句话,关上门我们自己说。"杨越钧看了看我,又看了看他,接着讲,"你们二位,一个代表万唐居的现在,一个是万唐居的未来。"

老五不再笑了。

老人等了半天才又张了口:"我以前讲过,一个人能不能体面地收山,不是看他做了什么,而是看徒弟对他做了什么。"

"对,干厨子要先有一颗孝心嘛,您原话。"老五说。

"将来我迟早要退下去,说难听一点,万唐居的买卖不行了,即便我躲到棺材里,人家也还是要骂的。所以我才叫你们来,有什么想法,我也听一听。"

———

我告诉师父:"经理这个位子,我已经坐够了,希望能准我重新回到灶上。"

老五瞪大了眼睛,不可思议地看着我。

杨越钧一口应下,他说正想和我商量这件事。过些日子,他想跟从前的老哥几个,走动走动,"你们也一起去,我来搭个线,以后在菜上有拿不准的,也多个请教的地方,总没坏处。"

老五低下头,没搭声。

我说:"能有老人指点我们,当然好了,尤其是失传的功夫菜,现在哪里不缺?"

老人觉出不对,打量着老五,等他说。

不知是哪个服务员,忽然从外面把门推开,脸探进来,看完又看,再把门带上,扭头跑了。

老五瞥了那人一眼,静静地想了想,问师父:"广州有个大三元酒家,刚在北京开了分店,专营高档粤菜,您听说过吗?"

老人一脸谨慎。

老五的眉毛挤在一起,说:"前天一帮领导请我爸去了那里,门脸能开在故宫和北海中间一栋将军楼里,真有办法。里面装潢有多洋气,我就不说了,关键是在配套服务和菜上,能出新,出奇。佛跳墙、叉烧肉、清蒸东星斑、烤乳猪,您看电视剧,总演这人吃基围虾的时候把洗手水喝了。现在的老百姓,只要是他觉着新鲜,有面子的,他就服气。人家服务员的脸蛋也好,让你心里说不上来的,痒痒。我就不爱吃北方馆子,气都气饱了。"

老人问他:"你说完了吗?"

他把后面的话咽了回去,继续低头。

老人说这次在烹协开会,几位厨师长都说:"如今粤菜盛行,只是刀工精致,食材新奇,再没别的本事。"

"那我请教您,这次在中山公园办的冷荤会,最后交给谁负责了?"老五顶回去一句。

我说:"老五,师父话还没讲完,你急什么?"

他反问:"眼见钱都流进别人口袋,你们都不急,我急什么?师哥,以后谁还为了解馋进你的店里,顾客就是上帝听说过吗?你看看这个经营理念。"

杨越钧抬起手掌,往桌子上一拍,震得茶缸盖也蹦了起来,丁零零地响。

他还从没在我们面前发过火。

老人毕竟是疼小的,忍了半天,也只是半开玩笑地说:"老五,上帝什么模样,你不是跟他老人家熟吗,麻烦你拿张纸,画下来,交你三哥。我想贴在店里,让伙计们也找找感觉。画不出来,你全年奖金就别拿了。"

说完,老人起身要走。

老五嘀咕着说:"您当我真稀罕那点儿奖金。"

我赶紧伸手去拨他的头,被他一下推开。

他理了理头发,接着说:"我是喜欢这行,但是我受不了后厨里的油烟味,我想去深圳见识见识,学习人家的经营管理。"

老人听了,两眼充满红丝,周身战栗,像是被谁从身后扎了一剑。我扶他慢慢坐下,然后揪起老五的衣领,使蛮劲儿往厅外拽。

我们俩扭扯出门外时,我还特意回头去瞅师父。

他失了魂一样,干坐着不动,看也不看我们一眼。

———

师父说,在北新华街的六部口那边,有人在等他。

我说:"您踏踏实实着,我跟您去。"

不知道什么时候起,他的肚子变得越来越大,腿却越来越细,像个陀螺。

早上我提前叫了一辆出租,多给了师傅点钱,叫他开进崇效寺胡同里。

我打开车门,搀老人坐了进去,然后嘱咐师傅开稳一些。

他一个人就占了半辆车那么宽,我正对着他,只用半个屁股坐下。

我说,协会马上要聘您任高级讲师了,还有闲工夫会朋友呢?

他说,外面有人说我热衷政务,你也这么想你师父吗?

我低下头,说那不会的。

老人问,陈其一家,过得还好吗?

我说,我也不清楚。

他似笑非笑地,脸像千层饼一样绽出许多道褶子。

他说:"你知不知道,这次的冷荤会,在中山公园的五色土社稷坛举办,那是多么重大的时刻,万唐居拿下来,可以进史册的。"

他又说:"可惜的是,陈其不在了,陈其不在了。"

我怕他太过激动,于是拍了拍他的手背,扶好他。

车停在广安胡同口，等红灯的时候，晨光打在路两旁的杨树叶上，表里照彻，离离蔚蔚，晃得人眼花。我把茶缸子拧开，老人接到手里时，又问我："前厅现在来的都是老顾客，你注意到了吗？"我说："是吗，我不太在那边转悠。"他喝下几口温水说："是张晗告诉我的，摸良心讲，我以前就是老盯着，也没在意过这些。"

"哪些？"我问。

"我们的新客人太少了，这说明，店里的菜有问题。所以你跟我提出来，想回到灶上，我就感觉一块儿石头落地了。三儿啊，我现在腿脚动得少了，脑子却没闲着，我忽然觉得，这么多年，咱们可能一直在走弯路。你和我终究是厨子，就该老老实实地炒菜，否则耽误自己的手艺，也耽误店里的经营，你说是不是？"

我回答他："师父说是，我就说是。"

老人笑了，说："你看你看，凡是有这种想法的，都当不了经理。"他接着说，"我们这些上岁数的，一辈子没想过别的，就是盼着店里的椅子腿上面，坐满了人，哪怕我少挣点钱，就图一个看着热闹，心里面美。可眼下情况变了，没那么简单了，但是只要有人在灶上替我盯着，我就放心，别的，也不是我能管得了的。"

我不知道师父平白无故地说这些话做什么，我只知道不要多问，所以一再低着头说"是"。

老人告诉我："店里有两件事，我一直放不下心。一个就是菜品的质量，我怕等我退下来，连老顾客也留不住了。"

我点点头，等他说第二件。

老人看着我说："还有就是老四，我当你面说一次，别让他被别人欺负了。"

车里的点烟器，头儿已经掉了，我盯着看了许久。

我抬起头望着老人："这两件事，您都不用担心。"

那是一个黄土泥砌的砖木房，姜皮色，滴水瓦，简陋而狭长。

上台阶之前，师父特意嘱咐我，跟在后面就好，别扶他。

进去后我看到，屋子里坐着好几位老人，他们聚在一起，就像调味盒里的各种作料，五色杂陈，异气扑鼻。

我帮师父把衣服换下来，老人们看了看我，让我随便一些，反倒是埋怨师父，要等他这么久，到底什么事。这样我才知道，原来杨越钧是召集人。

他哈哈地大笑了几声，抹一把脸，说没事。

有人说："不会，我们还不了解你？你是无事不登三宝殿，就是死，也要死在万唐居的主儿，轻易不过来。"

我师父又笑，回头跟我说："这位以前是友谊宾馆面点的组长，有一手绝的，能溶十公斤白糖，变成糖泥后，捏个一米高的玲珑塔。"

我听了一惊，起身鞠躬。

对方赶紧说："老黄历了，中过一次风后，连筷子都拿不稳了。"

杨越钧挪到床沿，坐在一个很腼腆的老人身边，摸起对方的手，那人竟然有些害羞地冲我笑。

"三儿，前天中央二台有个厨子，表演蒙眼炒鱼香肉丝，在人家脱光的后脊梁上、在吹起的气球上切里脊肉，你看了吗？"我说："邢丽浙总霸着电视机看连续剧，哪有我的份？倒是百汇和我说过，在人身上切完，湿毛巾一擦刀刃，干干净净。气球上也是，一个连刀的也没有。"

杨越钧在那人手上拍了两下说："那小子是他徒弟，你看得出来吗？恩承居热菜组的组长。"

我说:"看不出来。"

老人接着和我一一介绍,哪位会做金毛狮子鱼,哪位会做八宝布袋鸡。我一面听,一面用心记。

他说,这些老家伙当年都跟我对着干,现在全不中用了。

"但你们问问他,万唐居离得了我吗?"老人用手,指向我。

不知什么时候起,我两边的眼角好像被扇了似的,有些沙疼。

师父正在朝两边摇着头说话,扫到我这边,愣住了神,他不知道我怎么了。

我揉了揉眼角,没看他。

不知从哪儿起的,他们开始一根一根地匀起烟来,我师父接到手里,也点了一根。这是我第一次看他抽烟。角上有人说:"老杨,你忘了上次是谁坐在这里,说将来这几个徒弟里,早一日有人接你的班,你就早一日享上清福。今天带着徒弟来我们这里拔份儿,有什么意思,我们老胳膊老腿的虽不中用,把你扣下却是可以的,看没了你,是你着急,还是万唐居着急。"

师父扎在老人堆里,跟着打起哈哈。

他说:"你们还记得吗,咱们年轻那会儿,饿了炒腰骚子,炒鸡屁股尖吃,把每个腰子里那点白膜切出来。"一个肥头大耳的人抢过话:"那说明你们店档次高,我刚入行时,炒鸡心头,炒鸡骨尖吃。尤其是鸡心粗的那头,带点脂肪的血管,一刀切下来,爆炒。有时想一想,像是上辈子干的,那时我们一手往后搓,一手往前片,搓完的鸡心头跟一张纸似的。每天店里剩了一堆,把鸡血凝干的血块洗掉后,拿油一拉,放大葱一炒,那个香劲儿,现在我都流哈喇子。"

浓密的烟幕，遮住了墙上的挂钟，我无法辨认出时间。

有位光头老人递给我一根烟，还要替我点上。我赶紧咬在嘴里，躬身侧头。

光头老人说："你就是屠国柱？"

我说："是我。"

他的目光着意在我身上停了片刻，就问："你师父现在还上灶吗？"

我想了想，说："还上。"

这人张嘴又问："还上呢？我怎么听他说，早就不上了。"

我的喉咙里，像长出一块豆大的结石一样，使狠劲儿才能咽下一口唾沫。

他瞧我不说话，便换了个口气问："他今天够逗的，往常来了也是我们说，他听着。这都快两个钟头了，嘴皮子就没停过，他怎么了？"

我看着老人被他身上的赘肉，赘得直不起腰，就想给他搬一把有靠背的椅子过去。

但是我没动，我不知道为什么，总之我没有动。

后来有一天，我回到家，邢丽浙正在擀饺子皮。

她手上蘸满了白面，回头冲我说："嘿，把灯开开。"

透过窗外能够看到，天上聚拢着红彤彤的流霞，仿佛紫袍金带一样，光彩耀目。

底下的屋顶、电杆、天线，还有许多鸟儿，全部被压成暗沉沉的一片。

我两眼发直地站着不动。

"呀，火烧云上来了。"她说，"你没见过吗？"

我把灯绳拉了下来，拘谨地坐在沙发椅上。

"茴香猪肉的，你吃多少？"包完了还要煮，全是她一个人在忙活，"快告诉我,好记账的。"

她见我不应声,转过身,弯下腰,用手在我面前晃。

"你是不是吃完了回来的,早说嘛。"她叹了一口气,很深,"你还真要跟我分居怎么着?"

她站在我身前,认真起来。

"屠国柱,你怎么了,哪里不舒服吧?"

她用手捂住我的脑门。

我拽住她的手腕,往下滑,滑到胸口的地方。

"心里闷,手脚发木,有点儿难受,喘不过气来。"

"你可别吓我,赶紧去医院吧。"

她慌了,拖鞋被踩得噼里啪啦一阵响。

"嫁给你,我算是倒了血霉,刚攒下一点点钱,还没计划好怎么用,就要送到人家手里了。"

"你去看我的衣服,那里有钱,用我的。"我一顿一顿地说。

"都什么时候了,还讲这些。"她半哭着捋着我的身体,又贴近过来,"你如果还行,就用些力气,我可背不动你,你把胳膊搭到我脖子上。"

―――――

我用尽力气,站了起来,欠起脚,搂住她,两个人一步一挪地走了起来。

她低着头,肩膀比我想象得要有力气。

经过床帮时,我一个趔趄,我们一起倒在床上,她被压在身下。

"不用去医院了,我知道我这是怎么了。"

"你等着,我去喊人。"她使劲儿要从我怀里钻出来,头发被扯住了,也不喊疼。

"别,我知道了,我这是饿的。赶紧,赶紧煮饺子。"

她一把将我推翻，抄起擀面杖，在桌子上狠狠一敲。

"屠国柱，你这个王八蛋！"

晚上，我照旧从衣柜里翻褥子，拿枕头，准备打地铺。她一面织毛衣，一面冲我翻白眼。

"今天饶你一回，睡床上吧。"她把两根毛衣针一放，身子也松下来，"你刚才那副德行，吓得我魂飞魄散，还分什么居？想想怪没意思的。"

我听了，便把被子在床上铺开。

"你现在能了解田艳他们有多难了吧？"

她立刻在我屁股上蹬了一脚，警告我以后不准在家里提这两个人的名字。

躺下前，她特意倒了一杯温水给我，看着我喝下去后，还要问："你真的没事吗？"

我告诉她："真的没事。"

她拿着空杯子，对着我看了好久，说："也不知你哪句话是真的。"

半夜里，她总要把我拱醒，问我："睡着了吗？"

我先开始还理她，后来干脆翻过身子，屁股一撅，把后背冲她。

恍惚中，她好像下床了，还出了门，去屋外的公共厕所，也不嫌黑。

当我又被推醒后，她又在一个劲儿叫我。

这次我坐了起来，问她有完没完。

邢丽浙还是一个劲儿地捋着我的后背、前胸，还有脖子。

"没事，没事的，屠国柱，没事的。"她低婉的音调，令我有些不安。

我两手向后，撑在床上，盯着她看。

"你师父没了。"她反复地揉着我。

我说："是吗？"然后一头栽回枕头上，又睡了过去。

十八

师娘说,师父后天本要去烹协领委任书的,所以想先出门剃个头。走之前,他叫她包些饺子。

她多问了一句,几个人吃?

师父想了想,说七个人。

师娘张圆嘴巴,半正经地说:"你儿子闺女一大家子前天刚回去,又招呼他们来,你想累死我?"

师父懒得多说,只是告诉她:"肉馅儿我去买。"便披上一件蓝棉褂,要走。

她在后面拽住他说:"你倒是戴一顶帽子呀。"

后来师娘左等也不来,右等也不来。她怪自己忘了问这饺子到底是中午吃,还是晚上吃。

等到她心里开始发慌,想也许是饿的,就含了两颗水果糖,压一压。

挂钟正响的时候,门就开了。

师父回来后,师娘赶紧堵上去,抢过来那一兜子肉馅儿。

她捧在鼻子尖,闻了闻,又怪起他来:"我天天在家,脑子不好使,你一个万唐居的掌灶,脑子也坏掉了?孩子们什么时候吃过羊肉馅儿的,多膻气。"

师父刚要和她解释,她就进了厨房,背过身,准备和面,擀皮。

老人换了鞋,凑过去说:"去澡堂子泡了个澡,身子一舒坦,就把时间给忘了。"

师娘耳背,也不想多听,只是扭头喊:"回屋吧,反正你也吃现成喝现成的惯了。昨天晚上你哼唧什么呢，没休息好还瞎跑什么。"

老人于是关上厨房门，朝卧室的方向挪，渐渐地，开始扶着墙，越挪越慢。

不知为什么，那天外面的太阳和云彩，又红又亮，可是屋里，却暗得叫人看不清东西。

师娘用筷子把馅儿填进去，一边包，一边又喊："我什么时候烧水？你倒是给孩子们打电话呀。"

反复几声，也没人理她。

她把门一掰，准备冲进里屋继续跟他吵。

她看见他，大白天的，在床上，睡起觉来。

老人走得悄无声息。

那一刻有多疼，只有他自己知道。是心梗。

儿女把师父拉到阜外医院，抢救到半夜，结果还是撒手了。

师娘捋着嗓子眼和我们说："千不该，万不该，不该让他在临终前，还要听我在吵吵。"

齐书记亲自来家里问过，追悼会怎么个办法，请谁，不请谁。

师娘闭住眼，手一摇，一切从简。

冯炳阁问过我："你平时爱吃羊肉馅儿吗？"我反问他："你还怕膻？那就别干厨子了。"

他说："老人是想叫五个人来家吃的。"我叹了口气说："是，五个人。"

师父火化的那一天，除了他的家人，店里只有齐书记、冯炳阁、百汇

和我在。

苏华北去哪儿了，没有人知道。

————

前一天下午，冯炳阁和我骑车找到南纬路。

师哥把车一摔，咣咣凿门。

门是新刷的漆，味很蹿。窗户也是新装上的，亮。

陈其一人看着店。

他的脑袋在玻璃窗里露了出来，过好一会儿才把门打开。

他张嘴就问我："你怎么带别人来了？"

冯炳阁走上去说："师父走了。"

陈其先是两眼一跳，随即后退半步，背靠着树，乐了。

他说："我都躲到这儿了，你们是不是还要怨到我头上？"

冯炳阁瞬间揪住他的领子，咬着牙问："你他妈乐什么乐？"

陈其歪头看我："屠经理，眼瞧着你店里的人胡来，你也不管？"

我告诉他："我已经不是经理了。"

陈其正经起来说："我可叫了，要是让街坊听见，也就算了，被警察逮到，你们吃不了兜着走。"

冯炳阁一个锁喉，用虎口卡住他的下颌，令他连咳嗽的工夫都没有，一口气从鼻子里呛出来，喷出许多稀水。

我怕生事，喊了句："师哥。"

冯炳阁松下胳膊，斜着踏出几步，一只脚狠狠踹在那间小馆子的外墙上。

一层土，嘭地散了出来。

陈其捯着气儿说："你们来我这里，花钱吃饭，我拦不着，为别的事，免开尊口。"

我说:"好,问过这一句,我们扭头就走。师父明天入殓,你来不来?"

冯炳阁在一边不动,支着耳朵在听。

陈其仍旧倚着树,抹了抹脸,却并不看我。

他冷笑着说:"这么跟你说吧,哪天如果我知道自己活不长了,我就是爬到外地去,也不跟他埋在一个地方。"

———

我叫:"师哥,咱们走吧。"

他像螃蟹一样,横着身子从胡同里面,搬过来一块盆大的石头块,有棱有角。

经过陈其身边时,陈其捂着头,躲到树后面。

冯炳阁使劲儿抬起胳膊,朝馆子刚装好的玻璃窗上,狠狠扔了过去。啪啪啦啦,许多碎碴子崩到陈其头发上,他吭也不吭一声。

我跟在冯炳阁后面,转身走了。

———

那天晚上,田艳托胡同口的大婶,把我从家里喊出来。

我以为她来找我理论,叫我赔玻璃。没想到却是她先从布包里掏出一个白信封,叫我转送给师娘。

我一摸,是钱。

她用手腕蹭了蹭额头说:"我刚走开拉个煤,你们就找上门了,也至于闹成这样?"

我问她:"明天陈其到底去不去?"

她一脸庄重地说:"他会去的。"

―――

那天清晓，店里派了专车到师父家接我们，百汇还帮忙做了个火盆。

周围一片半黑半蓝。

我和冯炳阁仍站在街口等，他没醒过来似的，一根接一根地抽着，提神。

天边见白，他把脖子捂严，说："别等了。"

我说："反正师娘他们还没出来。"

冯炳阁手里夹着烟，指着楼门口，让我看。

"谁说的，你瞧瞧。"

我一看见师父的黑白照片，被老太太捧了出来，脑袋立刻嗡嗡作响。

我问他："你有晕车药吗？"他怪我事多，说："要不进屋里，给你拿瓶醋？"我说："算了吧。"他把烟在鞋底一碾，就要往车里钻。

我还要回几下头，再跟过去。

临走到车门前时，隐约看到了一个又高又细的身条，在街口一晃。

他问是不是陈其，我说"是"。我在心里告诉师父，陈其来过了。

―――

下午，齐书记泡了一壶酽茶，等我和冯炳阁来，倒上。

他把眼镜摘到手里面擦，问师哥："从那种地方回来，要不要先洗个澡？"

师哥正咕咚咕咚地喝茶，差一点被呛到。

他又对我说："日子过得比坐飞机还快。一转眼，这么多年过去了，记得当初还是我力排众议，把你抢到店里的。"他抬起手，比划着说，"那时候你还是个小孩子，如今可不得了哦。"

我告诉他："书记有话不妨直说，不碍事的。"

他把脸冲向师哥，指着我说："瞧瞧他，哪里有半点像杨越钧。杨师傅走得突然，却是轻省了，一大摊子事，留给我这个不懂业务的，怎么处置！

搞不好，要被人家牵着鼻子走。你没看店里，一听说老掌灶没了，个个蠢蠢欲动，放羊的放羊，找下家的找下家。这工作该怎么开展下去，有谁替我想过？"

冯炳阁适时地插话说："不是有我们哥儿俩吗？"

齐书记继续跟我说："你之前主动提出回到灶上，我和你师父都很重视这件事。现在老人的头灶正好空出来，没二话，你来。另外他亲口讲过，在协会任教的工作，本打算领着曲百汇一起去的，这个主我能做，我看由他替你师父，去讲课。"

我说："好。"

他点了点头，将上唇伸进茶杯里，咽下一口后说："至于经理这个位子，也不好空着。"

师哥两眼放起光来。

齐书记又说："你们师父老早就让我物色人选，我刚刚从一家私营酒楼里，挑了一个人，谁承想还没和对方碰面，老人就走了，这才问一问你。"

我说："既然我回了灶上，和大家一样，就是个厨子。谁要走，谁要留的，都是成年人了，自己还做不了自己的主嘛，和我商量不着。"

冯炳阁看了看齐书记，又看了看我，脸色灰沉。

齐书记说："你要是这样讲话，就没意思了，你师父听到，他也不会好受的。"

我想了想，告诉他："保证店里的工作顺利过渡，是我分内的事情。这一点，请书记放心。"

出来后，冯炳阁把门一关，就要张嘴。

我瞪他一眼，把他朝过道里面拽。

他说："既然请外面的人做经理，还打着师父的幌子干什么，人都没了，谁又能问出别的来。再者，从头说到尾，跟我屁事没有，他叫得着我吗？"

我瞥了他一眼说："你刚才怎么不当面问他？"

他更气了："这不是想先跟你合计合计吗，新来的经理如果不对路，也好有个对策不是？"

我说："你总算讲对了一句话，以后遇见事情，你就把这句话反复在肚子里念两遍。至于别的，你只管吊好你的汤，又不是跑江湖的，还要看路对不对？"

他不说话了，见我要走，又拉住我。

"你听说了吗？"他问。

我见他脸色不对，站住细听。

"苏华北的下落，我打听到了。"

————

楼梯上，有人要走过来，见到我们两个站在一起，一转身，又下去了。

"有个粤菜的行政总厨来北京开会，这小子见第一面就拜师了，当即跟着人家南下去了广东。"

我听了，把眼睛闭上，好半天。

师哥又说："我昨天帮师娘整理老人的遗物，那个拜师证，老人自己也留了一张，叠得整整齐齐，存在柜子里，当念想。有签名，有公章，有评语，这不能不认啊。"

我说："师哥，要不，你把这个拜师证撕了；要不，去跟齐书记说，让他批你假去广东，你把苏华北撕了。"

冯炳阁哼唧两声，说："要是你屠国柱都这个态度，我还有什么可说的。师父活着的时候，真白疼你们几个了。"

我不仅回到了后厨,还站在师父生前一直用的老灶台前。

周围的师傅早上各自炸鱼、煨牛肉、炖羊肉,徒弟们帮着筛煤、拢火,直灌得鼻子里全是黑烟。我沉不下来,只好四处看,发现每位厨子之间,都放了一个深色的料戳,供俩人所用。通常上面是个油鼓子,下面搁酱油和淀粉。徒弟早起必须先将里面擦净,用盐水去耗老油。既然是两位师傅配合着使一套料,谁要出去,得吱一声"你辛苦"。人家炒菜时,一勺盐水搁在罐子里,怕老油凝了,好稀它。那人回来后,旁边的会告诉你"两勺"。你自然知道这个口多重,否则你掌握不好咸淡。这样,空出耗油的时间,以免菜来了油还凉着。以前让杨师父知道,要骂街的,因为你重新耗油,别的人都要干等着。

下午大家坐在院子里,落落汗,有师傅敬给我一根香山。我说:"这可使不得。"

他们说,应该的。有实在的,会问我:"经理的活,又有实权,又有油水,好好一顶官帽戴在头上,回我们这里干什么?人要往高处走才对。"

我借了个火,抽上一口,风吹过来时,只觉得一阵清清爽爽。

杨越钧的灶台是那种老式的无眼抽风灶,青灰水泥,金刚砂,和葛清当年用过的一样。我开始还真不太会使,有时候做些焦熘一类的冲火菜,到最后必须得顶一下明火,菜的温度才能上来。可是火力跟不上,就成熬菜了,没法吃。这才想起以前葛清想教我这个,我还躲了,就忍不住要骂自己。

张晗偶尔会过来露个面，见面就叫"屠经理"。

我截住话，告诉她："是屠师傅，重叫。"

她捂着嘴，改口叫："师父。"又问："一到高峰时候，十个火眼，全都打开，谁不是四脖子汗流地忙着。可我怎么什么时候看你，你什么时候闲着，一点表率作用也不起？"

我说："你一天能看我几次，总看我，你的活又是谁在干？再说，正因为我是头灶，大部分给我的，都在晚上七点以后，走的也全是白扒鲍鱼、三丝鱼翅和油焖虾，价钱都在二百块以上的，才轮到我动手。"

她晃着脖子过来小声问："师父，你炒的菜，到底好不好吃，什么时候我吃过了，给你打打分。"

我说："你管谁叫师父呢，合着我干了小半辈子，要靠你来打分？赶紧出去。"

百汇肿着眼睛来找我，他说："三楼宴会厅，要开全体大会，一起上去吧。"

我说："好的。"

上一次坐进这里，还是我和师父、苏华北三个人一起开小会。想一想，仿佛是在昨天。

现在所有的人都来了，他们两个却走了。

我扭脖一瞅，厅里白漫漫地坐了一片。

很少见齐书记这么严肃，师傅们也跟着拘谨起来。

他旁边挨着一个粗眉大眼的生脸，梳着清清楚楚的中分，约莫三十出头。

最扎眼的，是那人身上，穿了件肥大的毛华达呢棕色西服，玻璃纽扣，青果领。两手规规矩矩地平放在腿面上，不露声色。

百汇和我讲："这人也太没趣了，师父刚去世，就要坐那个位子，没人告诉他吗？"

我怪他多嘴，说："仔细听。"

齐书记开口叹气："杨师傅走了，大家心里都很难过。可是再难过，也不如在工作岗位上，用实际行动，告慰他老人家的在天之灵。"

穿西服的，侧头去看齐书记，仍是不露声色。

书记不再去讲其他，忙说："这位是新到店的马腾，马经理，以前在渔阳饭店工作，大家欢迎。"

底下等了等。

我抬手鼓掌。

周围的噼里啪啦声，渐渐连了起来。

百汇又对我嘀咕："那把椅子，本该是你的，现在明白了？你不坐，有的是人抢着坐。"

齐书记请新经理向大伙做自我介绍。

马腾笑起来，油头粉面的，倒是不招人讨厌。他摊开手心，展平一张横格纸。

我问百汇："怎么和你一样。"他怪我多嘴，说："仔细听。"

马腾咳了咳，昂着头，朗声说："这张纸上，记了一些数字，念给大家听一听。"

"只讲后厨，算上宴会组、烤鸭部、面点、冷荤和配菜，几个部门下来，一共47人。截至上个月，不算市里用餐免单的，我得到的数，每日流水是八万。"

屋里像是漏雨似的,四面纷纷溅起了动静。我心里一阵憋闷。

百汇问:"你刚干经理的时候,也说过一个数,多少来着?"

马腾又说:"一楼散座,小吃部20张桌子、餐厅30张桌子;二楼东厅是35张、西厅28张;三楼整个宴会就是40张;再加上店里这47张嘴,每天我们自己就要吃下去的,这点儿钱多是不多,大家评评。"

齐书记在看我,马腾也在看我,我不知道身后,还有哪些人在看我。

我于是把目光定在他们俩的椅子腿上。

新经理的两只脚,穿着一双明光瓦亮的小牛皮鞋。我只有在结婚那天才这么打扮过自己。

马腾把身子往上提了提。

他说:"我有个建议,只跟齐书记谈起过,想在这里抛砖引玉,请各位主事的师傅畅所欲言。"

屋里静得,能听见喘气声,我瞄到两个档口的老大,双眼纹风不动地,盯在马腾身上。

新经理是个聪明人,头一低,看纸,继续说:"我不提渔阳饭店,想必大家也清楚,别人家内部,谁还吃大锅饭。一百分为基础分,多劳多得,不劳不得,客人的钱流进哪个部门,哪个部门就加分。到时候,也用不着说我这个经理新官上任三把火,向着谁,不向着谁。"

一个有头脸的师傅说:"公不公平,那得看你评分的系数怎么算。"马腾直接站起来,笑着问:"您贵姓,哪个部门的?"

那人如实报上名字,新经理说:"我记下了,热菜组根据会计做的收益表,加 10 分的话,照前三个月的平均收入,切配组就是 107 分。很快店里还会调集各部门的人手,改良宴会组,为创收打基础。"

底下乱成一团,有人说切肉最累,后厨挣的全都是我们的钱,反而拿得最少;有人说夏天吃烤鸭的人多,就俩老头,系数那么高,凭什么;还有的说,要是培养宴会组,还设什么小吃部和面点,全上刺刀拼命得了。

百汇也跟我说:"这是田艳不在了,组里全是些只会喊疼,不会还手的。反正我马上要讲课去了,不跟在里面掺和。"

我见会场有些不像样子,于是也站了起来,转身环视。

他们一个个瞅见我,然后低下头。

声音像被扣上了锅盖。

———

此刻,马腾和我,一起站着,互相在看对方。

齐书记轻敲两下桌子,说:"这只是和大伙通个气,不会一下子执行得那么具体,用不着这样。伤了和气不说,还打击积极性,得不偿失。你说呢?马经理。"

马腾没有动弹,他的西服很不合身,像个袍子。

他把视线从我身上移开,说:"大家心气足,我的工作就好开展一半。经营一家店,怕的,就是老听人说,万唐居有多少年的历史,接待过哪些领导和外宾,在八大居里排第几。我总认为,爱提过去的,多是气数快尽了,才躺在功劳簿上,去翻皇历。万唐居没有这号人,我看很好。"

齐书记手一摆,叫我坐下听。

我慢慢把屁股放下,马腾也坐回椅子上。

他说:"各位互相搭了几十年的伙,为这点儿仨瓜俩枣的奖金红脸,若我说,不值。不如想想,如何在自己的菜上,出新,出巧,否则干着,也没意思。"

所有人都没再吭气，因为谁也不知道他还要说什么。

被这小年轻一激，却让一票老人炸了窝，想想都丢脸面。

马腾把手一指，说："西单缸瓦市，那边的酒楼经理，会把师傅们，不断派到本店菜系的源头地去采风，出来的创新菜，扎实，有冲击力。我做菜外行不假，但我知道，菜品是有生命力的。有的菜早被人家吃得够够了，你自己做起来都烦，顾客能不腻吗？各位师傅，与其在那点儿奖金上抬杠，不如花些精力，琢磨新菜，卖出去。那才是顾客之福，才是万唐居之福。"

旁边的人，连百汇在内，都听入了神。

新经理于是宣布："先从北京本地菜开始，每位师傅都可以尝试新菜，可行的，由我报到局里，立即上菜单。档口的组长，每周要去市里几个著名馆子品尝，写书面报告。有想去外地出差的，可以单独申请。希望大家记住，谁能钻研出别人想不到的东西，才说明你真把万唐居这块匾，放自己心里了。"

百汇听完，哼了两声，说："这位一看就是猪鼻子插葱，装相。"

我说："挺好的呀，几句话都戳到点子上了。"

他白了我一眼，站起身，搬椅子和大家一起散了。

———

店里给马腾配了间在二楼把边的办公室，朝北。我进去时，他正在摆弄自己的那身肥西服。

门是敞着的，他转身猛一看见我，愣了半天神。

我说："我是屠国柱。"他忙张嘴笑，伸出胳膊握我的手，好像是刚刚才认出来。

他说："乱得很，随便坐。"

我问："有事？"

他把报纸夹理好,挂在墙上,说:"刚才的会想必你也看到了,多少位老师傅,岁数能当我爸了,要他们听我的指挥,恐怕我这个马字要倒着写。"

我笑着点点头。

他接着说:"我知道,杨师傅一没,人心全都长了草,有好些老职工已经和外面的店说好了。在这里干三灶,那边薪水翻倍,请去做厨师长的,都有,您不会不知道我说的都有谁吧?"

我只是淡淡地问了一句:"有这事?"

他苦笑两下,又说:"您以前就是这儿的经理,现在又兼着热菜组和烤鸭部两处,底下什么动静,自然是哑巴吃饺子,心里有数。我在会上,要把式卖艺一样地折腾,就为想看看,谁心里在意这里,谁又早找好了后路。您也知道,干餐饮,最忌讳人员流动过大,我总不能自己上灶走菜吧。"

我把两条腿跷了起来,想想后告诉他:"马经理,如果你有业务上的事情需要我协助,屠国柱尽心尽力。老话讲,不在其位,不谋其政,你自己也说了,我只管烤鸭和炒菜,旁的事情,我是有心无力。"

马腾一听是这话,也就不再和我费劲下去。

然后,轮到我问他:"马经理说刚才开会是耍把式?"

他垂着头,继续苦笑,没有表态。

我告诉他:"那些可都是好办法,如果这上面需要有人做表率,我愿意身先士卒。"

他不笑了,抬起了脸,半信半疑地盯着我。

我说:"市里有些饭庄子、宾馆,买卖开得不错,我可以列个单子,大家实地去看。至于外地的一些原材料产地,也确实该有人去跑。"

他说:"单子不用您开,我这里都是现成的,如果您不是跟我逗闷子,明天我就在这儿,等您回来。"

我咧嘴直笑,连说:"不用那么急,不用那么急。"

晚上,邢丽浙熬了一锅干菜汤,我越喝,肚子就越是叫。想绷住肚皮,把声音压下去,结果还是被她听到了。

她扯了一条方毛巾到手里,坐过来看我,我说这两天有点闹痢疾。

她立即转身,取了一盒四环素,放我跟前。

我冲她瞪眼:"真吃?"

"吃啊,不然你拉到半夜,还要讹我背你去医院?"

我勾勾地看了半晌,才打开药盒,抠出来一片,刚要捂进嘴里,还好被她一把夺下。

"疯了你,瞧不上我做的饭菜就直说,药也是好乱吃的,犯得上吗?"

我继续喝汤,什么也没说。

她又贴过来问我:"屠国柱,跟你结婚也有几年了,在店里吃不着你的手艺,是我没福气。可在家里,好歹你也动一动火吧,我也真想看看,你的手艺,到底行不行。别回头邻里街坊地问起来,我守着一个万唐居的总厨,每天吃什么,说出来,都没有人会信。"

见我仍不理她,她干脆把碗一挪,脸冲脸,和我对起眼来。

"屠国柱,你不是很喜欢拉着人,聊灶上那点事吗,今天怎么哑火了,哪件心事被我戳中了?"

我被扰烦了,索性老实告诉她:"师父那个老灶台,我用不好。这几天的工作,勉强还能应付,过阵子店里真要做起新菜,如果是我的灶上掉了链子,你说有多丢人吧。"

她冷笑两下,等我继续说。

我抬起头，对着灯罩发愣，说："以前看老人炒菜，勺不在，火就吸溜吸溜地，跟要死了一样。等他把勺一搁上去，火就忽然蹿出来，连颜色都壮实了许多。那时面薄，不好意思问，现在想问，恐怕要靠上香托梦了。"

邢丽浙拿起一只空碗，站了起来。她的腰有些宽了，但是身形还在，影子散在屋里，被折成几道柔媚的画片。

"你屠国柱也有今天，本不想听你说这些，但既然是我问起的，讲下去也无妨。杨越钧那个灶，就连跟他最久的冯炳阁，也没看明白过，别说你了，问也不会说的。你看不见底下有个瓷砖贴的小暗门，他轻轻一开，风就进去了。里面风口的走向很巧，那是砌灶的人，有本事。底下的槽口，专门走水，后面是个砖砌的方烟筒，来做烟道，让风刚好从两边过来。平常你师父拿一个小瓷砖粘上，谁也不会注意，也没有温度。用火的时候，他往下一抽，风立马上来，比他养的几个徒弟，还懂人事。"

我挤了挤眼睛，问她："那个风如果不直接从烟筒出去，火又怎么起得来？"

她给自己盛了一碗汤，随口便答："那还不简单，烟坑挖多深，你烟筒搭多高就是了。说穿了，跟湖广会馆的戏台一个意思。没有麦克风，底下声音怎么也那么大，就靠戏台底下那个坑，造回音。这也一样有个回风，火点着以后，令里面的风，能往上卷。"

我听得傻笑起来，把两只胳膊叠好，往桌面上一架，重新打量着她。

"看不出来嘛，连这种事情，你都知道，还有什么能瞒得过你的？"

灯下，她一双澈亮的大眼睛，翻向我这边，同样对准我细细打量。

她说："你不知道吗，这个店里，没有不透风的墙。"

十九

听说我和店里打了招呼,要去仿膳饭庄实地观察,张晗连好不容易抢到的倒休也不要了,一定要跟过来。我以为她是想钻个公家买账的空子,贪嘴吃,席间特意多加了抓炒鱼片和琉璃茄子,有咸有甜的,可口。结果前前后后,她也没动几下筷子,始终攥着个黄白鲜明的一品烧饼,不撒手。

两个人草草地从漪澜堂里穿出来,向琼岛岸边的游廊走去。

水面上结了一层薄薄透透的浅冰,细看下去,怀疑那更像是被灰粉一样的孤雾,给锁住了。

我随她站在一排枯寂的柳树干下,不知在看什么。我告诉她:"刚才的海红鱼唇、锅贴里脊,是满汉全席里的宫廷名菜,独此一家。你倒好,跟吃药一样,早知道就不准你跟来。"

她的手可能是给铁栏杆冰到了,乍地抬起来。我又说:"明天冯炳阁被派到颐和园的听鹂馆,你要是嫌仿膳没趣,就跟他再去一趟。那里有道叫烧活鲤鱼的名菜,是专门为慈禧做的。据说下锅前,先拿湿毛巾裹住鱼头,不掏鳃,浇好汁,快速把鱼身放热油里去炸。只要火候准,等上了桌,鱼嘴还是张着的,眼睛和头全会动。听鹂馆的师傅说,会让游客在昆明湖里挑鱼,现捞上来开生,连外国人都特意赶过去拍照。"

张晗转过头,冷冷地看着我。

我才意识到,这种事情,不是哪个女孩子都愿意听的。于是我讪讪地把身子一背,向东北边的公园游船停靠处,望了过去。我又告诉她:"你知道吗,不到二十年前,街道办事处的人想把我分到这里,做救生员。像眼前这个时候,不干活,职业养膘,照样有钱,有编制。也不知当初怎么想的,这样好的差事,全不要。假如我点点头,来了这里,咱俩今天也能见着,只不过你还是站在岸上,想心事,我坐在船头,猜这个姑娘,到底是想跳,还是不想跳呢。"

她终于被逗乐了。

"这么窄小的一面湖水而已,也好意思叫北海,害得我满心欢喜地赶过来,原来又上你们北京人的当了。"她半认真地跺起脚来。

我在旁边听了,不知道该说什么。

"快二十年了。"她将我的话,又轻轻念了一遍,"说我有心事,其实是你有才对吧。不仅有,还令你执着了二十年,仍放不下。"

"谁还不都是这样过来的。"我说。

乌沉沉的天上,太阳光和云,晃得她强睁起一半的眉眼。

"那天是师父走后,我第一次站在他的灶上,腿发软,后背刺刺地冒着凉气。"

我顺着岸边的柳树,一棵接一棵地走下去,她紧紧跟在旁边,仔细地听。

"和老人共过事的师傅们,故意嘻嘻哈哈了一整日,还敬我烟抽,我心里什么滋味,他们懂。可是有些事情,光懂了没用,得有人去做。我不说,想必你也听过,当初鸭房的葛清,是怎么待我的,后来我又是怎么待他的。"

到了刚好能望见永安桥的地方,我停下来,她也不走了。

"师父原本有个心愿,我也是这两年才明白。他想我们五个,能接好后厨的班,他也尽早去协会安排的机关里任教,走一走场面,享一享清福。他总说,一个人收山的时候,不看他做过什么,而是看徒弟对他做过什么。是我没用,令他落了空。这几天我总嘀咕,老人临走前,躺床上,到底在想什么，会不会怨我。二十年算什么，就是再干二十年，又算什么，欠他们的，始终是还不清的。"

"等你将来心梗了看看，除了疼，哪有力气想这么多事。你是来干活拿工资的，又不是赌钱，还什么还。"

"忘了从何时起，对他们的回忆和愧疚，像藤叶似的，一点一点爬到我的腿上、肩上，把我绕在灶台前，脱不开身，我觉得这些老人们，一定在哪里看着我。年轻时刚进这行，店里都叫我"驴师傅"，我还嫌难听，可如今想哪位见到我，再这样叫一声，可难了。"

她往前迈了两步，站到我身前。

"'驴师傅'，您讲的这几位老人，都还在吗？"

"应该都不在了。"

我心里一阵酸。

"那么我替他们，传个话给你吧，这些陈芝麻烂谷子，拿出来晒一晒，就放下吧。人走到最后，终有他自己的定数。犯不上你拿别人的命，作践自己，嗯？"

"这倒不会。有年师父生日，我们五兄弟聚在老人家里。大家围坐一起，桌子不大，相互挤一挤，那回是人最全的一次。当时我看看这边，又看看那边，那时的情景，记一辈子。"

张晗倚住栏杆，把身子探到湖面上看，半听半不听的样子。"要我说，你呀，别看岁数比我大出不少，却没经过什么事，才总去记这些。你看我，半个中国都走遍了，遇到多少事情，说忘也就忘了。像你一样，都塞在心里，还活不活了？"

"被你说的，我白长这么大了。"

"那可不是，我劝你也学学我，多出去走走，看看。比如在大海边，一站,心里就豁亮亮的,什么都放下了。"

我经她一说,心思真动了起来。

"你还去过海边呢?"

"我?我从小就立志,要去海边。有两处地方,是死也要去的,一个是北海。谁想来了才知道,不过是一座公园,一片湖,北京人,不实在。"

我忍住不笑,听她再说。

"还有一个,就是上海。所以那回听你去上海,待了没两天就急着要回来,我还替你可惜。说明你呀,和海没缘。"

"啊?上海,有海吗?"

"怎么没有,上海上海,没有海,敢叫这个名字吗。"

"就这点见识还要我跟你学,被坑了一次也不长记性。"

天暗了,不知是雾气更重,还是真的暗了。

我问她,南门出还是北门出,她前后看看,摇头不知。我说那就北门吧,还能再走一走。

"我想起了那条鱼。"

"哪条鱼?"

"那条蒙住脑袋,身子死了,被端上桌,还张嘴呼救的鱼。"

我听了,闷声不语。

———

我们走过船坞旁的泥地小径,才看到有好些灰皱的侧柏,被棚架支住树冠,铺上草皮垫子,埋沟施肥。

我忽然记起,今天这些话,还从没有跟任何人说过。于是提醒她,别散出去。

她点点头。

不知为什么，我又添了一句"谢谢"。

她噗嗤儿笑了。

"谢什么，看你那副样子，下巴颏子一抖一抖地，生怕你对着我再落了泪。让公园里的人看见，算哪回事。我这才讲些笑话，分分神，你真以为我是傻子呢。"

我忙说："不会，那不会。"

———

隔天，冯炳阁来灶上，看我做水晶鸭子、氽鸡蓉虾球。

他捧了一手的白瓜子，放进嘴里干嚼，然后用舌头顶出来，啐到我脚上。

我说："师父不在，你眼里就越发没人了。"

他说："有人又能落到什么好处。这道鸡蓉虾球，我瞅着，像是春元楼里丁少伯老爷子的做法。"他用手捏下挂在嘴边的瓜子皮，没好气地说，"这盘汤菜在筵席里，少说也有八十个年头。这么老的菜都能传到你手上，我跟你身边嗑个瓜子，瞅一瞅，怎么了？"

冯炳阁的头伸了过来，轻声问："师父头七，怎么办？"

我说："你是老大，你来张罗。"

他"嗯"了一声，继续说："我是问你，还用叫陈其吗？"

我说："你定好时间，我去叫车，百汇买纸钱，人手够支使的吗？"

他说："够了。"

我又问他："是不是在找下家？"

他说："这事你别问。"

我于是闭上嘴，把虾仁泥、湿团粉和鸡蓉挤成的丸子和汤一起放在炒勺上，打开火开始烧菜。灶眼一见勺等在上面，像弹簧一样，火瞬间蹿了上来。等撇去汤面上浮沫后，要改用微火，灶眼又缩下几缕，将抄勺上的丸子，渐渐汆熟。

打碎鸡蓉的时候，冯炳阁在我手边直直地盯着，一个字也没有说。

当我把火腿肉和豌豆苗撒在汤上，准备上盘时，他问我："师父总不至于连调教这个灶眼的那点儿心得，也传了你吧。你这火一会儿大、一会儿小的，是故意跟我显摆呢？"

我把盘子递给他看，白汤、粉丸、绿豆苗，软玉温香一般。他对着汤，瞪住半晌，不言不语。

我闭了一会儿眼睛，喘出粗气，然后抽出一双筷子，叫他拿住。

他的手如同被风吹散的树枝，抖抖簌簌着，轻接住筷子，探进汤里。

他抖得太厉害了，筷子在他手里，像两条摆晃的索桥，那一颗丸子根本捞不上来。

慢慢地，他整个身子都跟着哆嗦起来。他索性松开手，两眼仿佛蒙上了一块红布。

我重新拾起筷子，一夹，带出一颗八分大的丸子，伸开胳膊，送进他嘴里。

师哥半张着嘴，不嚼，不咽，只是含着。

他含了很久，才用劲吸了一口气，又呼了出来。

直到姜末的辛香味也散了开，我看见，师哥的眼窝下面，渗出米大的泪。

我不再去看他。

只是听见他擤了几下鼻子，说了一句："师父他太偏心了，太偏心了。"

这时，百汇拖着步子，靠近了我们，不敢说话。

他问："两位师哥这几天去过的店，回来的报告写好了吗？想借来抄抄。"

冯炳阁把身子一背，不答应。我告诉他："早交上去了。"

他愁着脸说:"这几日光顾着备课,没把这个任务当回事。"

我才想起来,对他讲:"去机关里讲课,遂了你多年的志向,我们该恭喜你才对。"

他说:"不知为什么,现在整理教案,拟菜单,全没了当年那种热情,心里还总是空空的。直到看见两位师哥还在身边,总算踏实一些。"

冯炳阁转过了身,脸早被揉成了花瓜。

我和百汇,绷住脸,没笑。

百汇说:"三哥,听说你现在藏了一肚子老菜,都是我们没见过的。我看下回你替我去站到讲台上,我坐在下面,当学生。"

我看了看冯炳阁,对他说:"你看百汇,从来都是捡我爱听的说。"我又转头去看百汇:"可从来都是你好话一说完,准没好事等着我。"

百汇正正经经地对我说:"哥,待会儿开会,你跟我往后排坐吧。"

———

在宴会厅,马腾早坐好了,等着我们。

他客气地请我们往前坐,我想起个表率,就忘了百汇,自顾自地跑到第一排,正中间。

冯炳阁则坐到我这排,最靠边的位子。我看每个人都照马经理的要求,带着笔和本,搁在腿上来听会,这倒还真是个新气象。

经理今天换了一件黑西服,紧,整个人也利落多了。他上来就说:"这两天各部门组长,都在外面不停地跑,不停地看,辛苦大家了。所有人都是当天就写了书面汇报上来,这样的效率,让人又惊又喜。而我这边,也没闲着,刚为服务组,统一在天坛的服装三厂,定了批新款的服务服。我身上这件,还是样品,特意穿出来,大家看看,怎么样?"

他笑着站起来,两手斜着抬起,原地转了一圈。

下面无声。

他收起了脸,坐下说:"接下来服务组的任务不轻,要换新的桌饰,都是用花卉、枝叶和果实,由女孩子们亲手编摆出来。希望各位师傅们,有空了,过去看一看,提提意见。"

因为这些事,跟厨子一点儿关系没有,所以根本没人吭声。

他假意咳嗽两下,说:"前天北纬饭店刚装修完,请我去了一趟。大伙记得他们家以前的样子,有多破吗?"有师傅会意地笑了。马腾又说:"哪位回家,路过的,就进去看看,不是说光装修过就完了,菜也添了新的。我在这里,就这个新菜的问题,和大家絮叨两句。"

底下人正要听关键地方,谁想他又拿出一沓文件纸,话锋一转。

"几位老师傅写的汇报,我是连夜读完的。虽然你们都不擅文辞,可看得出来,句句都是你们对这家店的感情、心血,否则不会一道菜接一道菜的,从历史传承,到工序和火候、主料、辅料,像织锦一样,天衣无缝。拿给我们这里的曲师傅,又可以编一本烹饪百科了。"

底下笑出了声。

他端起茶杯,挡住半张脸,等大家笑完后,才放回桌上,接着说:"可是我却想告诉你们,这些报告在我看来,全都不及格。"

我左右看看,百汇和冯炳阁离得都太远,连个能开小会的人都没有。

他接着说:"我是经理,我的任务只有一个,就是把万唐居的营业额带上去。但诸位写个菜谱出来,对我一点儿帮助也没有。我再说回北纬饭店,他们家的葱烧海参,轻嫩滑爽,主打菜是油爆双脆,一个字,亮。还有奶汁烤鱼、罐焖牛肉,都是中西餐搭配着做,一看就是后厨动了心思,人家是真配合经理的经营思路。在场还请来了香港《大公报》的记者,一桌子菜,全部吃完。我想知道的,就是这个菜端上桌以后,顾客看得到、吃得着的,色香形味。师傅们,只要卖相好,你们也多用点大油,那是真漂亮啊。"

他拽出桌上的一张纸,扫了几眼说:"这是哪位师傅写的,就不提名字了,烧牛头、煨牛肉。光是这个煨牛肉,就要先煸到金黄后,煨五个小时,凉了的话,还必须用笼屉去蒸。各位叔叔大爷,我给你们五个小时,就给我整一道牛窝骨筋出来?"

"那可是中山公园瑞增祥,您的本家儿,马德起老先生看家的烧菜。"冯炳阁在边上,回了一句。我和许多人一样,扭过头去看他。

———————

马腾长长的睫毛,来回眨了几次,口张大着,竟不知怎么把话扔回去。

他撩了撩头发帘,再度站起来,由我这边看过去,是真急了。

"我只知道餐馆想盈利,先要保证翻桌率。我上次开会,一个劲儿让你们出新、出奇,结果写回来的,又是什么。豆豉蒸鱼、回酥狮子头、麻酱腰片、烩生鸡丝,又费火,定价又低。死活就不肯学外面饭店的创新菜,对不对?街北新开的私营鲁菜馆,从淄博一个地级饮食公司请了个二级厨子,就能做出水晶海参来。我听说,人家能想到把海参的入鲜汤做成冻菜,冷食佐酒。哪像我们,除了烧,就是扒。还有在道林旧址上重新起的一家粤菜酒楼,那里的醉蚶片、琵琶大虾和龙井鲍鱼,要多正宗,有多正宗。人家怎么就能想出把鲍鱼和龙井茶的香味一结合,创出一种复合清香来。我就想不通,咱们这么多人,怎么一个去粤菜馆的都没有?"

一听见这话,我注意到冯炳阁有些坐不住了。他张嘴叫了一声:"马经理。"

我赶紧喊住他:"师哥,你的本儿掉地上了。"他看了看我,才低身去捡。

我的手在裤腿上抹了抹，将汗蹭干，然后抬起头，听马腾继续说。马腾眼中，辨出颜色，撇嘴干笑几下，接着讲他要讲的话："我多问一句，切配组到底是谁负责？"

不等下面反应，他又开口问："咱们的肉坯里，就是肉轱辘、肉块，能不能多加点蒜瓣儿、腰窝，那种走量的，一盘菜成本压低一点，十盘下来，账上就好看多了。你们丁配丁、丝配丝的，我不懂，我希望一道家常的红烧牛肉里，各位在辣椒、大葱和香菜的比例上，是不是，再斟酌斟酌？那天我在前厅瞅服务员走菜，咱们的分量也太实在了。"

我使劲儿把一口气，往下咽，百汇没坐身边，否则真想听听他说什么。我只好侧过头，去看紧边上的冯炳阁。

我把眼睛使劲儿闭了起来，听到刺耳的啪嗒一声，师哥把本子摔到地上。

"本来今天屠国柱在，我给他一点儿面子，开会到现在，我也一直劝自己，他都不吭声，我凭什么？"

我伸出脖子，刚要张口劝他。

"屠国柱，滚一边去。"

冯炳阁从兜里掏出一根烟，给自己点着了。

他吸了一口后，提了个问题："马经理，我该说你是聪明，还是傻呢？你要是傻吧，就你那点小账，说实话，我们还真琢磨不出来。我要说你聪明吧，你却犯了一条大忌，后厨的事情，不该你管，能明白吗？"

马腾强笑之中，目不转睛地盯着师哥。

冯炳阁也是笑，豁出去的一种笑。他说："屠国柱当经理的那几年，干过什么，我都记着呢。"

他讲这个干什么，我的鼻子像呛住一口水似的，差点堵出泪来。

师哥又说："这孙子也是后厨出来的，但是他从没对我们灶上的事情，指手画脚过,一次也没有。你刚才提起肉坯,我问你,肉坯是什么?"

马腾语塞,全答不出。

底下有笑的,声很小。

冯炳阁告诉他:"包括上脑、磨刀、黄瓜条、大三岔、小三岔,五个部位,一只羊出百分之三十五,这是规矩。别说配比的量,连出来的花刀都该一样。你连这个都不知道,你有什么资格跟叔叔辈的师傅们说,应该加什么,不应该加什么。你说要加腰窝儿,这也就是在会上,你是经理,你在后厨说一个试试,我撂下勺就走,我都不理你。"

有热心肠的,站起来,伸手拍他:"老冯,算了。"

他像喝醉酒一样,指着马腾的鼻子,说:"我就会那几样菜,经理您讲的创新,对不起,没学过。还有,我的汤都是五小时起的,您嫌费火,那干脆把汤锅砸了,我也省事。"

我怕他的话越讲越出圈,就让身边的师傅拉他出去。

他被拽到楼道了还在喊:"我师父保了一辈子的招牌,早晚砸在你们这帮人身上,偷工减料的心思都动上了,你真是能蒙一个是一个……"

马腾两眼发直,瞪在地上,咬牙讲出两个字:"散会。"

后来,他把我叫到办公室,两个人面对面站着,话赶话地讲。

"之前我跟你说过吧,到底问过他没有?"马腾把门一扣,扯下身上的西服。

"我可以说,谁都可能会走,唯独冯炳阁,他对万唐居,从没生过二心。"

"那他这是什么意思,神经病吗?开会,也要有个开会的样子吧。"

"马经理,您这个动静,外面也听得到。"我说。

"好,好,他是你师哥,我今天也卖你一个面子。"我承认,他已经足够冷静了,"找你来,是想说,你交的报告,还是有价值的。你这几道菜,虽然不够新,成本也高,却是别的地方,再也见不到的。"

"您过誉了,报告归报告,适不适合实际工作,还要经理说了算。"

"屠师傅,如果是几年前,杨老师傅在,这些菜端出来,万唐居绝对不可一世。但是以目前的状况,它们能不能帮到店里,你我彼此心知肚明。"

我点了点头。

"但我也不能一棒子打死一大片,否则我这个经理,就不要做下去了。至少你可以去试,有一天你觉得成熟了,我等你好消息。"他忽然皱起眉头,接着问我,"屠师傅,你以前好赖也干过经理,为什么你对这个职务,就没有积累哪怕一点儿的职业素质呢?"

我干看着他,不知何意。

"别人也就算了,你去一趟仿膳,两眼也只盯着盘子,对人家店里的情况,概无所知。前厅的领班张晗,是凑热闹去的,我居然是在她主动交来的报告里,才知道仿膳共有两千平方米,分三个庭院,大小餐厅十二间,餐位三百来个。灯是怎么制成的,窗帘和台布的材料是什么,散点和宴会套餐的价位又是怎么分的。这才是我急需知道的,你们究竟明不明白?"

我听了呆在原地,脸上一层火辣。

二十

回到家里,我问邢丽浙,马腾讲的那些道理,到底算不算个道理。

她歪在沙发上,闷头攥着几块花花绿绿的布料和一条长裙。

我说:"我跟你说话呢!"她才抬起头,看看茶几上摆在面前的剪刀、线轴和顶针,又看看我,傻笑着。

她说:"你何苦生那么大怨气,眼下这个形势,谁说得好。搁二十年前,管你的菜卖不卖得动,有国家给你兜着。如今效益差些的,真敢让你下岗,再不济,就交给私人承包。今天这家店的菜刚领了奖回来,明天就关张的,少吗?人家是领导,他怎么说,你就怎么干呗。"

我长吐一口气,说:"这些还用你讲。我是琢磨,以前师父管后厨的时候,店里效益好好的,怎么我接了班,却一直在走下坡,算来算去,是不是这个万唐居,真是被我弄砸的?"

邢丽浙赶紧把嘴扭过去:"呸呸呸,这么不吉利的话,你也不嫌晦气。没瞅我缝线呢,扎了手,你给我做饭吃?只要店里还给你开得出工资,操那份心,有趣吗?早不是经理了。"

我说:"万唐居生意是好是坏,你这个管账的,应该最清楚才对。"

她的嘴紧闭着,一言不发。

僵持了好一阵子,她才肯抬起头,叫我替她纫针。

我把线头含在舌头上,问她忙活什么呢。

她说:"别人不心疼我,我自己还不心疼自己吗?我也看出来了,指望你,早晚得饿死,这不是缝个可心点的围裙,干起活来,也方便一些。"

她一面说,一面将三个花色不同的小块布料,并排拼起,再沿着素色边，贴着毛边，缉明线，抽裙褶。我见先前已经剪出的苹果形侧袋，被她用咖啡线绣上叶子梗，一扎，居然真有几分时装的样子。她拽起宽大的V字领，在后腰部串进一条结带，套在身上时，抽紧一系。她说："你看，还真是贴身，烧饭的时候，随手就能把勺子、味精瓶放在这一列小口袋里。侧腰的大苹果袋子呢，就放些刀、叉之类的餐具进去。这样在厨房里，我随时可以进入战斗状态啦。"

我觉得可笑，于是把报纸一抻，挡在脸前，告诉她："你的新围裙要是这么个用法，劝你穿之前，先把药箱找出来。"

她三两下便将布料团成个球，攒在手里，使劲儿抛出来，扣到我脑瓜顶上。

"屠国柱，你以后还是住在后厨别回来了，省得就会说这些风凉话来气我。"

马腾管理万唐居的这段日子，前厅服务组的那些孩子们，天天像过年一样，喜气洋洋的。有一日，我正在灶上，盯着小伙计做清炒虾仁，刚指出来："你的芡放多了，怎么心里像长了草一样。"结果，他火急火燎地说："对不住，屠师傅，最后一道菜了，我做完要赶到小宴会厅，服务组正摆桌饰，培训端茶倒水，还等着我们打分呢。"

我不好硬拦，于是等人都走掉了，便独自在后厨里炸起鸡蛋皮来。

炒勺上火前，抹了一层油擦净，再摊平薄薄的蛋糊，直到它被炸成纯金黄色，像和尚披裹在身的袈裟一样，映在我的眼里。

我不由自主地，为这道菜的色泽叫好，差点还笑了出来。

"哎哟，第一回看见，还有人自己为自己笑的。"张晗站在我旁边，故意用手指刮着脸。"不知道害臊。"

我回过头，忍不住上下一看，被惊得脸软心跳。

她穿了一件海棠红的礼仪长旗袍，锦缎面，立领偏襟，将本就古雅的姿容，衬得越发袅袅婷婷。两截葱管一样细白的臂膀，露在光光的齐肩袖外面，晃得人神乱。

"穿成这样，赶着结婚去？"

张晗轻低下腰，伸手捏住高开衩的下摆，我的目光只看她扎在盘发上的簪子，不敢再瞅别处。

"别说我了，你没去厅里看看那帮丫头的样子，和师傅们全都笑成一团，有几个还能正经打分的。"

"胡闹。"我背过身说。

"大家还问，屠师傅怎么不在，我才过来找你。她们是很尽心尽力的，用绿叶、香花和红果，摆出彩蝶迎客之类的桌饰，你不去，也太不近人情了。"

"我这眼力，看个汁儿宽了窄了的，还能勉强用一用。其他的地方，去了反倒被你们笑话。"

"你这样讲，合着上回我劝你的话，也都白说了吧。"她的声音慢慢飘远，却一直都在。"亏得我去找来几枝梅花，斜插在一盘清水里，配上麦冬，等着你来看。谁想到，是白费力气。"

"不好好干活，整天净琢磨这些左道旁门的，现在可好，还拉上我的伙计了，害我想支使个人都没有。"

我转过身，想跟她理论理论。

"好好干活？你听你这口气，去翻翻日历，九十年代了，屠师傅。难道我们这样就不是为了工作吗，否则谁平白无故的，穿得跟年画一样，还唐装旗袍。为了衬这个店的特色，马经理没少出创意，人家的苦心，你得配合吧。"

"我说一句,惹出你一百句,隔行如隔山,你忙你的,我忙我的,好吧!"

我见她总在转身,到处乱看,忍不住又想问。

"你还不走?我这儿没有钱包让你捡。"

她噗嗤儿笑了。

"就是有的捡,谁稀罕,里面顶多也就是些钢镚儿、毛票罢了。"她双手别向后背,不知在够什么,"你们这里连一面镜子也没有?"

我指着洗菜台旮旯说,那里有一个小的。

她高抬起脚下的高跟鞋,露出玻璃丝袜,蹑手蹑脚的样子,引得我也跟了过去。

"听他们说了吗,现在的万唐居,单靠你,不行,单靠马经理,也不行。你们俩什么时候能步调一致了,这家店的生意,才算有了指望。"她把身体凑到窄小的镜子前面,不停地转动着,从各个角度上,欣赏这身衣料。"师父,你不是没人支使吗,你看我行不行?"

"你行什么?"我站在她身后,一边看,一边问。

"炒菜呀,把我教会了,省得你烦我了,又说,隔行如隔山,我拜你呗。"

我一笑,没理会她。

"看得出来吗,小时候在乡里,我还学过新疆舞呢。"

她一度对着镜子,舒展地带着节奏,动起脖子,摇起手腕,仿佛柔枝嫩条一般。

我远远地在镜子里,看到自己的脑袋,成了一个小圆点。

她说:"去,帮我看一看。"

然后,她接着轻舞起身体。

我想此刻屋内屋外的，再没有别人，于是朝前迈了两步。

往日里如堕烟雾的厨房，竟在那一瞬，也跟着变得清清丽丽，沉声静气起来。

张晗忽然停了下来，对着镜子里的小圆点，大声说。

"师父，你总看着我干什么，我是让你去门口，看有人来了好赶紧告诉我。"

———

马腾的处境，和我做经理时，完全不同。

最为本质的差别，在于后厨里似乎没有师傅买他的账。

厨子的心思，都会拐弯。明面上，不至于令你调不动人，进不去门，只是在活儿上有些小动作，不说，外人永远要蒙在鼓里。比如，在我看来，马腾很没必要的一个动作，就是为了压低成本，去减职工餐的标准。师傅们眼睁睁瞅着自己碗里的米饭和肉，变成了榨菜和粥。新经理不是爱算成本吗，你在这点省下来的，自然有人帮你在别处耗出去。香菜，一根一择，也可以，一刀一半，切没了，也可以，一个月下来，你是省了，还是费了？万唐居占地大，街道里很多小铺的电表、水表都搁在店里，一起走字，三个月一结。因为关系处得不错，一个电话，那边立刻把钱搁过来。哪家想要个赖，年头久的师傅咳嗽两下，最多拖一个月，准送来。现在呢，电话也没有人打，谁是经理，谁催去吧，天天喝粥的人，身子骨没劲儿。

他们各自怎么通的气，全不避讳我，所以这种事我不能管。

但我清楚，你悠着点就好，如果哪天玩炸了，被马腾揪住，谁也不知道会讨到什么好果子吃。因为最浅显的一个道理就是，官大一级压死人。

所以大多数时间里，我都安安分分地待在鸭房，眼不见为净。

可即便这样，有一天百汇仍急得险些栽进来，呼哧带喘地说："哥，你快跟我过去，出事了。"

我也来不及问，就跟了出来。

百汇没有屁股，飞跑在前，他的腿像是两根光秃秃的竹板，打着节奏，领我从一楼爬到三楼。

本想一边上楼梯，一边问清状况，可哪里还找得见他。等我到了宴会厅门口，只看到乌泱泱一片人雾，迎面而来。很多张生脸，青铁铁地看着我们。有服务员递信："曲师傅，你们还来这里干什么？去经理办公室啊。"百汇的手腕朝脑门上一磕，连说该死，便又把我往二楼拉，才见到又一批人，堵成一团。

我过去后，他们自然让出一个半圆，都是灶上的兄弟，彼此点了点头。

百汇顺出两口气，刚要和我说话，正好经理室的屋门一开，张晗由里面走出来。

她身上仍是那件鲜丽的旗袍，脸庞涂着白面般的厚粉，还用发簪高高地盘了个道姑头，浓妆艳抹得像刚下了戏台一样。她不露声色地关好门，站在我对面，悄悄说："屠师傅，你先别进去，好不好？"我回头去问百汇，这次到底谁跟谁。

百汇刚想张口，我们就听到里面开了骂。

"你也别这儿给我上课，今天栽你手里，算我倒霉。要杀要剐，来个痛快的。"

是冯炳阁的声音，听上去，他倒成了理直气壮的一方。

我看了看张晗，她也望着我。

过去半晌，也听不见马腾讲出一个字，我甚至怀疑，他到底在不在屋里。

"不如我告诉你怎么办吧,依惯例,这种事被逮了,无非就是扣全年奖金,写检查。不要说是你,我给杨师父当副手的时候,屠国柱都还没进店。他当经理,还是我让给他的。"

冯炳阁又瞎咧咧起来。

身后几位师傅,摇着头,冲我摆手。不明白他们是要我走,还是催我进去。

"您这样说,倒真提醒了我。既然您是前辈,就更该明白这种事让我多难堪,让万唐居多难堪,您想过没有?如今跟屠师傅管理后厨的时候,可不一样了!"

我刚想推门问个究竟,就听马腾的嗓子越吼越壮,最后竟还拍起桌子,连我都被震了一下。

百汇趁空紧忙把我拽开说:"完了,哥,师哥被抓了现行。"

我说:"终于有个嘴没被缝死的。"

他说:"这件事我最清楚。店里这帮师傅,越不见马腾有动静,就越以为人家好欺负,其实他一直在忙经营的事,没效益,他自己讲话也没趣。好了,齐书记搭线,旅游局的几个外国团被他争取到了,今天是头一批。"

我说:"这些我都知道,可跟冯炳阁有屁关系,他只管吊他的汤。"

百汇低着头嘟囔:"本来一切都安排妥当,由张晗迎宾接待,外国人一见她会英文,特开心。谁料到中午那个中方代表,跟踩到钉子一样,嗷嗷直叫。"

我一听到这里,便猜出一半,问他:"是不是冯炳阁也想来一刀?"

百汇说:"是。"

看他那个样,后面的话,就不用说了。

这时,张晗走过来,抿了抿枣红色的双唇,定睛看着我说:"屠师傅,你可以进去了。"

我抬手准备敲经理的门,同时斜着眼睛看这帮师傅,他们有人识趣地慢慢散了。

屋里只剩马腾一个人了,他就穿了身白汗衫,袖管挽起。

见我进来,他反要为我倒水,脸上仍带有余波未平的恍惚。

"您听到过吗,冯师傅见这个团的费用大,私自在一桌里加了两瓶五粮液、四盅灰参。"

桌子上摆了几瓣吃剩的橘子,他拢了拢,把杯子推过来,热气一熏,我揉了揉眼睛,点头。

"屠师傅,这个团可是我辛辛苦苦,从旅游局揽下来的。"

我忙摇手,示意他别来这套。

"好,他如果办得干净,不被人逮到,我没话说。可他玩砸了,人家代表亲自订的菜,又特意看了一眼单子,觉出不对以后,根本没去后厨跟你废话,直接找到我头上了。那请教请教你,我怎么办?!"

我慢慢抬起眼皮,空了一会儿,擤了擤鼻子,问他有烟吗。

马腾强压着火,给彼此各点了一根。

"这种事,他一个人,办不过来吧。我的师哥我了解,你让他自己吃下这么多东西,胃没撑破,胆先破了。"

他把烟灰掸到橘子皮上,没言声,闭着眼想。

"前台结账的人干什么吃的,瞅见苗头不对,不知道改吗,相互打个掩护不就行了。"

"你的意思,是让我去问张晗了?要不然让她进来,给你和冯师傅赔个不是。人家现在还跟宴会厅里,跟客人一一道歉,你不能因为这是你师哥,就只顾护短,连规章制度都不讲吧。"

马腾急了，论理，他应该急。出了事，他能先找我这个总厨商量，是我要领情才对的。

"没人帮他，说明冯炳阁人缘差，这我认。可我想提醒马经理，这是他站出来了，但这里面谁还有份，没站出来的，您却不闻不问。换是我，我也不服，我也要吼的。"

"屠国柱，你听听你说的这是什么话。"他站了起来，全身绷直，"你还有点总厨的样子吗？这种鸡鸣狗盗的事情，被谁捅到上面，连我一起吃不了兜着走。我也不跟你白费口舌，我的意见，立即开除，全店发通知，上报区里自我检讨，争取还有个留一张脸的余地。"

"不行。"

"不行？你是经理我是经理，他我还不能碰了？你屠国柱好大的能耐啊，是不是我这个位子坐不坐得下去，也要看你的脸色？"

"我没那么多废话跟你讲。"

我也一跺脚，跟着站起来。我还拍了一下桌子，吓得他一愣，后来我挺后悔拍他桌子的。

"你就算说破大天去，想开冯炳阁，我屠国柱头一个不答应，不信就硬来一次试试。"被逼到这个份上，我自己反是乐了，"我的师哥，我护短有什么不可以的，他是这个店的元老，店里养他都是应该的。我要是连这个短都护不住，连我待着都没意思了！"

"好你个屠国柱！"马腾指着我的鼻子，气得连手也抖起来，"我厌的就是你们在后厨这种称兄道弟的做派，师哥师弟又怎么样，犯了店里的制度，亲爹也没情面讲。连你都带头到我这里，论起哥们义气来了，我讲的话，谁还会听。你不是总想去涿州出差吗？我不拦着，你赶紧给我走，去了河北，你再去河南，给我走得越远越好！"

我还要接着还嘴，就听吱扭一声，外面开出一道门缝，探出个脑袋。

"马经理，齐书记请您过去一趟。"

马腾也真想得出，为了把我支开，他应了涿州那处鸭场的请求，派我过去给人家搭鸭炉。

同时，能跟对方将鸭坯的供应合同签下来，这也了却我一个心愿。

于是我也没多想，就过去了。结果被张晗知道，也要跟着一起来，店里也批了。

这时的火车已经提速了，听着屁股下面咣当咣当的敲击声，我两眼发沉。

"师父，怎么没精打采的，昨晚上跟媳妇吵架，又一宿没睡吧？"

我缓缓张开眼睛，看见她在旁边削苹果。

"邢会计，挺厉害的吧，每回碰面，她都不正眼瞅我。"

"更年期。"我按住太阳穴，轻轻地说。

"对了，上回让你教我炒菜，你怎么也黑不提白不提了。"

她用胳膊肘杵了我一下。

"你有不懂的地方，就问。"我有些不耐烦。

"我想不明白，你非来这么个穷乡僻壤的地方干什么？"

"这就是你的问题？"我强笑两下，"当年我和葛清，在烤鸭部是要从养鸭、填鸭、搓鸭食干起的。后来鸭圈拆了，就改从大红门往店里送白条鸭子了，再后来，干脆直接用净膛的鸭坯了。现在的烤鸭，就是烤和片，有七成的工艺都省掉了。"

我说得很安静，她听得也很安静。

我看窗外，大片收割后的稻子，被焚烧成一堆一堆的秃黑杆。随着车厢的移动，稻田像是摊开的巨大田字格，一页页翻过。

"有次你问我，去过哪些地方，忘记说了，涿州我是来过的，和葛清。这么多年来，我其实挺盼着能有个机会，再去一趟，帮他把没办完的事，给办了。"

"原来你这是故地重游呀，看来这次我要跟紧你了。唉，你上次跟你师父，要是去个有海的地方就好了，我也能沾沾光。不如下回我主动跟马经理申请，批咱们去青岛转转。"

我连笑都懒得笑，只提了提嘴角，想闭上眼睛养养神，谁知又被她搅得不行。

"要我说呢，马经理也挺不容易的。人嘛，总要互相体谅的，你和你媳妇还会勺把碰锅沿，何况是上下级呢。他为了店里能挣钱，可是挖空了心思。那天旅游团一来，我上去就对一个美国大婶的孩子说，"You are so cute."她又惊又喜，一直拉着她男人，紧跟着我。本想着借这个机会，多表现一下，最后全让你师哥给搅了。到头来，还是马经理来跟我赔不是。"

"好了，好了，你就是也想让我道个歉呗，何必絮絮叨叨绕好大一个圈子。"我又把眼睛闭起来，嘴上说，"领班大人，是我们缺德，委屈您了，耽误您的大好前程了。您……"

正说着，忽然感觉有块凉丝丝的东西塞进嘴里，顶住我的舌头，再也无法出声。

我忙又睁开眼，原来是她切了一片苹果，也不言语，直接喂给我吃。

"师父，咱们在涿州的这几天，你是怎么安排的？"她淡淡地问。

"说多少次了，别瞎叫，我不是你师父。"我把苹果嚼碎，咽下去，不敢闭眼了，支棱着，待着。"我想去当年葛清领我去的老地方，好好看一看，我是真挺想那段日子的。回想起来，那个养殖场产的鸭子，比现在市面上送的,要好出一大截。我想这次双方能把合作深入下去,也算替老头圆个心愿吧。"

"你是这么想的?"她忽然露出很怪讶的样子,扫了我一眼后,匆匆扭过了脸,"那好吧。"

———

接我们的场方代表,穿着和马腾一样的西服。

他特意叫了一辆皇冠轿车来,弄得我不知所措,还好有张晗在,替我还礼,答话。

车停在一家气派的酒楼前门,代表从副驾驶回头看我,笑着问:"屠师傅,不认识我了?"

我瞪大眼睛,一头雾水。

"也是,多少年了都。不过,我还记着呐,您和您师父过来,当时我还是个小科员,是我把你们领进鸭场的。"他连身子也转了过来,"我还抽过您的烟呢。"

"对,对。"我恍惚想起来了,"那鸭场呢,不妨先领我们过去瞅一瞅,办正事要紧嘛。"

科员一愣,脸都笑开了花。

"屠师傅,这里就是当年的鸭场啊。"

我听了,赶紧身子往下压,头往车窗探,险些压住张晗的腿。

"变化大不大?这可是包括酒吧、客房、康乐中心、保龄球馆和棋牌室在内,所有娱乐场馆一应俱全,占地三千八百平方米,主打鲍参翅肚四大海味。"他一面将我们往前台领,取房卡,一面转着圈地东指西指,"明天,我们请了河北省鲍鱼大王的关门弟子,来店里做授业顾问,要搞个小小的剪彩仪式。除了邀请到本地的各级领导、媒体朋友,当然,还有您这位从首都专程而来的宫廷烤鸭传人了。怎样说这都是咱们的缘分，对不对，张小姐？"

张晗尴尬地露出笑意，也不看我。

"那你们的鸭子哪儿去了？这块地，到底归谁？"我忙截住话茬。

"屠师傅，您看，这都什么年月了。您卖出一只鸭子赚多少钱，一只鲍鱼，又是多少，还用我来告诉您？地是国家的不假，但谁能带来效益，经营权就在谁手里攥着，总不能让场里这么多职工，喝西北风去吧。"

我竟一时语塞，他体谅地拍了拍我的肩膀，彼此就没再说话了。

吃晚饭的时候，我问张晗："这里的情况，你和马腾，是不是早就知道了？"

她摇头说："你何苦问那么多，实在不高兴，明天露个面就走呗，谁还能把你吃了。"

———————

第二天剪彩前，那位代表问我要不要一起合个影，我说不必了。

开餐时，自称鲍鱼大王弟子的人，发过言后，又坐到我这桌，找我攀谈。我看他体态魁梧，面似银盆，一头卷发，用卡子别在后面，倒更像个习武之人。

"您就是杨越钧和葛清两位老先生的徒弟？久仰久仰，我就是听说他们能把您请来，才推掉好几个活动，连夜到这里，就为和您见上一面。"

立刻有好几拨记者围拢过来。

"您客气，我和师父当年也来过这里，可惜我们是旱鸭子，对海里的东西，一无所知。"我实在不太想待下去了，索性把话说个干净，"中国人吃鲍鱼，几千年历史，如果您师父是大王，请问两千年以前那些人算什么。别嫌我说话损，您去你们祖坟上看看，问问您祖上吃过肉没有。我记着这个地方,二十年前连饭都吃不上,今天一个鲍鱼四百八,你们全县有几个吃过,还出了个大王?我还听说,这地方有三宝,铁球、面酱、春不老,为什么您不在这三个宝贝上下功夫,鲍鱼招您惹您了?"

旁边的记者们全都听傻了,这位关门弟子也紧闭住嘴,低着眼。

"我懂,这就是个叫法,您别气坏身子。"

等不来救场的人,他也不好动,只好继续干坐着。张晗掩着嘴,凑到我耳边。

"回京的票买好了,趁着没出乱子,赶紧走。"

———

我们像逃荒一样,拎着行李,拼命往城西北街的长途车站跑。她敞开双臂,如同英姿飒爽的田径运动员,还发出一长串清朗的长笑。

"我看,你也不愿意待在这个地方。"我半天才赶上她,手里大包小包的。

"你回去可别胡说,我是终于不用看你那张臭脸了,走之前该让你照照镜子才对。师父,你怎么岁数越大,肚量却越小。我猜那个鲍鱼大王的弟子,还正纳闷,一定是今天剪彩没看日子,无缘无故,让您给教育了一顿。"

"是你们。"

"我们?"

"你们教育了我一顿才是。"

二十一

实话实说，一回店里，我就心烦意乱的。所以冯炳阁告诉我，齐书记让他内退的时候，我也没觉得有多大不了。他说，就这么回家，不光彩。我劝他可以了，好歹待遇是保住了，况且他岁数也差不多到了，不在乎争那几年的长短。他抹了抹眼睛，说这么些年，忙没帮上你什么，净拖后腿了。我说，你这是什么话。

百汇站过来，满面红肿。

我见不得他哭哭啼啼的样子，说："你要是赶着讲课，就快去。"

冯炳阁笑着让他过来。

他说："哥，烹协承包了一个培训工程，我被请到给北京空军司令部和军乐团的人讲课。下个月，还要派专车请我进中南海里面，一礼拜讲三天。"

冯炳阁一把搂住他，说："那可是上千个部队职工呢，想不到我们窝囊大半辈子，结果属你最有出息。一定是师父他在天有灵，保佑你……"

我说："你让他把话说完。"

百汇接着说："现在组里的师傅都在传，我编书和讲课是占用店里的工作时间，可拿的钱却揣进了自己口袋里。更离谱的，说有人让我签支票，要在职代会上呼吁组织查我的账，告我脱离党的领导。"冯炳阁听到这儿，吓个哆嗦，说："照这样，内退还算是便宜我了。老四，你到底签过没有，这顶帽子要是扣下来，保不齐会连累我们的。"

百汇不理他，只是看我。

我让他先别慌，把近两年讲课的前因后果，先跟我交个底，我直接找马腾评理去。

马腾的家在三路居旧货市场的西面,很背的一个地方。我是顺着一条酸水沟,才找到的。

他问:"怎么不到办公室找我,你看,家里也没有东西招待你。"

我说:"你那个办公室,我去了就没好事。你能给我出个主意,就是最好的招待了。"

他笑着说:"那倒是简单了,你说说看。"

我问:"百汇被诬告的事情,你知道了吧?"

马腾笑着眯起眼,去捏衣服上的线头,反问我:"不一定是诬告吧?"

我立起眼珠子,正想一手抓住他的腕子。

他又说:"屠师傅,我才醒过闷,这个经理就是个擦屁股的活,难怪你当初甩手不干。我刚擦完你师哥的,又轮到来给你师弟接着擦,他人呢?站讲台上风光的时候,回到店里,总绕着我走,遇到事情了,还要你替他出头,你是他爸?管他吃喝拉撒。"

我说:"这一车的牢骚话,算我送你的。下面,你得给我想办法。"马腾说:"这还不简单,我也送你一句话,一花独放不是春,懂了吗?"

我挤了挤眼睛,忙摇头。

他说:"去中南海讲课,那不单是收入问题,那是千载难逢的政治待遇。就算这个位置是你师父保你上去的,谁培养的你,是店里。哦,你曲百汇一人成了英雄,合着其他人,都是狗熊?支票也好,稿费也罢,发到你手上,你就算退回去,也有闲话找上你。想堵大家的嘴,就得让大家都尝到甜头。"

我听了直乐,说:"是这么回子事。"

马腾"嗯"了一声:"依我看,人家给他支票,他就尽管签。钱一下来,这不是天也冷了,给师傅们,一人买个毛毯,夏天买个毛巾被,过节一人买两瓶酒。看谁还去告黑状,去财务处查账。"

我赶紧告诉他:"百汇绝没私自拿钱,为了编书,倒还垫过不少钱。"

马腾摆摆手说:"这都不重要,你告诉他,再有这种事,先在组织里找个山头,切忌单打独斗。编书,有没有他自己的名字,不重要,关键是把老师傅的名字,挂在上面。"

我没明白什么意思,还想再问。

马腾一推我说:"你只管原话转达,做厨子的,九成都是文盲,你师弟是那一个聪明的,他知道怎么做。下次去宴会厅开大会,我再把他的工作性质强调一下,这事就基本过去了。"

我拍了拍大腿,两手在上面来回地搓,喜滋滋地说:"这我就踏实了。"

马腾眉梢一跳,说:"你求我的,我帮你了。我也有一件不情之情,不知你帮不帮?"

我说:"不用讲一件,就是一千件,我连眼睛都不眨。"

他说:"那倒不用,就是前几天去一家私营烤鸭店,点了只鸭子吃,然后我把鸭子拿回家熬汤。屠师傅,我刚想起来,家里别的没有,就剩这半锅鸭架子汤,拿出来招待你,行不行?"

我点头说"行",随即跟到厨房里,看他点火热汤。

一瞧颜色,我就明白了。

我说:"这汤里,有点儿发绿。"他说:"绿吗?我看不出来。"

我笑他外行:"这种绿,只有干这行的人,才认得出。"

马腾说:"对,可为什么会绿?"我说:"这也简单,为了给鸭子塑性,他们在鸭肉里,加明矾了。"

他把火一关,鼓了口气,才正脸望着我。"屠师傅,我知道,很多店为了让味道渗到肉里，都往里面加硝酸盐，给菜里加苏丹红、红曲素上色的也有。你看鸭房这边，能不能，也试一试？"

我听后把眼睛一低。

"马经理，看来在你家里谈话，也没什么好事。我理解，为了万唐居的营生，你是挖空了心思。可有一点你忘了，我是万唐居的总厨，也是宫廷烤鸭的传人，这里的工艺和配方，是我那个师父，耗尽一生心血，钻出来的，一分一钱都不能差。今天如果说我应了你，加了不该加的东西，我怕下雨天打雷，把我劈死。"

马腾连吐出好几个别字，又说："屠师傅何必讲得这么严重，怪吓人的。你对手艺的尽职尽责，令我敬佩。因为我对我的岗位，也有着严苛的要求，不允许别人进犯半步，所以这样看，你我都是一样的人。"

我两眼紧看着他，说："你能这样想，当然再好不过了。"

我越来越愿意守在灶上了，人到了这个岁数，才知道该怎么沉下来，把从前见识过的东西，好好在眼前过一过。我想起年轻时，和计安春坐在一张桌子前，吃他做的全羊席。那些如走马灯一般的菜名，听得云山雾罩，偶尔记起一两道，便能感慨半天。

于是我会找来一些鱼肉、鸡脷和鸡肝，配上鲜荸荠，看能否做出那个意思来。

"老活儿新作？有意思。"听音儿就知道，张晗又来裹乱了。

我回头瞥她一眼，没理会。

"师父，你要切姜、切黄瓜吗，我来帮你。"她挽起袖子，张手过来。

"怎么还叫，谁是你师父？"

"早和你说过了，这不冯师傅也退了，你刚好缺帮手，考虑考虑，让我顶上来吧。"

"我就是让看门的老谢来充数,也轮不到你,该干吗干吗去。"

我继续闷着头,把湿团粉倒进蛋清里,和鱼、鸡脯肉拌在一起。

好一阵,不见动静,我以为刚才的话说重了,结果却见她全神贯注地,盯着我的手。

"我越来越觉得,你是对的。这些吃手艺的菜,应该在店里生根结果。"

我拿给她一只空碗,告诉她,酱油料酒在哪儿,糖和醋在哪儿,调个糖醋芡汁,会不会?

她跟捣蒜槌似地点着头,连连说会。

我握起大炒勺,倒了一斤的植物油,使旺火烧,又把拌好的肉,滑进锅里,来回翻动。她把自己调好的芡汁,递给我。我让她亲手往里倒,她小心点了进去,我随即在下面翻搅。

我们看着芡汁,慢慢地抱在每一个肉块上面。

淋上明油后,我颠翻了两三次,就出锅了。

我告诉她,这盘肉里能有鲜香甜酸四个味,她取了筷子,想趁热尝。

我抬头左右看看,担心有人,就说小心烫,晾晾再吃。

"师父,你就收了我吧,我感觉领班这份工作,不太适合我。"

我听了,皱起眉头。

"从来都是你去适应工作,哪有倒过来的。你看这些师傅伙计,哪位不是一个岗位上,干一辈子,谁跟你一样,说换就换。"

她歪着脖子,乐了。

"你说的,什么年头的事了。现在就算厨子,也跟游击队一样,哪里好干去哪里。都学你?在一个灶上,能站到下个世纪。"

"他就是再换,也还是这行里的人,谁听过领班改干厨子的。别胡闹,我这时间和材料都有限,你要是闷得慌,去你们服务组祸害去。"

"哎呀，屠国柱！"她手脚乱晃，竟然撒起赖了。"你没听说吗，咱们店小吴，宴会组的领班，前天晚上被马经理叫去，说是给一个老板陪酒。小吴当时怀孕了，马经理是知道的，结果那伙儿人故意要灌她，他竟然还在一边煽风点火，关起门，不让她回家。最后，这傻丫头硬是半哭着把酒给喝完了。回到宿舍，是我给她拍背、换洗衣服的。"

"有这种事？这个马腾，还真是让人捉摸不透。不过，这是你们前厅的事，跟我也没关系啊。"

"怎么没关系，要是被拉去陪酒的人是我，你管不管？"她直视着我，不见一点笑模样。

"你也怀孕了？"

她咬着牙，越发认真起来，我只好硬着头皮说："如果我也坐在里面，当然要管，否则那成什么了。"

她听了，两眼冷冷清清地，紧紧望着我。

"我是说，如果你不在现场，你还管不管？"

我隐隐感觉，这话问得有点不对劲了。

两个人沉默了不知多久。

"我不在？那就两说了，如果我是从后厨里站出来的。"我把做的这盘肉，搁到她身前，"那样的话，我就越界了。"

她什么话也没有说，只是拿筷子，右手使劲儿夹起一截鱼块，左手托在下面，含进嘴里。

豆大的珠子，瞬间滚出眼眶。

"挺好吃的，谢谢你，屠师傅。"

我没忍心抬头看她，只是听见这几个字，被抖抖索索地喘了出来。

第二天，齐书记和马腾临时召集全体职工去三楼开会。

看这着急忙慌的架势，我料定有大事要宣布。

不巧的是，百汇被北京广播电台请过去，上节目了。

否则，马腾在会上替他讲的话，他就能亲耳听到了。

这次的人，出奇地全，除了后厨和服务组，连会计室、劳资科的人，甚至老谢都来了。

邢丽浙因为在审账，没在场。

我跟着大伙在后面找了椅子坐下，和几位老师傅聊上两句后，等经理主持大会。

张晗坐在第一排的位置，远远地，我刚好能瞧见她的后背。

马腾的脸色，暗黄偏青，这令他在不发言的时候，显得满目戾气。

齐书记讲了两句不着边的话，便示意轮到经理发言了。

"下面我要谈一个，不太好启齿的问题。"

前面的人，彼此在看。我心想这文化人就是酸，百汇出去讲个课，有什么不好启齿的。

"但就因为太严重了，也顾不及你们谁好看，谁难看，否则万唐居的管理，是要出大乱子的！"

我屏住气，听他往下说。

"以前后厨有师傅，给服务员开小灶，甚至互相打掩护，往店外顺东西的事，我一直睁只眼闭只眼，就算了。现在可好，有人仗着在店里资历老，还敢以试新菜的名义，和服务员一起偷嘴，这是明摆着欺负我好说话，对不对！"

眼前呜地一下，哄起一层白雾。

所有的人都在低着声问，谁呀，谁呀，还有笑声。

我听出来了，他这是冲着我来的，可我昨天就是在试新菜，我问心无愧。

可是张晗呢，我不知道那一刻的她，坐在第一排在想些什么。"既然你是店里的老人，就应该起表率作用，我每次催你们多学习广式菜的创意，多研究几道好卖的海味菜出来，总不见动静。前几天涿州那边，人家鲍鱼大王的弟子，特意来请咱们店过去洽谈合作，结果呢，我们愣能在现场给人家仪式搞砸了。怎么我苦口婆心地把你们往正道上引，没人跟着，这种偷鸡摸狗的事，就那么喜欢做。当着书记的面，不妨就搬到台面上问清楚，我的话，到底有没有人听！"

我还是装听不见，我有这个本事，早几年开这种会，可能为了葛清，我还能气一气。但是都这个岁数了，再跟我使这一套，他有点儿浪费感情。身边的人也都知道，我屠国柱从没为自己的事情，跟谁红过脸。

但是马腾，你有两下子。

他在前面继续发话，脸被热血一顶，染上了层粉扑扑的面霜，好像忽然间变成另外一个人。不知当年我初次当上经理，坐在那个位置，谈同样的问题时，是不是也这副德行。

我放眼四处望去，忽然意识到，师父、冯炳阁、陈其、田艳、百汇，以及苏华北，都不在了。

我仿佛也变成了另外一个人，置身在一家新店里面，看谁都面生。我同样看不见张晗的样子，坐她周围的服务组的同事，都在掩嘴乱看，有的点头默认，有的想笑不笑。

只有她，那个像硬纸壳一样的背身，固执地硬戳在人丛中，一动不动。

那天晚上,我想叫百汇出来喝点,结果耗到店里关门也没见他人影,我就回家了。谁想邢丽浙好酒好菜的,布了一桌子,热了又热。除了特意在月盛斋买的五香酱牛肉,甚至还做了他们淮阳帮的锅贴鱼和苔菜小方烤。可是我只能如实告诉她,我一点儿都吃不下。她什么也没有说,自己取出饭盒,一点点往里匀,准备明天带到店里,拿给同事们尝。最后还不忘嘱咐我,烫个脚解解乏,就躺下吧。

第二天,百汇主动来后厨找我,叫我上院里聊两句。

"曲老师,如今想见您一面,可真不容易。"我看他换上一件亮灰色的涤棉衬衫,容光焕发地,跟夯起翅膀的公鸡一样。

"还说呢,昨晚上在西直门宾馆,收了一个空军司令部的上校做徒弟,就多喝了两杯。"

"你都开始收徒了?"我真想上去扇他俩耳刮子。

"收徒怎么了,难道我就该一直走背吗?还说要给我一套四居室呢,吃住全包了。不过,我没答应,这得先跟你商量商量。"

"这有什么可商量的,你不愿住,分我,我晚上就搬进去。"我拿话臊他。

"房子算什么,那个不急。"他还真以为我要占这个便宜。"哥,区科委要编一本《营养菜肴》,请来好几位知名营养师,就为了我提出的,要给以后的菜品营养鉴定下个标准。连陈云夫人于若木都参与了,她可是咱国家第一位营养师。你说我这个想法,超前不超前?你上回给我出的主意,我觉得在理,大树底下好乘凉嘛。这次我也不写自己名字了,写你的,把店里几位老师傅都写上去。到中南海里培训,大家一起去,好不好?"

"我怎么早没发现,你这脑子跟配电盒似的,哪个开关通哪路,切换自如啊。"我扭头左顾右盼起来,"你要谢,就去谢马经理,是他挖掘了你身上的潜能。"

"这跟他有什么关系,我听说,他昨天在大会上给你上眼药来着?"百汇盯着我瞅,"唉,我给你说话呢,你瞎瞧什么呢?"

"你说,我听着。"我把头正回来,一脸慌惘。

"看出来了。"他撇开嘴叉子,坏笑着,"你是找咱们店的张领班吧?"

见我要急,他用手一挡,用嗓子把口气压了压。

"你以后可能再也见不到张领班了。"

"为什么,就因为会上那点儿莫须有的罪名,马腾还能连她也开除了?"

"她昨天下班前主动辞职了。晚上你回家,嫂子什么都没跟你说吗?"

我一边想,一边摇头。

"不会吧,大家都在说这件事啊。反正我听到的情况是,昨天开大会之前,张晗正在休息室排班,然后跟着她们组的人,去隔壁开水间打水,正排着队,不知嫂子从哪里走过来,俩人对视半天,谁也没言语。结果,有个人拿一塑料筐的虾米皮,从嫂子身边经过,她伸手就抓了一把,狠狠朝张晗脸上一扔。"

百汇讲着讲着,就要注意一下我脸上的变化。

"她们说,当时张晗满满一头发上、脸上,全沾了数不清的虾米皮,又腥又咸。可是直到嫂子走了,俩人谁也没和谁说一句话。张晗也只是站水池子前,慢慢把头发给择干净。哥,怎么这些,你全不知道?"

"你说的嫂子,是邢丽浙吗?"

"可不是她吗,邢丽浙啊。"

百汇瞧我的样子,像是在安慰一个刚被扒走钱包,却还没醒过神的人。

二十二

说不清什么原因,张晗的离去,没有带给我太大的触动。可能是从我身边离去的人太多了,反倒可以将无常视作平常。还有我也不太相信百汇说的,以后再也见不到她了,我想她还是会回来的,不一定在哪天,我就是有这样的感觉。

———

店里新进来一拨年纪轻的孩子。真的是孩子,师傅们讲,一上班就惦记着下班,一到点抬腿就走,想教他们点什么,你得看人家有没有时间。我以为我在灶上盯着的时候,情况会好一些,谁想那天碰见一个新手炒酱爆鸡丁,出锅后他故意晃一下盘子,把菜悠散了。我走过去说:"这放以前被老师傅看见,能满屋子追着你打,信不信?"他翻着白眼直瞅我,说:"是马经理要求的,散开了显着量大。"我说:"这道菜的标准就是,最后那一下,手勺勺底啪地把鸡丁扣在盘子中心,正好和一个碗倒翻在上面似的。而且既然是酱爆,就不许溜汁,不许溜酱,酱要均匀地裹在肉上,盘子边一滴都不能沾,你旁边码这么多烫好的小油菜心干什么?"

那孩子又说:"就因为怕酱汁溜到盘子上,才在鸡丁外面围一圈菜心挡着。既能遮丑,荤素搭配有营养,色泽也好看,是曲师傅给我想的辙。"

我二话不说,一把攥住盘子,照着墙角直接扔了出去。

哐当一声碎响后,我告诉他:"干不了就择菜去,别祸害我的出品标准。"

———

我刚回过身,又有个小服务员急走过来说:"屠师傅,雅间来了一拨客人,非说不会点菜,给菜单也不看。其中有位说,提他的名字,您准知道他们吃什么。"我问什么名字,然后便听到三个字:"苏华北。"

我"嗯"了一声,吩咐他们,直接给雅间送一号套餐,然后一个人站在灶台边。

过去半晌,菜都走干净了,我还是默默不语,眼窝一阵阵地涌出酸热。

"哥,当上总厨,你怎么一点儿也没胖起来,倒是老多了。"

我抬头去向前看,以为是在梦里。

"哥,看你这没精打采的劲儿,我更觉着自己当初走对了,否则要我像你这样,我可不干。"

周围有师傅伸头朝这边看,我想,他们也和我一样,从没在后厨见过这么漂亮的西服、领带和领带夹,晃得人几乎睁不开眼。

"哥,我老五啊,认不出来了?早知道就不抹这么多头油了。"苏华北嘻嘻笑笑,在我面前来来回回地瞅,"这还是师父那个灶吧,你借我家伙试试。"

我错开身,让出地方,什么也没说。

"今天跟我来的这几位,吃不惯咱们店里的酱味,那我也把他们拽过来了。为什么,这是我的家,有我师父,有我哥在,我回北京第一站,哪儿也没去,就得先回家里。"他请旁边的师傅,拎过来一条化好的鲤鱼,有两斤半重,"可好赖人家是客,连道可口菜也没有,不像样。我刚才问服务员,有果汁鱼球吗,说没有,这还行?"

我安静地站在苏华北身后,墩上的师傅按他说的,将青椒、冬菇,甚至还有枇杷,切成五分方丁,再拌水淀粉,往里放糖和葱姜丝。

苏华北亲手开鱼了,他那双竹节一样细滑的手指,按在鱼软扇儿上,从背部下刀,剔脊骨。

他对待鱼身子外形格外在意,手劲松和,这样的情景很容易使我想起师父,仿佛老人此刻就站在我们俩中间,看着他,回到灶上,仿佛他们两个,都不曾离开过。

渐渐地,我眼前像是摇着环环相扣的水晶灯笼,模糊一片。

就是这样,我依然看着苏华北片去腹刺,将两个整整齐齐的鱼片,并排铺平,在两面剞上十字花刀,切段。这时,墩上的师傅把水淀粉里的葱姜丝拣出来后,递给了他,等他一个一个地涂在花刀鱼片上。

他越涂越慢,像是哪里疼,直到终于挨不下去,只好停了手。

"哥,你倒是跟我说句话呀,要不你揍我一顿也行。"

他坚持着把最后的鱼片裹好,逐个放进两成热的油锅里,眼见着雪白的鱼肉,团成球形,嫩黄如漆。

"我至今还记得,师父当年怎么考我油温的,他单门只跟我一个人讲的。其实,我早知道油温有多少度,只是诚心等他教我,哄他开心。到现在我一上灶,他对我说话的样子,就总在脑子里晃,所以,我轻易不再炒菜了。"他另将鱼头和鱼尾蘸上玉米粉后,放锅里炸透,再捞出后按全鱼形状摆盘,"你跟我把菜送出去,咱哥儿俩找没人的地方单聊吧。"

于是我等着他,浇上热油后,放水果丁、番茄酱上去,就跟师傅们打了个招呼,跟他出去了。

一进屋,只听见满桌如鸭子般的嘎嘎叫声,我全没听懂。

"他们说总算吃到一样正宗的广东名菜了,只是没想到我能亲自下厨,走菜。还问我,你是谁。"苏华北一边翻译,一边扭头望着我,"我怎么讲?"

"随便。"我有些不耐烦了。

天知道他又说的哪国鸟语,引得好几个人站起来,排着队和我握手,可都还挺有礼貌,不丢分寸,我只能笑着应付,——伸手还礼。

"我告诉他们,这是宫廷烤鸭的唯一传人,也是我哥,从小看着我长大的。人家可都是粤菜大厨,您受累讲两句客气话。"

我心里骂他,却不能挂在脸上,只好张大了嘴,一字一句地把话轻吐出来。

"大,家,好,万,唐,居。"说到一半,我都嫌累得慌,直想闭上嘴巴歇一歇,"欢,迎,你,们,不,必,客,气。"

我话音刚落,眼前的人一溜东倒西歪,笑得下巴都快磕在桌子上了。

"屠师傅,你不用这样子的,我们普通话讲得不够好,却能听明白你的意思的。"

我一把揪着苏华北的脖领子,往外拽。

"你们先吃,你们先吃。"他紧着退步,手还没来得及伸回来。

因为天冷,鸭房的火也歇得早了。

我和苏华北一人一个马扎,胡乱坐下,他仍是很孩子气地四面乱看,不安分。

"哥,感觉你现在的心劲儿,也大不如前了。我现在别的本事没有,看人脸色,比看火还准。"

"你嫂子整日在家熬中药,把我也熏得头昏脑胀的。还有这帮孩子,没一个让我省心,我年轻时,在鸭炉前一盯就是六七个钟头,夏天能把裤裆都淹了。后厨谁不是这样过来的,切了手,也不敢吭声,有好心的瞅见,递你个创口贴,接茬干。如今这帮孩子,都是烹饪学校培训出来的,你得哄着、求着说,趁着年轻,脑子好,学点吧。没人听你的,钱太少了,有勉强学到上手的,看哪家店给得多,第二天就不来了,连点人情味也不讲。"

苏华北脸红起来,把头一扭。

"哥,你还活在过去呢,我怎么跟你说话这么费劲呢。"

我一股气猛地顶了上来。

"因为我压根儿跟你没话可说，老人留给你什么，你又怎么报答他的。有良心的话，自己想。"

"这个问题，以后我一定回答你，但不是现在。你就不想知道，我在南方这些年，是怎么熬过来的？"

我不想搭声，却又实在没什么可干的，只能侧过头来，给他个脸。苏华北没趣地笑了两下。

"当初我是借着我爸退休前的关系，拜了粤菜的一位大师。你们师兄弟间，是怎么议论我的，我都清楚。可是他单那一天，就收了多少徒弟，你能猜到吗？"

我倒要听他怎么讲出个花来。

"我是他第五百个，第五百个徒弟啊！他光靠收红包，就能拿多少钱，你想一想。后来我去广东找他，想学东西，可到了人家地界儿，根本不搭理你，你是谁啊，我连他人影儿都见不到。我再想想咱师父是怎么对我的，你说我还有脸见你们？再说这就认了，那也太小瞧我苏华北了。后来我一个人，去深圳的馆子，做北方菜，结果根本没人雇你。半个月，我能换三份工作，有时正在后厨炒着菜，就能有马仔从你身后追过去砍人。那时我才明白，什么是叫天天不应，叫地地不灵。实在没办法，我才把杨越钧的名字报了出来，被龙华药膳的老总看中，容我管些事情。"

我忽然意识到，好像还从未见过这样认真、一身热气的苏华北。在我眼里，在师兄弟眼里，他永远都是那个对每个人都千好万好、恭恭敬敬的小弟弟才对。

"当初我走得确实不是时候，可这些年我琢磨，光守着自己那点东西，能有几个认识你。先把市场打开，吃你的人多了，你才有资格讲规矩，讲门槛。电视里整天在宣传南水北调，那办公室就建在你家北边、南线阁路的宣武体育馆旁边。你一个小饭桌，还能挡得住什么。当年同和居的鲁菜牛不牛，你再去吃，全市最地道的毛血旺，在他们家。你听了，不笑掉大牙？可挨着家门口，全国各地的风味菜都能吃着，让老百姓说，这才叫繁华，才叫兴盛。"

见我不吭声，苏华北将马扎拉了过来，靠近了又讲。

"门口这条街也是一样，昨天我拎着一只猫，各家各店地问过。直接进后厨，找师傅说，帮我开了。五个里面，有三个急着脸把我轰出去；一个犹豫半晌，不会做；一个接到手里，啪啪两下往墙上一撞，再用的脱袜式扒皮。我问他，您广州来的吧，然后记了他的名字。"

"你的心思活，攀上高枝，眼界当然不一样了。我只是惦记那个，从前跟在我屁股后面，整天对着一根茄子、一碗面，想着怎么做出花样的小光头，还回不回来了。"

"我现在也没变呀，我们那个店，取名药膳，就是想怎么能把中医的传统理论和南北饮食结合起来，这样才有商机。如今我两眼就瞅哪里有空子，我就能听见金钱落地的动静。"

我看他说得越加离谱了，终于忍不住冷笑起来。

"那你可来错地方了，万唐居这半死不活的状况你也知道，这里能有什么空子给你钻。"

"哥，你整天两眼盯着那么小一个灶台，当然看不见，这就是你赶不上我的地方。"

和苏华北说话，我好像总得把自己悬在半空一样，没着没落的。

把他打发掉之后，我就直奔三楼西头的办公室，去找百汇，我还是喜欢解决实际的问题。

店里刚将他安排在这边，就是他爸原先在组织部的那张桌子，因为这个部门早没了什么人，所以如果他出去，平日也都锁着。我溜过去一探身，见他在，干脆直接抬起手，指着他。

"往酱爆鸡丁上堆油菜心，这馊主意是你教他们的？你也在墩儿上配了小半辈子菜，好的不传，净传些歪门邪道，本来他们就不长进。我就不信，你天天在协会讲课，也敢在人家面前使这一套？"他被问得两眼翻在老花镜上面，张着嘴看我，"当年灶上师傅熘茄子，让你切象眼块，你切个四方块出来试试，不扒你一层皮的。"

"哥，你站进来，把门关上再说，好不好？我也是为他们好，一时救急，你还跟我发起脾气。你瞧你这话说的，让人没法听。"他也抬起胳膊，冲我不停地招手，"你过来，过来。"

我一肚子的气还没撒完，两三步趟到他跟前，准备接着再骂。

谁想他反倒笑了起来，手掌按在案头的电话上。

没等我问，叮叮铃铃的响声，跳了起来。百汇立即接起。

"喂，好，我让他听。"他笑得像个窥看到戏法真相的孩子，赶紧将话筒朝我的侧脸推过来。

我躬下身子，接到手里，不明所以地瞅着他。

"师父！是我呀，你还好吗？"我一听，头皮立刻炸了起来。

是张晗？我冲百汇鼓起眼睛。

百汇仍是笑着站起来，把我按到他的椅子上。

"你在哪儿呢，怎么那么吵？"

"当然吵了，我现在合肥庐江县的长途客车站对面，准备吃过饭，去金汤湖看一看。"

她的嗓子越是用力，那股上扬的乡音，就被拉得越是长远，远到令我几乎辨认不清。

"你跑那么远的地方干什么？"

百汇在我眼前打着手势,示意我不要用力吼,对方听得见。

"唉,怎么跟你说呢,我就是这副德行呗,闲不住。总是要东看看、西看看的,只是稍绕些远,最后终归要回陕西的家里。谁知道中途忍不住,还是给你们这边打了个电话。我能听见你们的声音,心里就踏实多了。"

我两眼呆滞地盯着百汇的写字台,不知道该说些什么。

"这一路上,我看了很多,也想了很多。可惜一时和你们说不上话,将来有机会,我还要好好和你们讲一讲。师父。"她突然顿住了,仿佛在等身边刺耳的吵吵声静下来,"这是长途,我先挂了,等到了还能打电话的地方,再跟你们报平安,等着我。"

———

搁下电话时,我像挨了一剂止痛针似的,瘫了下来,抚头不动。

"哥,她都跟你说什么了?"百汇看我这个样子,急切地想知道,这戏法到底变得成不成功。

"她说,让我们等着她,再报平安。"

"我们?"

———

下午,马腾把师傅们召集起来,组织了个技能大练兵。其实是想见见那些不常上灶的小伙计,也试一试他们的基本功。比如,给个肉段,看焦熘和滑熘的差别在哪儿。比如,来一道拔丝白梨,看蛋清糊和蛋泡糊谁调得最匀。再比如,勾芡里,介于立芡和包芡之间的糊芡,你这个卤汁和淀粉的量怎么把握,做一盘茄汁鱼片,让经理尝尝口感,就知道了。

我看有个小年轻,在炒芙蓉鸡片,正拿个不锈钢的抽子,打蛋清。我走到他跟前,一把将抽子夺走,转手扔给他一双筷子。

"用这个。"我又捏了捏他的胳膊,"六个鸡蛋一起打,什么时候把肌肉打硬实了，你再上灶。"

我把身子转向大伙儿，希望别人也能听得清楚。

"这道菜，蛋清打好后应该蓬起来，什么才叫打好了？你手里这碗一翻，蛋清一点沫儿都掉不下来，你得打到那个份儿上，才算过关。"

任凭我再使劲儿地嚷，他们只管各干各的，没几个看我。

"拿鸡片蘸它的时候，水里一氽，搁在尺大的盘子上，交给头墩儿漂水，出来以后白玉一样。这菜贵在干净，火温不要太冲，要注意撇勺，慢慢煨它，才能入味。再摆上香菇、黄瓜和西红柿片，一翻勺，红黄绿底下是白。"

我感觉自己像是在火车站说快板儿书的，百汇这时走过来，悄悄抻我衣服边。

"哥，你说的那个要求，太高了。"

他笑着朝马腾那边使出眼色，我看见马经理手里拿着纸笔，逐个地给伙计打分。

看他又是点头又是品尝的样子，自我感觉还挺良好的。

我和百汇走到马腾身边，他停在一个有些年纪的师傅灶上。我一看，这人做的是炸龙虾肉。

"马经理真是雷厉风行，眼瞅这个店就快成海鲜馆子了。"

"屠师傅，你又拿我开心，这可是店里特意从四道口买的虾。您给点评点评，做得怎么样？"

那人把十来个三斤半的龙虾，依次剔净，用生粉一卷，就进了油锅里炸，炸出来后再一个一个搁好，啪地调汁，出了糊就要码盘，走了。

"屠师傅，您要摇头，也该尝过一口之后再摇。"

马腾拿来两双筷子，我推掉不接。

"马经理，你知道，我的确不喜欢粤菜。但是人家好在什么地方，咱清楚。这样,我说什么也没用,我也做一盘,你尝尝就知道了。"

我转身热油,让百汇重又剔了一盘虾肉。

马腾和那个师傅被晾在一边,其他人也都好奇地围成一圈。

见我的程序和做法,同考试教案上写的区别不大,许多人也并没在意,只当是热闹来看。

我这盘龙虾肉炒完后,也让马腾过来夹一筷子。

他疑神疑鬼地看着我,搁嘴里一咬,牙齿嘎嘣,眼睛瞬时瞪了一下。

"吃出不一样来了吗?"我用鼻音问他。

"哪里不一样?"经理故意笑笑,反问起我。

我脸一冹,忙叫百汇把对方的盘子端来,我也照样各吃了一个。"龙虾肉是块状的,光用生粉调它,出不来那个脆劲儿。"我冲着那个师傅说,他倒是仔细在听,"要想让虾肉够嫩、够紧,你就得捞出来后,控好水分,拿毛巾一挤,往里放30克苏打拌它,然后记住,别用生粉,用绿豆粉调,这样吃进嘴里一嚼,才能有种脱骨的感觉,而不是咬面糊似的。嘎嘣一声,特别脆。"

我话讲完,周围却一点儿动静没有,所有人都冷在那里。

"这龙虾进价高,一百二才一坨子,您在店里也算有经验的师傅,这种小地方不该注意不到。"

马腾低下头,把碗筷搁好,走了。

那位师傅说了声是,也和大伙散了,只剩下百汇和我,像两棵漠北荒地中的仙人掌,孤零零地戳在地上。

"我话没讲完呢,这道菜其实特费工夫。"

"哥,没瞅见今天经理憋着劲想鼓励鼓励他们嘛,他能吃不出来?要我说,你这人可真没意思。"百汇捡起盘子里剩下的龙虾肉,吃了两个,"你最近说话的口气,可越来越像葛清了。"

二十三

细细着想,我在店里待的时间越来越长了。

有时候宁肯多在后院儿里坐着,也不愿走。

我偶尔会抬头看天,感觉天却短了,蓝得泛出青紫色时,和院墙边那几株光板板的柳树、柿子树一起,相呼相应,像在赶我走。

所以我开始有意识地早些回家,最好是在天黑以前,这样我也可以多陪一陪邢丽淅。

我将自行车推进杂院的夹道时,在水泥池子上择菜的几个老人,像看星星、月亮一样,瞅着我。

有个推着竹车哄孩子的老太太,张着大脸冲我说:"回来了?"我说,是,回来了。

我从车筐的兜子里拿出一些鸭掌,想塞给她们,却没人肯要,反而催我赶紧进屋。

院子里弥散着一股浓密的煎熬味,苦得呛人。那是从我屋里传出来的。

我一推门,看见邢丽淅仍然直躺在床上。我换了鞋,走过去问她,用不用把枕头立起来,靠着坐一会儿。她哼唧着,摇手,然后重新按住脑门,说头疼,脑袋顶一跳一跳地,跟快要裂开似的。

"我从鸭房带了些鸭掌回来,煮完以后,放凉了,拌点芥末油,你吃了吧,爽爽口。"

"你别走,给我压压头。"她一把拽住我的手腕,放在脑门上,"使劲儿,使劲儿按。"

"你老这样怎么行,我带你去医院再看看。"

我其实就怕给她按头，整个身子都要扭过去不说，关键是掌握不好力度，轻不得、重不得的。

"让你按你就按，哪里那么多废话。你就把这些年对我的仇，对我的怨，都使出来，我不吭一声。你快使劲儿，把我的头攥住，用外边的疼，来抵里面的疼。"

她的嘴一转起来，跟电风扇似的，没结没完。

按了有二十分钟后，我见她不再叫唤了，于是想松开手。

"别挪开，继续按。"

"你总得让我换一只手吧，这样弄我哪受得了。"

"屠国柱，这你就受不了了？"她竟然还能冷笑出来，"大夫说了，我这个甲状腺结节，就是被你气的。熬中药才刚开始，以后要是瘫在床上，让你端屎端尿，那个时候你再喊受不了，也不急。"

我快速换了一只手，使出颠勺的力气，猛给了她一下。

"唉，我让你报仇来了？你别晃，行不行，是一直用力给我固定住。"

我不吭气，身子纹风不动地定在那里，任她嚷。

"你这心里是不是特别得意，盼着我趁早下不来炕是吧，然后你好去……"

我回头看了她一下，四目相对的那一刻，她被吓了个激灵，舌头仿佛被咬住了似的，把后面的话也吞了回去。

"让你送到我们科的处方，你给他们了吗？家里这日子，哪一项不指着报销的钱去填，催过你多少遍了。"她若无其事地转到另一件事情上，"我说话你听见没有？"

"这回是真忘了，以前下班晚，等我过去，人家早下班了。今天惦记着早点回来，结果也没想起来报销的事。"

邢丽浙一把将我的手扯开，直坐起来，恶狠狠地盯着我半晌，却没有再说气话。

"这还不是你屠国柱放不下你师哥那件事，故意跟我过不去。"她的脑袋半垂下来，用手托着几缕快散下来的头发，两腿像打坐似的盘在一起。"那可真成现世报了，如今的财务制度，都是我以前定的，就怕谁从里面钻空子。现在店里经营越来越难，报销也卡得比以前紧多了，偏偏这时得了死不了、也治不好的病，你说我这不是系个死套，挂在自己脖子上了。"

她一边说，一边从床上拿起个绿色的铁衣夹，夹在脑门上，又躺了下去。

"屠国柱，你想什么呢？"见我半天没有动静，她终于平心静气地跟我说起话来。

"我也说不清我在想什么，我只是觉着，自己好像没那么喜欢站在灶上了，店里也好像没有那么需要我。现在成天耗在单位，心里早没了年轻时的那股干劲，一不注意还讨人嫌。你说，我不早点回来，干什么去？"

邢丽浙两眼直愣愣地看着房顶，又一次冷笑起来。

"岂止是一份工作，很多夫妻过了这么多年以后，还不是发现也并没有多喜欢对方，弄不好还彼此嫌厌起来。你呀，别跟我说这些八竿子打不着的事情，我也顾不上，烦。"

她把夹子摘了下来，脑门上现出一绺一绺的朱砂血印。

百汇的办公室，后来几乎就成了我专打长途的电话亭。

张晗每次会说个大致的时间，或者百汇叫我，或者我上去候着，反正总能听到她的声音。

这时百汇就识趣地拿起烟和火，出去抽，他说了，他夹在这个"我们"里，可真够多余的。

我听着她从阜阳、漯河，一直跑到许昌，她的声音始终都是透亮的，富有弹性的，这样我就会想到她言谈之外的情况，我能感觉到，不管真的假的，至少她心情还挺不错的。

直到有一天，她到了三门峡。

"师父，店里我那个组里的丫头，都还听话吗，小吴生的是男孩，还是女孩？"

"你怎么了，嗓子哑了？"

"你听出来了？那可能就是吧，本来明天想去双龙湾和大坝走一走的，看来只能从三门峡南站往老家走了。"在她不说话的时候，我就更加想看到她的脸，可是我只能在听筒边，听那头的她，轻喘着气。"师父，在店里待的这几年，最可惜的就是，嘴上这样喊你，你却从没认认真真教过我什么，啥也没学着，回到家里见到人，真是抬不起头。"

我像是被洋葱的辛辣气杀到了一样，使劲儿闭上眼睛，不敢睁开。

"还有就是，出去这一趟，没有去到上海。记得你当初说，店里有很多出差的机会，我又那么年轻，总有一天，会轮到我去上海的。那次从涿州回去之后，我就一直盼，什么时候你能带我，再去一次上海，真真正正地看上一回大海。"她对着话筒用力地叹了一口气，阵阵杂音钻到我的耳朵里面，"眼看就要到家了，想起来，心里别提多可惜，多委屈了。"

委屈二字刚落，她几乎透出哭意。

"讲这些做什么，你在家里养足精神，随时回来，教你炒菜，带你去看上海，还不是你一句话的事情。"

"师父，你就别拿我开玩笑了。"她没哭出来，倒是笑了，却更令我难受，"师父，我要挂了，到了家里，我再给你们打吧。"

严诚顺被一家外资连锁酒店聘为首席总厨,趁着东家搞店庆的机会,向万唐居发了邀请。我本来没心思出去,可是架不住百汇的软磨硬泡,连马腾也说,这种和业内建立联系的场合,还是多去的好。临出门前,百汇说他自行车亏气,我说就骑我这个呗,你坐后座。他忙说:"那怎么行,俩人加起来小一百岁了,坐在一辆车上,像什么样子?"

我想想也是。

他又说:"不如打辆小轿车吧。"我撇起嘴说:"你一个月才挣多少钱,两脚油门就蹬没了,再说你没灾没病的,坐哪门子小轿车,你是什么身份?"百汇说:"本来想最次也坐辆夏利,往人家酒店门口一停,也像那么回事,被你这一通训,也没心情了。"

于是,两个人别别扭扭地挤进大公共里,一路无话。

那家酒店在东边一个叫做嘉里中心的闹市区。

我和百汇正站在一座飞檐翘角的中式门脸下,趴在人家的钢化玻璃窗外,用手遮住脑门,向里探。这时,有位迎宾员跟出来说,收泔水桶从后门走,百汇看了看我们穿的衣服,然后支支吾吾地对着人家说明来意。随后,我们被领进一条用鹅卵石块和天然草坪垫出来的窄道,脚两边就是潺潺流动的溪水,深处则是密密丛丛的竹林,四周被巨大的圆形景窗罩住。经过一个精巧的全木制八角亭后,我和百汇开始被人家往楼梯上面引,这时我们才发现,原来,眼前这座静谧的园林全部是建在地下的。

我们步入中餐厅时,人家的庆典活动已经进行一半了。现场被旧式的雕填围屏隔得叠叠折折,吊灯简雅,地板光洁,桌椅统一用棕色调来搭配,将古趣与时尚融合一体。空间虽显紧凑，但少说也摆了二十多桌。百汇在人堆里，找到了我们的位置，我正想看这家店有什么特色菜要展示，却听见他小声嘀咕。

"你知道这里的老板什么来头？吓死你，马来西亚人，号称亚洲糖王。"他又开始拉我袖子，我不耐烦地跟着他看过去，"严诚顺，看见了吗，被糖王三顾茅庐挖过来的，亲自指定他做总厨。老板特意把贵宾席留给他坐，还嘘寒问暖的。你不是问我什么身份吗？自己看，厨子能干到这个份儿上，让你说，这是什么身份！"

严诚顺显然也瞅见我们俩了。

"哥，听说这孙子到现在还用尖刀切菜呢，活该当年被你和葛清骂得跟孙子一样。真是三十年河东、三十年河西，没想到他也成气候了。"

"你别胡说，我可没骂过他。注意点儿，丫朝这边走过来了。"

我们俩于是假意看菜，不再吭声。

"屠总厨，稀客稀客，您能屈尊赏光，我们真是求之不得。"

严诚顺抓住我的手，握个不停。我挺别扭的，以前我们也没这么说过话。

"严大师，来得太急，我们也没准备什么，只带了一片真挚的道贺之情，你可不要见怪。"百汇的那张热脸笑起来，和严诚顺正好是一副对子，"瞧瞧你，梳着大背头，夹着公文包，高档西服一穿，炒菜能炒到你这个地位，那真是技高一筹，我们心服口服。"

严诚顺听到这儿，嘴咧得能含下一个花盆。

"曲师傅这话要是当着我老板的面讲就好了，咱们自己人听，白白浪费了。"他用手指了指我们，自己先笑起来，"我只是靠之前在道林和长城积累的一点点名声，加上运气好，得到老板赏识。别看我挂个总厨的名字，平时不上灶的,我只负责抓管理,下厨也只给老总一家子做饭,别人再大的官,不伺候。看谁不顺眼,我一句话,滚蛋。"

他说完,便把两手一背,挺起肚子。

"曲师傅的名字眼下可是值大价钱的,听说在部队系统里,你是这个。"他对着百汇竖起拇指,"而且你走的营养饮食这个路子,都不是我们这些文盲可以比的。"

百汇一听这话,连连摆手,脸上笑得却是金光灿烂。

"不过,说句实在话,你们还真打算抱着万唐居这条船,一起往下沉吗?"严诚顺的话一正经起来,百汇就低下头,不应声。他把目光看向我,好像答案就写在我的脸上,"你们那条街的生意都一般,万唐居是想要注资还是搞承包,跟你们通过气了吗?如果搞股份制,像你们这种资历,可是有话语权的。"

百汇立刻把脸扭了过去,仔细听。

"东城一家餐厅,工资都发不出来了,组织上说,谁能拍二十万出来,这家店就包给他了。谁手里一时半会拿得出这么多钱,大家就开始凑,等凑齐了,又没人敢牵这个头,有人说自己是党员,怕以后清算他。"严诚顺改伸出两根手指头,在我们面前晃,"那可是两百平的大厅啊,我怎么遇不见这种好事。"

我对付着笑了笑,转头去瞅别的地方。

"我跟你们哥儿俩说,万唐居的手艺,是好,但是局限性太强了。现在谁还吃鲁菜,油乎乎、黑腻腻的。谁不知道,粤菜有面子,川菜口味好,你们再不改改路子,不如趁早想想,我刚才讲的那件事。如果哪天突然砸到你们头上了,你们怎么办?唉,机不可失啊!"他见我总往别处看,又"唉"了两声,"我说,屠师傅,你有个师弟叫苏华北吧?"

我耐住性子，点了点头。

"老几？"

"老五。"百汇替我答他。

"这哥们儿是块办大事的材料，我们聊过两次，他的理念我听着就新鲜。我本来也请他了，可惜他今天有要紧事，没来。听说他正在找地方，你帮我撮合撮合，他有资金，我这里出队伍、出设备，咱们自己当老板。"

百汇笑着说这个好办，严诚顺瞅我爱搭不理的，又听旁边有人叫他，于是客气两句后，找别人说话去了。我说："百汇，你往窗户边那桌看看，那人是谁？"

我领着百汇，七弯八拐地绕到那张桌子旁边。

这里只坐了一个人，筷子在他手里像交响乐的指挥棒一样，风驰电掣地卷席着。

"师哥，严诚顺应该给你写封感谢信才对，你瞧满屋子人，除了你，有谁正经吃他家的菜。"百汇先坐下去，拿他开心，"你是刚从庙里放出来，跑这儿开斋来了？"

冯炳阁像被点了穴一样，定住身子，用眼横着他。见我也跟着坐到另一侧，他才把一大口白米饭使劲儿咽下去，用手松了松胸口。

"要我说你们这么多年在店里，全白干了。这是什么，绣珠鱼卵，那个，芙蓉蟹、蝴蝶海参，还有琵琶大虾和鸡皮鱼肚，每道菜都是精工细作才端出来的，这么好的学习机会，不知道珍惜。"

"哦，哦。"百汇笑着拉出长音儿，冲我眨眼，"原来是这样，多亏师哥你点醒我们，我说这桌怎么除了你，没有别人来坐呢，原来是你钻研得太入迷了，人家怕打扰你。"

我正拿着杯子喝水，差点被呛到，咽了一口后，捂着嘴在一边笑。"你们俩,饱汉子不知饿汉子饥。"冯炳阁放下筷子,眼睛却始终盯着桌子上的菜。

我们三个人,好久没有碰上了,不曾想能在这么个地方,坐到一起。

冯炳阁用舌头在嘴里剔着牙,我和百汇坐过来后,他反倒吃不尽兴了,束手束脚地。三个人冷了半天,不知该说什么。

"师哥,老太太还好吗?"我提起茶壶,倒进他的杯子里。

"凑合着吧,反正现在下不来炕,家里人轮流伺候着。"他拿起餐巾纸,擦鼻子,然后是嘴,"去年你嫂子下岗,她跟人家合伙办了个水站,我还有点儿力气,就帮忙送水,不然吃什么。"

百汇闷头掰着牙签,他好像意识到刚才不该说那样的话。

"人家本来没请我,我是假报了万唐居的名字,才来的这里。"可能怕百汇心里难受,冯炳阁自己倒开起了玩笑,"本来想吃完赶紧走,结果还是被你们俩给逮着了。"

"严诚顺看了一定会说,万唐居真拿我当朋友,一张请柬,来了仨大师傅。"

百汇又开始了,冯炳阁也被他逗得直咳嗽。

"师哥,就没想过另起炉灶吗?凭你的本事,哪家店不争着要你。"我问他。

"你嫂子天天在家就拿这些话来烦我。"他先含上一根烟,问我抽不抽。我摆手不接,他也索性又从嘴里拿了出来,搁回烟盒里,"我这辈子,不会在万唐居以外的任何一家店干活了,没意思。"

"那倒也是。"我点了点头,"家里有什么需要帮衬的,就跟我们开口。"

"有你这句话,就行了。你老婆也是个有名的磨匠,我又不是不知道,自己顾好自己吧。"

他抬起头,左右看看我们。

"这一桌子菜,你们碰也不碰一下?没人吃,我就叫服务员打包了。"百汇听了怔住半天,才明白过味来,赶紧摇头说:"师哥请,师哥请。"

回去后,我和百汇坐在他的办公室,闲待着。

他说:"店里瞅着也没什么可忙,区里下个月组织去烟台办一场座谈会,有培训任务的,不如你也加进来。毕竟宫廷烤鸭的名头摆在那里,你的课,肯定也有人听。我不知道把多少老师傅都领到讲台上了,唯独没有自己师哥,你说可惜不可惜。"

我轻轻摇头,又问他:"烟台,离海近吗?"

百汇睁大眼说:"本来就是海滨城市,你正好过去散散心,总强过成天憋在店里,眼烦心乱。"

我心里想,如果这时张晗也在,她该会有多高兴。

然后,我又问他:"你这电话,最近怎么不见响,是不是坏了?"

他笑着说:"哥,你真以为这是你和张晗的专线呢?怎么不响,早上我还给我爸打过一回。"

他又没皮没脸地问:"我说你没事老来我这儿干什么,原来是等人家的电话呢。要不我跟店里申请一下,也分你一间屋子?"

我抬起屁股,懒得理他,刚要开门,又转身回来问他:"张晗怎么还不见动静,这都过去一星期了,说好一到家就来电话的?"

百汇抻开一张报纸,挡住了脸,说:"不知道。"

苏华北又筹划了一个拜师仪式,他说要借这个仪式,弥补没有见到师

父最后一面的遗憾。

他竟然请动了师娘、师父的子女,以及店里其他的老师傅。

我是直到前一天晚上,才从百汇嘴里听说这件事的。他说,上次去见严诚顺,咱就空着手,这回多少准备点东西吧。然后,他就拿出专程请人写好的一幅字,想和我一起送过去。

考虑到师娘年纪大了,苏华北特意借到一个闹中取静的四合院,挂起横幅,铺上红毯,不闹不俗。重要的是,他不知从哪里,把很早以前跟师父共过事的那些老先生也全叫了来,甚至还有老人在协会的领导。有些师父生前引荐给我的那几位,今天竟也来了,还对着师父的黑白相片和生前穿的工服叙旧。结果,仪式还没开始,师娘自己先落起泪来。

"当年我们师兄弟五个,在您家里,师父收我为徒,我们为师父过生日,吃您炒的菜,您还记得吗?"众人面前,苏华北恳切地问着师娘。

师娘哭得根本张不开口。

"那天我本是想给他磕个头的,结果老人不准,没想到,却成了我半生的遗憾。"苏华北的话,令在场的人无不为之动容,"师娘,今天我就对着您,对着师父的遗像,您就圆了我这么多年的心愿吧。"

他对着椅子上的照片,咕咚一扑,跪倒在师娘面前。

师娘哭得连头都直不起来,一把扶住苏华北的头发,连喊几声孩子。

会餐的时候,百汇掰了个螃蟹腿,问我:"今天这样的场面,师哥怎么反倒没来?"

我说:"如果他肯来,他就不是冯炳阁了。"

百汇擦了擦手,让我等一等,他去去就回。

我远远地站在庭院外面,看着百汇将那幅字递到苏华北手上,两个人相互笑着,好一阵寒暄。然后,苏华北侧头朝我这边瞅了瞅,就跟着他的小师哥，一起走来。

"哥，你能来，我最高兴了。在深圳这么多年，我一直都忘不了，从小到大，你对我都是最好的。"

百汇听见苏华北的话后，把头一扭，走到一边。

"今天的菜，吃着不顺心？怎么不见你动筷子，就离桌了。"我跟他一起走向餐台，看他拿起筷子。"为了纪念师父，特意请烹协的老先生，做了一盘醋椒鱼，不过我没有入热油炸，改为直接用水氽煮，这样鱼肉才会清新，不腻。"

他挑破那条青鱼的软面，夹出一块蒜瓣肉。

"现在的人注重营养，健康，口也轻，所以将来谁能主导这块市场，钱就会进谁的口袋。"

"你说得对。"我没什么兴趣跟他讨论下去。

"哥，我多问一句，这个宫廷烤鸭的配方，你申请专利了没有？"

"专利？什么是专利？"我被问得一头雾水。

"没什么，哥，你就不想知道，我这次到底是为什么回来吗？"

"这不是都看到了吗？"我笑着把脸朝师娘一拱。

"你有没有算过，师父做的干烧鳜鱼，一天能卖出去多少条？"

"他亲手做的？超不过十五条吧。"

苏华北今天问的这些话，令我挺意外的。

"是吗，就算他能一口锅里翻出两条鱼，那个无眼抽风灶，也还是跟不上客人的点菜率吧。可你知道吗，外面有多少人来，就是为了吃你烤的鸭子，吃他烧的鱼。"

我还真没想过这个事。

"你到底想说什么？"

"你的手艺再好,供应量也是有定数的。可如果将这些菜的制法和配方,变成统一的生产标准,让每个人都能做出同样味道的成品。"

"每个人?"

"我在深圳,这些年只干了一件事,研发烧鱼的酱汁配方。你看,供货商到处都有,店面你也可以自由选择,但只要酱料的工艺在你手里,你就算投放到全国各地,都不是问题。那时候的经营额,是个什么数,你敢想吗?"

见我还没转过弯来,苏华北继续说。

"我有个大胆的设想,客人想吃什么鱼,直接来店里选原料,鲢鱼、鲟鱼、娃娃鱼,我都有。半加工的主料和配料,直接放在锅里,端上来,他们可以任意选择放我哪个酱料进去,自己加热,自己吃。整个过程没有大火,没有人力,没有油烟,绿色,健康。"

"客人自己加热?那还要厨子干什么。"

"对,这将会是未来餐饮业的趋势,一家没有厨师和油烟的餐厅,也是我的理想目标。"苏华北冷静地说,"或许,不止是一家。"

我抬手叫他别再说了。

"你今天办这么个场面,对着师父的遗像磕头,就是想跟他说,要开一个没有厨师、没有油烟的餐厅?"

苏华北淡淡地看着我,仿佛我这个反应,早在他的预料之中。

"哥,你怎么就不明白,那是两回事。"他不再跟我解释什么。

张晗已经一个月没有来电话了,我整日整日地泡在百汇办公室里,抽烟,愣神。

起初,他还陪我说上两句话,解答我的种种猜测。比如,家里的状况,不方便了；比如，找到了新工作，没时间；比如，什么原因也没有，就是不再联系了。有时候，他只是自己备课、编稿、看来信。偶尔一拿起电话，想跟协会的人安排活动，就会被我打断，让他赶紧撂下，我怕张晗打过来的时候占线。

后来，他也不再理我，两个人从白天耗到晚上，能一句话都不跟对方说。

再后来，那里俨然成了我的办公室，他干脆躲到外面办公了。大部分的时间里，我都是一个人，在屋子里抽烟，直到屁股都坐麻了，直到窗外枯黯的柿树空留下伞骨般的丫杈，全被我数了个遍，我仍然不想离开这间——令我最后听到她声音的屋子。

我会回想，我们最后一次对话的内容，反反复复地，我以为她没有流露出一丝一毫的、不愿再联络的意思。可能没有流露，也算是一种流露吧。

———

邢丽浙的身体已经有了些起色，我暂时也不需要按压她的脑袋了。

她开始把工作带回家里，点灯熬油地算账，顾不上理我，甚至一个晚上，我们也说不上一句话。有几次，我铺好了炕，靠在枕头上，看着她的后背，仿佛卧病在床的人，是我。

"店里都经营成这幅样子了，不知道你哪里还有那么高的劲头。"我本不该影响她的。

"越到紧要关头，越是表现你价值的时候。"她没有怪我，反而停下了手，"如果店里列一批下岗的名单，你猜会不会有我？"

"不知道。"

"你当然不用知道，反正又轮不到你。"她转过了身子，手伸进被子里，看暖水袋的位置放正了没有，"你看我现在的身体，哪还离得了药罐子？这个年龄，最危险了，谁要让我回家，那还不如一枪把我给毙了。"

"你在店里资历那么老，不会有你的。再说，这不是还没走到那一步吗？"

"资历老管什么用，就怕是碍着谁的事儿了，反而容易被扫地出门。我得了病才幡然醒悟，当初自己清查这个，限制那个，严防死守了一辈子，钱又进不了自己的口袋，反倒替公家挨骂。"

"你现在明白也不晚。"

她一听我说这话，立刻坐到床边，屁股压在我的迎面骨上。

"是不是？所以我也观察了，我看齐书记一退下，将来这个店里，独揽大权的，还不是马腾一个人吗，他要什么，我这边就极力配合。比如，上个月底，他问我，请几位老板来店里吃饭，这个支出怎么走，我就帮他算在折旧和职工福利里了，神不知，鬼不觉。后来，他想动一笔账上的钱，问我可不可以。我说，您是领导，您说了算，这个主我可做不得，他就明白了。如果我说，您这是逼我犯错误，他就立刻打消念头了。"

"邢丽浙啊，邢丽浙，你当年连我一口鸭肉都不吃的主儿，如今徇私枉法起来，比电视剧里演的还不差。"

"屠国柱，你不要站着说话不腰疼，你整天往曲百汇的办公室跑，为了什么，别以为我不知道。你是这个店的总厨，这个店只要不关张，没人敢动你。我呢，不靠这种办法，抓住些把柄，我还不是转眼就被人家踢开？你忘了你当经理的时候，我是怎么帮衬你的，现在我哪件事，又指望过你？"

我想把被子掀开，抽根烟，结果她不让我起身，直接把烟盒、打火机拍到床上。

"别怪我没提醒你，马腾是个绵中裹铁的人物，心眼儿比你活。他如果再交代你做什么，你就照着去办，别再和以前似地唱反调。就当是我邢丽浙，唯一一件求你的事，好不好！"

后来，我是默念着邢丽浙的嘱咐，走到马腾的办公室的。

一侧的窗帘被拉出来，正好挡住光照，令房间里显得死气沉沉的。

他的手背垫在桌面上，枕着脑门，在打盹儿。

我又敲了两下门板，仍不见动静，就想出去。

"好不容易来一回，坐也不坐就走，看来我这还是比不上曲师傅屋里舒服。"

马腾站起来，转身将窗帘一拽。

满眼的灰尘，像鱼食一样，浮游在我们中间。

他见我不应声，就快速整理起桌上的报表和档案袋。

"马经理为了万唐居，真是鞠躬尽瘁。眼下全国都在学习焦裕禄同志，今年再评劳模，我看除了你，再没有人敢站出来争了。"

我坐好后，总感觉邢丽浙正躲在哪个地方，盯着我看。

"劳模？连你屠师傅都快成甩手掌柜了，谁还看得上这个？我就知道客源减了，奖金停了，工资少了，头一个挨骂的人，是我。"

马腾挣大力气勉强张开眼睛，我才注意到，他脸上泛起了成片的青黑色。

"我还算年轻，这个时候拼一拼，应该的。不过，屠师傅，你从前那股迎难而上的心劲儿，哪儿去了？如果万唐居真出一个焦裕禄那样的楷模，那也不应该是我吧。"

"马经理，隔行如隔山，有些话，我们注定讲不到一块儿去。互相体谅吧，如果能帮你做点什么，我能不尽心吗？这不是一直盯着灶上，没有机会吗?"

"机会,还不是说来就来吗,我来之前,店里接待过一次日本首相,你记得吗?"

"有这事。"我看他又亢奋起来,心里开始掂量刚才哪句话说得不对。"那还是杨师父主事的时候。"

"对,也不知对方回国后是怎么宣传的,现在有家日本电视台,要做一个介绍中国美食的专题片。人家特别强调,要采访万唐居的宫廷烤鸭传人。屠师傅,这个时候你不上,什么时候上?"

"不是我又驳你的面子,这种事,百汇最擅长了,你找他准行。"

"屠师傅,在这个生死存亡的关头,店里能被日本电视台拍摄一次,对我们意味着什么,你自己回去想想。人家半个月后扛着机器就来了,之前我交代给您那么多工作,是什么结果,我就不提了。这回人家可是指名冲着您来的,您帮帮忙,好好准备一下。"

他几乎是在恳求我了,我低下头想,如果不应下来,回家邢丽浙会不会跟我翻扯。

"我知道了。不过,马经理,你看过那种专题片吗?火上的东西拍好放到电视上,岂不是人人都看得一清二楚?"

"您到底想说什么?"他急得快要冒火了。

"我想问,宫廷烤鸭的工艺和配方,需不需要提前申请专利?"

马腾立刻拿起一杆笔,在桌上连写不止,然后又见他紧皱着眉,点了两下头,我就识趣地走出来了。

——————

我依然躲在百汇的办公室,举着烟,来回踱步,走到他旁边,就手翻翻他订的《食品科学年鉴》和他编的教案,又合上,接着走。

"哥，别给我翻乱了，还有用呢。"他就像个护食的公鸡，挡住不让我动，把桌子清理干净。"电视台，还是日本的，我讲这么多年课，也只赶上过一次广播。等着瞧，市里和烹协的人马上要来抢你的，评先进，树典型。你就没跟店里提我吗，寒人心！"

我安静地坐在沙发上，抽起烟，瞅着他。

"哪怕让我露个面，上个字幕也行，给家里老爷子看见，也算是光宗耀祖了。哥，你跟马腾说一说，这事对大家都有好处嘛。"

"嗯，百汇，你哪一年生的？"

"一九六五年，还要报年龄给日本那边？"

"不是，我想知道，你都这个岁数了，怎么还像个长不大的孩子。"

屋子里，只能听见他写字的嚓嚓声，我们像待在一个巨大的密封罐里。

我一口接一口地，朝他脸前吐着烟。

电话响了，我把烟掐掉。

"接啊！"我叫他。

"喂。"他不耐烦地拿起听筒，"特二级以下的不招，说多少次了，旁听？不给结业证，他旁听个什么劲。"

百汇撂下电话后，接着伏在案上写。

"对了，食品工艺申请专利这方面的事情，你知道多少？"

"说出来都是个笑话，现在这行拿无知当创新，那点烂花花肠子，有什么好申请的，白告诉你都不要。"他突然停下手里的笔，"你不会是问宫廷烤鸭吧？"

"为什么不是！"

"那你可算找对人了。"百汇把椅子拉近过来，"说说，你怎么动起这根弦儿了。"

"就是跟你咨询一下，先说好，没有学费给你。"

"哥，你最近吃枪药了？也好，早跟你说完，我早锁门，你回家跟嫂子吵去。"他打开抽屉，取出一沓打印纸。"看到了？全是烹协的师傅，托我办的申请单。上面从历史介绍、工序说明，到配方成分、比例和各种材料的标准，都有明确的格式和用语，要层层盖章的。"

"这么重要的东西，你怎么随随便便就拿出来了？"我接到手里，一一看过。

"唉，其实都是最普通的资料，关键地方全要含糊其辞地避开，不然为什么都找我呢？谁会把自己家的制作秘方，白纸黑字地往这上面写。"

"我就想问你一个事。"我伸手又递还给他，"你说我是以店里的名义申请，还是以个人的名义好？"

百汇两眼直直地望着我，一声不响。

"我的建议。"过去好长时间，我感觉天色快暗下来了，他才回答，"还是应该，以店里为申请主体，更合适。"

"哦，是这样。"我也想了一会儿，"那么是不是也意味着，这个专利成功下来的那一天开始，宫廷烤鸭和我本人，就没什么实际关系了？"

"也不能这么说吧。"一看他露出那张违心的脸，我就不想再问了。

"今天放过你，早点回家。"我起身要走，无意间瞥到他桌上的一张日报，"今天的？"

"不知道。"

我把报纸卷成圆筒，握在手心里，脚下仿佛踏在轻软的棉花上，深一脚、浅一脚地走进鸭房。把锁上好后，我一点点地将报纸抹平，再睁开眼，提心吊胆地去看刚才我在百汇桌上瞥见的标题。

我多希望，那是错觉，是我文化水平低，理解偏差。

可是那上面的几个字,实在太简单,太好认了。而且,横跨出半版报纸的篇幅,有时间地点,有现场图片——《西安市内公交车辆自燃　火势不减夺走群众生命》。

我的汗一滴一滴地淌在报纸上,那张照片被反复浸湿后,透出了洞。

屋外有去车棚取车,从后院下班的,经过门前。

我关掉灯,坐回到凳子上,重新回想,张晗最后一次联系我时说过的话。其实,那些话就像电报机打出的一样,每天一个字一个字地刻在我脑子里。我是想找到一个依据,说服自己她的消失与报纸上这篇报道没有任何关系。

可是我找不到,不论是有关系,还是没关系的依据,我都找不到。我甚至没有能力去确认她是否还活着。

屋里屋外,全黑下来了,鸭炉里残留着零星的焦烤味,也是凉的。

―――――

家里,邢丽浙没有记账,没有闹头疼,她安安分分地站在玻璃窗格后面,看我推车进院,然后像喝醉了一样,脑袋丁零咣啷地,朝家门撞过来。

"大明星回来了,马经理都发通知了,号召全店职工支持你的工作。"

她想替我把衣服接过去挂好,却不知道我整个身子都瘫倒下来。

两个人跟踉跄跄地抱摔在沙发上。

屋里很亮,窗帘也没来得及拉,她越是着急站起来,就越动弹不得。

"屠国柱,我这身子刚消停下来。你能不能让我喘口气?"

我把头滑向一边,用两只手捂得严严实实。脑子里全是登在报纸上的那张照片。我总是在不停地问自己,如果不是因为我,张晗怎么会离开北京。我竭力地想把这句话从身体里嘶嚎出来。

听到铁丝环牵出的响声,听到灯绳拉下的开关声,家里终于也全黑了下来。我渐渐地看见,外面透进来幽幽的蓝晕。

邢丽浙也坐了过来,她把我的头捧到胸前,垫在双腿上面。

"没事了,没事了。"她一面轻轻地拍,一面细细地念。

———

那天到后院里采访的日方摄制组,有八九个人的样子,出镜的女主持,是个入了籍的中国女大学生,没带翻译。带她进鸭房参观的时候,我在台阶上差点被话筒线绊了一跤,她扶住了我,还说:"您留神。"

刚刚修过树干的两棵老柿子树上,枯缩和下垂的枝条越来越多了,而且光开花而不坐果。青碧长空下,只剩下一团油绿的柿叶,离离蔚蔚地不停飘动。

午后的风拂过时,会带下来几片,散落在摄影师的肩上。他一直对着门口那堆劈柴,拍个不停。我在一旁,也看得出了神。

在鸭房里间正式开始的时候,因为空间太窄,机位不好摆,于是对方决定扛着跟拍。我要一边盯着鸭炉,一边对女主持讲解烤制的工艺和程序。她反复地提醒我,别看镜头,别挡机器。

终于挨到她补妆的间隙,我站过去说:"实在对不住,鸭房里从没来过这么多人。我一看见这个大家伙,腿还直打哆嗦。"她说:"不要紧,我们走访了好几个大厨,您是发挥最好的一位。"

"您只要进入平常的工作状态就好,不用刻意解释。如果实在调整不过来,我们就换个时间再来。"她摆手让我也坐,坐在她对面,"今天就先随便聊一聊,权当您给我上堂课。"

见摄影师和其他人全出去了,我才能定一定心思,认真想些事情。

"日本那边,好像很在意原料和工具是否精良,我看你们总对着一些细枝末节的地方拍。"

"是的，日本对手工艺人的追求和精神世界尤为推崇，这也是我们此次中国之行的首要目的。"她一边点着头，一边笑，继续说，"屠师傅，请问您刚才站在门口的时候，在想什么呢？"

"不知为什么，我忽然想起了我的师父，我在这里最后一次看他的时候，他就蹲在那儿。"

"蹲在那儿吗？"她面露疑问，又望了回去。"看来您留下了不少记忆在这个地方，我很想知道，您拥有着几十年的烤鸭经验，这门手艺最难的地方到底是什么？"

"制坯吧，其实烤的方法、配料的比例，都有非常明确的数值作为标准，那个并不难，所以不要听信秘方这种事。最不好掌握的，往往是只有你自己才能拥有的感觉，不仅是烤鸭，包括许多事情，可你又只能依赖它。"

我想到什么，就说什么，也没问人家要不要听。"您是否可以讲得具体一点，比如制坯的感觉？"

"我花了好几年的工夫，才明白如何根据气候、温度和环境的差别，来调拌糖色的稀稠变化，然后将它们涂匀在鸭坯上。那是靠你一丝一毫的观察积累出来的，甚至连师父也无法教你。"

"我刚才品尝了几片，味道确实很香，尤其裹在酱里，用饼卷起来吃。"她的双手捂住胸口，一副十分陶醉的样子。

"下次再吃，你可以什么调料都不用，就蘸一丁点盐粒，吃吃看。"

"盐？不是糖吗？"

"盐，这样白嘴吃，才能尝到鸭肉本身的味道，这也是从我的师父那里得来的经验。"

"请再讲一讲,您的师父,还教过您什么,令您感觉受益至今的?"她很认真地问。

我仰起了脸,仔细看着这间屋子,想起自从葛清走后,我就再没有这样地瞧上一瞧。

"垫脚石。"

"垫脚石?"她睁大眼睛,等我解释。

"他对我说的最后一句话,就是任我干得再好,也不过是保住这一行的香火别断下去。有朝一日,能给后人当一块垫脚石。"

"您认为他说得有道理吗?"

"我不知道,这让我怎么说。"

"换个角度想,您认为您完成他的心愿了吗?"

我低下了头,不再看她。她也不说话,像是一直在等我的回答。

"没有,当然没有,这几十年里,我反复都在想这个问题。这个店里当年的掌灶,以及这个鸭房的主人,为什么要收我做徒弟?"

"您想出结果了吗?"

"可能是我看起来又高又壮,靠得住吧。"我苦笑着摘下了豆包帽,放在手里来回地捏着,"可惜他们托付给我的事情,没有一个我办到过的,没有一个。你知道中国有句老话吗,'教会徒弟,饿死师父。'"

"我知道,就是徒弟学到了本领以后,抢走了师父的工作,令他失去了生存的地方。"

不知为什么,她叙述这句话的时候,我的脑子里片刻间麻了一下。

"我以前也是这样看我师父的,可是后来我慢慢理解,其实不是。师父永远不会担心徒弟抢自己的饭碗,永远不会。师父担心的是,他的东西被以后的人改走了样。"

她转动着眼睛,若有所想。

"我听别人说,宫廷烤鸭到了今天,才最完整地保留了原始的制作方法和调料配方。这样看,也不能说您辜负了您师父的全部托付吧。"

"是吗。我时常会想起,师父离开我之前,我们共同相处的那段时光。我终于能够体会到,他当时其实是有困惑的,可是他从没有跟我说过。如今我到了他那个岁数,才发现原来这种困惑,也同样长在我的心里。可是我也和他一样,不知道该和谁说。"

"可惜您至今都没有收徒,不然您可以把这样的心情讲给徒弟听。我想那才是一种最有价值的传承吧。"她歪着头看我。

"谁说我没有徒弟,我有。"

"您有徒弟?不会吧。"她连忙拿起公文包,不停地翻找资料。

"她的岁数,跟你差不多大。"

———

有天午歇,我独自守在灶上,把水发鱼翅,放进冯炳阁专用的凉水锅里,用微火煮。

感觉有好一阵子,我都没有像现在这样,平平静静地做完一道菜了。

我把香菇掰成小块,把鱼翅捞出来,用冷水镇了一下,同时往锅里放进五钱猪油。我看着映在油面上自己的那张脸,仿佛完全陌生的样子。烧到八成热的时候,油锅咕嘟起无数个气泡,里面的我,很快破裂成断断碎碎的残像。我把鱼翅和葱丝、姜末、鸡汤一起,放里面过了一遍,然后再统一倒进海碗里,放竹笼屉上等着蒸三个小时。

我抽了一把木凳,坐着对一下表。屋外的阳光直射在肩上,像是一只老人的手,始终扶在那里,不放下来。要让冯炳阁吊一锅翅汤,至少十个小时起,我忽然想,在一起干了那么久,好像从来也没有问过他,他这十个小时待在汤锅旁边,都会想些什么。如今店里用的,早已不是他当年亲自把关,搁火腿、猪肉和干贝熬出来的上好鸡汤了。现在炖出来的颜色,像是某种黄色的医疗溶液。

我又从冷库里把师父藏了多年的干鱼肚取出来,对着阳光照了一照,好像老人能够看到。我重新用一锅温油,不断翻搅着鱼肚。另一边,同时把鱼翅单捞出来,用开水反复焯洗三遍。两个灶眼,烟雾缭绕着,一炸一炖,看上去像在轮流倾诉着什么。我按照师父教的老法子,盯着油温,控制在五成热之内,否则会把鱼肚炸黑,而且外焦里不熟。

大约一个半钟头之后,隐约可以听到,屋外有小伙计在聊着天,往这边走。我看到炸好的鱼肚里面显出均匀的蜂窝孔,便慢慢再搁进开水盆里,盖严泡软。

还要再等一个小时,这时外面很明显是在抢什么东西。也许是看到我在这里,没有人敢进来,这帮孩子就趁着还没到点,再玩一会儿。

终于,还是挤到我跟前了。

"屠师傅,快过年了,店里发了挂历和壁纸,您也挑一张。"

"你们看着拿吧,离我这里远一点。"我小心地挡住灶上的锅。"那张是什么,给我看看。"

他们顺着我的眼神,从一厚沓一米宽的壁纸里抻出来一张。"这是哪儿来着?"有个小子紧抱着美人沙滩的挂历,帮我分析,"像是渤海湾那边。"

"是在海边拍的吗?"我让两个人各拽起一边,帮我摊开,"卷上吧,这幅留给我。"

"屠师傅,您家有多大呀,还是这挂历实在,这么一厚本,送人也拿得出手。"

我没搭理他们,看了一眼表,让他们去兑两斤热碱水,把泡好的鱼肚放进去洗。

"屠师傅,您做什么呢?"

我继续片我的鱼肚,然后和鱼翅一起,放进大炒锅的旺油里,搁鸡汤、黄酒一起烧。

我的动作频度越发剧烈,刚才还在争夺挂历的伙计,全不言语了。

他们瞧着我,上了发条一样地剁姜末,切火腿片、玉兰片,往油锅里扔,然后是味之素和鸡油,再然后是鱼翅和油菜心,一起微火慢炖。

我终于停下了手,看着锅里的鱼肚,松软如海绵,鱼翅柔嫩如烂筋,周围呈出汤翻小花的样子,有红有绿,白黄相间。

大约过去二十分钟,有人说,马经理请您。我回过身,嘱咐他们把那张壁纸给我留好。

马腾整个人都陷在办公桌后面,只露出一个脑袋。

眼睛是凉的,像是冰块。

"屠师傅,您感觉上星期和日本电视台的拍摄工作还顺利吗?"

"挺顺利的。"我看着他,泰然自若。

"顺利?"他站了起来。"那您能不能把当时说的话,跟我复述一遍?"

"这也要打报告吗?您也太不相信我了。"

"我就是太相信你了!"他突然抄起桌子上一个大纸袋子,拍在我面前,"别信秘方,别吃调料,垫脚石,又高又壮?"

他似笑非笑地盯着我。

"这就是我相信你的结果,还有,你什么时候收的徒弟,我怎么不知道?您是不是觉着要去联合国工作,就不管以后店里的死活了?"

他真的发火了,这辈子还没有一个男人敢对着我发这么大的火。

"你以为人家没事找你聊天来了,机器摆在对面,一直转着呢,知道吗？等回到日本一放，再传到国内，我以后还怎么和别人谈合作？"

我不想和这种状态的人开口讲一个字，于是退回到沙发边上，坐好，看他吵。

他喝水喘气的时候，那个帮我收壁纸的伙计敲门进来，对着他耳边，低语起来。

"屠国柱，你一个人悄不声地把那块鱼肚给炸了？那可是你师父留下来的镇店之宝，值多少钱，你知不知道！"他手里拿着的茶缸，气得哆嗦起来，"你是真觉得我没开过人，不敢动你吧？"

啪嚓一声，缸子被狠狠砸到我的脚边。

我继续坐着，不声不响。

———

伙计们说，壁纸帮您捆好，搁在鸭房里了。

我回去后，重新将它打开，一截一截地看，原来海是这个样子的。不知是拍照的水平问题，还是印刷质量不合格，在海岸线的周围，不论是天空、潮汐、礁石、水鸟，还是茂密的树林，都不太清楚，颜色也并不鲜亮。我端到窗户底下，贴在脸前再瞧，只感觉出一片蓝，一片绿，难免有点失望。

我把壁纸重新卷好，在鸭房里转了好几圈，也没想出来到底塞在哪儿好。

之后的日子里，我很少再去前院了，只是一心待在鸭房。马腾让我等部里的通知，好去使馆报到，店里召开个什么会议，也不用叫我。他成功地将营收重心从烤鸭部转移出来。我和宫廷烤鸭更像是一个吉祥物，早失去了从前那样的决定性作用。至于那些从烹饪学校走出来的孩子，他们很清楚，自己是来打工，是来找机会的，下班后他们会一窝蜂地跑去网吧和台球厅。对于我，他们知道向来说不出什么好话，互相不要招惹，就算客气了。只有百汇,还在帮我跑专利的事情,他更忙,以至于好长时间,我们也碰不上面。

久而久之,我像是被所有人遗忘掉一样,在这里搬柴火、制坯、片鸭子、抽烟,坐在柿子树下面,日复一日地晒太阳。

对了,确实有那么一回,马腾特意告诉我,周一下午要开个挺重要的会,还提醒我尽量早到。可是他哪里知道,邢丽浙之所以还能咬紧牙关帮他把账做好,全亏了我的精心调养。是我每周拿着方子,帮她去同仁堂抓药,是我再把药带回鸭房里,把药锅支在灶眼上用小火煎,又是我凉了再热,热了再晾,就等她下班时,舒舒服服地喝下去,回家直接就能躺着了。

"你也不怕人家背后说你,都快把鸭房改成药房了。"

我不知道她讲这些话,是要听我说什么。

"虱子多了不咬,他们看我不顺眼也不是一天两天了。谁再问起来,我就说是研究新配方呢,本来宫廷烤鸭的调料里,就有中药和香料的成分。"

"你当别人都是傻子,客人要吃鸭子烤出来的香味,不是你这里的中药味,比黄连还苦。"她捏着鼻子,抬碗仰脖,灌进去。

"哪里还有什么客人。"我用竹筛子刷着药锅,"你不知道吗,药气比一切的花香、果子香都雅,古时采药烧药的,不是神仙,就是高人逸士,这可不是我说的。"

"管他是谁说的,听你在这里胡说。"她的手握着碗底,搁在双腿上,"不过,有句话现在想想,倒是真的,少来夫妻,老来伴。"

到了周一,我因为要去同仁堂抓药,又把会给耽搁了。半路上,我像沙和尚一样,两手各拎着几大捆中药包,连过好几条胡同,连东西都没来

得及搁回去，直接跑上三楼宴会厅。进去发现，这次会上的人并不多，很多还是生面孔。我又扫了一眼，才知有熟人在。

马腾和百汇的对面，坐着苏华北，两排人就和楚河汉界的棋子一样，正谈到一半，这时却瞧我抱着中药进来了。华北冲我笑笑，招手请我过去，我当然要坐到马腾这一边的。经理一脸肃容，并不瞧我，百汇也低着头，不知在想什么。我在桌角外侧坐稳后，又把中药堆在脚下，听他们说。

"集团的业务理念，历来是以药膳、养生、环保为经营方向的。所以注资后的万唐居，要尽快使用集团的底油和调味汁，迅速培训店里的员工，学会我们的烹调方法。换句话说，就是要将贵店的菜谱、原材料、设备，甚至是装修风格，统一改成集团要求的标准。这也是我们合作的基础和前提，所以在这个会上，我方想再重申一遍。"苏华北身边的人一边念，他一边点头，同时看着我们这边的反应。

我完全不知道发生了什么事。

"既然是市里主持的合并计划，万唐居这边一定会按协商好的配合。"马腾显得很平静，显然这个议题已经谈过不止一次了，"我好奇的是，新万唐居的主打菜品是什么类型，这样也好让我们店里的师傅们，着手做些准备。"

"马经理多虑了。"苏华北开口说话了，"现在店里的大多数师傅都不用做任何准备，因为他们不会继续被集团留用。新的万唐居，将更加强调合理的均衡膳食，无论是烹饪方法、卫生标准，还是设备材料，贵店目前的人才水平，都不具备我们的标准。当然了，谁走谁留，要听取我曲师兄的意见，毕竟他在烹协的讲台上耕耘多年，是这个领域顶尖的营养学专家。"

百汇匆忙和苏华北对视一下后，继续低下眼皮，更不会理我。

满屋子人，好像只有我这里没放水杯。跑了一路后，汗又流得多，难免有些叫嗓子。

"所以大的标准由我们给,具体聘用与否,还会交给马经理,以及曲总监一同决定。"一听到总监两个字,所有人都朝百汇望了过去,我也是,"今后的专用汁料、副产品以及调味品,也会由总公司统一配送,既要保证口味的一致,也要避免厨师的随意性,所以留下来的人数不会很多。至于新万唐居的经营方向,就是要把制作过程,从后厨转移到客人的餐桌上,这就要求更为严格的制作工艺和营养科学的安全标准。我们的目标就是,把这里打造成一家没有厨师的现代化餐馆。"

马腾一边听,一边认真地做笔记,与在办公室里跟我争论的时候不同,现在的他好像并没有任何意见。

"目前店里的菜品定价我看过了,要调,因为我们是上市集团,要交17%的高税率。以前的万唐居只有五点几,所以才能维持六成多的毛利。但如果税率调高后,再继续这个价格,那我们不是要赔钱卖菜了?所以这里要尽快装修,升级营业设施,同时集团还会派来一个明星级的大厨,对具体的操作过程进行指导和监督。"

坐我右手边的一个中年人,慢慢站起来。百汇也抬起头望向这边,我使劲儿看他,他就是不理我。

"这位师傅是第二届中国烹饪大赛的金奖得主,有'小海参王'的美誉。他独创的手拉活海参技术,刚刚打破吉尼斯世界纪录。活海参经他那双手一拉,可以伸展到0.003毫米的薄度。"

苏华北介绍完后,这位师傅坐了下来,他的脚不小心踩到了我的中药包,发出嘎嘎吱吱的声响。我们俩都低下头,好一番归置。

"活海参经过拉伸后,胶原蛋白和各种氨基酸会令人体的吸收量增大一倍,这样革命性的创举,一直是万唐居所缺少的。"

我在桌子下面，听到百汇的点评，忽然意识到，这是我第一次听到他以专家的身份进行发言。而且我还发现，药包里居然少了一味当归，落在药店忘记取回来了。

"我们的曲师傅，也在忙着为店里的宫廷烤鸭申请专利，过几天通过后，会成为万唐居拥有的第一项技术专利，这样也可以巩固我们的合作。"

马腾讲到这里时，我整个人几乎栽倒在桌子下面。

或许我根本不需要直起身子出现在他们的眼前，尤其是百汇。

"看来这次洽谈非常顺利，我们的意向完全一致嘛。如果是在广东，这样的会谈结果，双方是要举杯庆祝的。"苏华北还是那么爱有新的提议，我不知道他是否还记得，他上一次坐在这里开会，是什么时候的事。他接着说道，"还好我两位师哥都在这儿，下班后可别急着走，要喝个痛快才行。"

我终于把头又伸了出来，坐回到位子上，旁边这位"海参王"似乎也认识我，一直在帮我扶着椅子。看我不知为何起急，还把杯子送到我跟前。

"对不住各位，我刚数了一遍药包才发现，给我爱人少取了一份当归。"我站了起来，欠身跟马腾解释。他也和百汇一样，只低头看桌上的笔记本，"我这就得再赶过去把药追回来，否则同仁堂一下班，这事就说不清楚了。"

苏华北笑着看我，仍是边听边点头。

"好在那边离这里不远，我十来分钟就能赶回来。各位领导的会，先继续开着？"

我推开身后的椅子，抱起药包，等着看有没有人反对。

"屠师傅，你可以走了。"马腾终于说话了，"不用再回来了。"

万唐居的施工几乎属于重建了，主楼外墙的四面全被防护网罩住，连鸭房也一起推了。路边有田螺车和装载机，整日往返运作。我还去过一次，什么也没有看到，连路面都几乎认不出了，就没有再往那边走。

店里很多老师傅，毕竟编制还在，停业期间，区里就把我们分别发配到协会的其他店里照常上班，给我的就是家附近的东兴楼。因为快到除夕了，所以正好我们这拨北京的，可以留下来值班，准备年夜饭。

"不用去得这么早吧。"邢丽浙也同样回到了家里，马腾和百汇保留了她在新店的职务，这在我们看来，已经算是仁至义尽了，"那是人家的地方，你过去千万管住自己的嘴，按人家的规矩来，别又指手画脚的。"

我穿好了鞋，却在屋子里来回地找，拿钥匙，拿包。

"你不傻？齐书记都说了过完年就要你去使馆报到，开春就去，可以出国了，可你到现在也不给他个准话，这又要值哪门子班，你不傻，谁傻？"她一张嘴，还是会像算账似的去判断事情，让人心烦，"我说你在门口转什么磨呢？！"

"壁纸，我从店里拿回来的那捆壁纸呢？"

"就在你眼前的窗台上立着呢，还说自己不傻，谁上班带着那个东西。"她看着我拿在手里，真的要出门了，"你可要早点回来呀，等着你过年呢。"

"知道了。"

东兴楼的师傅都比较懂行，伙计也守规矩，事事也知道要跟我打个招呼。为了不让他们觉着别扭，我跟到订餐的单子全部备好了料，随时可以出菜，就提前走了。

天还是挺冷的，风也不小。天色擦黑的时候，我一步步走向鸭子桥下面的护城河。

半路上,我瞧见有辆自行车,飞轮外面被大人焊接了一个墨绿色的铁皮车斗,把小闺女放进去,与下班的工友一起随行逐队,骑在秃亮的柏油马路上,赶着回家过年。那个小不点儿头戴线帽、白口罩,眼睛却仔细盯着河边。

忽然啾啾两下,烁亮的钻天猴,好像照明弹一样,腾空而起。紧接着,连带起一片爆竹声,在我的身后和耳边,此起彼伏,光芒万丈地闪动着。一明一暗间,我可以清楚地看到,自己影子的轮廓投射在路上,随着烟火的绽放和枯谢,时有时消。

我终于走到河边的石岸上,蹲下身子,将那捆大海图像的壁纸,一点点揭开。重新再仔细看过一次后,我又望了望河面,摸清楚风势后,从兜里拿出打火机,把右下角的地方点着了。

壁纸烧到一半的时候,生长出比任何烟火都耀眼的光亮。我单手举起它,轻轻一松,交给风。于是我站了起来,看着那团火,在河面上,在半空中,飞舞不休。